Le Livre de Poche Jeunesse

MYSTIK, LE CHAT

S.F. Said

Mystik, le chat

Traduit de l'anglais
par Jérôme Jacobs

Illustrations :
Stéphane Girel

Ce roman a été publié en
Grande-Bretagne par les Éditions David Fickling Books,
une division de Random House Children's Books,
en 2003, sous le titre

VARJAK PAW

There's no place like home*
The Wizard of Oz

* On n'est jamais aussi bien que chez soi

1

COMME CHIENS ET CHATS

Le vieux Noé racontait une histoire avec cette flamme dont il avait le secret.

Une aventure fascinante...

Mystik, jeune chaton déluré, adorait écouter son grand-père narrer les exploits de Calife, leur illustre et vénérable ancêtre : comment Calife avait combattu les chats guerriers les plus farouches ; comment Calife était devenu le chasseur le plus redouté, comment Calife avait fui la

Mésopotamie pour s'aventurer aux confins de la terre et du ciel. Plus loin, assurément, qu'aucun autre chat avant lui !

Lorsque Noé parlait, Mystik, qui ne tenait jamais en place, se figeait telle une statue antique, l'oreille dressée, les moustaches aux aguets, tout en ronronnant de plaisir.

Mais, cette fois, le récit du vieux Noé avait plongé Mystik dans une profonde mélancolie. Calife avait peut-être vécu toutes ces aventures exaltantes, mais lui, Mystik, il n'en connaîtrait jamais de pareilles. Alors, à quoi bon ?

Fatigué, le héros avait fini ses jours dans la maison de la Comtesse. Ses descendants, tous des chats bleus de Mésopotamie, y avaient élu domicile à perpétuité.

À l'époque de Calife, plusieurs siècles auparavant, la vieille demeure devait resplendir de lumière et de vie. Aujourd'hui, elle croulait sous la poussière et sentait le moisi. Les fenêtres étaient toujours closes, les portes toujours verrouillées. Il y avait bien un jardin, mais il était entouré d'un mur de pierre infranchissable. Calife avait été le dernier à passer par-dessus.

Depuis, personne n'avait quitté la maison de la Comtesse.

Les autres membres de la famille avaient fini par se lasser des sempiternels récits de Noé, et plus personne ne l'écoutait raconter les aventures de Calife avec plaisir, excepté Mystik.

Les parents du chaton, Léopold et Léonie, ainsi que sa tante Agathe, somnolaient sous les rayons ambrés du soleil de fin d'après-midi, qui leur chauffait le poil au travers des vitres épaisses.

Son grand frère Julius était occupé à mesurer l'épaisseur de ses muscles. Quant à sa cousine Jasmine, elle jouait avec son collier. Mika, Makila et Méphisto, ses frères issus de la même portée que lui, s'amusaient à ces jeux de petits chats dont Mystik ne voyait pas l'intérêt et auxquels on ne l'invitait d'ailleurs pas à participer.

Soudain, Mystik prit conscience que personne ne le regardait.

C'était le moment ou jamais.

Il était déjà allé dans le jardin, bien sûr, mais la famille se méfiait de cet endroit et ses parents ne l'autorisaient jamais à y rester très longtemps.

Aussi discret que l'aurait été Calife lui-même, Mystik se leva et se dirigea vers la chatière à pas feutrés. Dans les interstices, il distinguait le jardin, de l'autre côté. Il sentait déjà l'air frais lui caresser les moustaches. Pointant un coussinet vers le battant de la chatière, il s'apprêtait à se glisser au-dehors, lorsque...

— Mystik !

C'était la voix impérieuse de son père.

— Où vas-tu, comme ça, mon fils ?

Mystik pivota sur lui-même. Noé avait terminé son récit, que tout le monde connaissait par cœur de toute façon. Mais, lorsque la voix chevrotante s'était tue, ils s'étaient tous réveillés, comme surpris par le silence.

— On n'a plus le droit d'aller dans le jardin, maintenant ? C'est nouveau, ça vient de sortir ? persifla Mystik.

— Mon chéri, répliqua sa mère en s'approchant de lui pour remettre son collier en place, le jardin est un endroit très mal fréquenté. Tu pourrais y faire des rencontres peu recommandables et surtout... dangereuses. N'oublie jamais que tu es un chat de pure race, un bleu de Mésopotamie, tu as un pedigree. Dis-moi, mon chéri, pourquoi diable veux-tu aller traîner par là ?

Mystik regarda autour de lui : les meubles vermoulus, les placards verrouillés, les rideaux auxquels il n'avait pas le droit de grimper. Quelle galère ! Il n'était jamais allé nulle part ailleurs, mais il en était sûr : cette vieille bicoque était l'endroit le plus ennuyeux du monde.

— Pour chasser, répondit-il en s'efforçant de paraître naturel. Les félins sont des chasseurs, non ? Toutes les histoires que nous raconte grand-père...

— Ce ne sont que des histoires ! railla Julius, son frère aîné, dont les yeux verts étincelaient dans la pénombre.

Des yeux d'un vert émeraude.

Leur ancêtre Calife avait les yeux verts, lui aussi. À dire vrai, tous les membres de la famille avaient les yeux verts. Tous, sauf un : Mystik.

— Et les histoires, c'est pour les bébés, ajouta Julius pour faire bonne mesure.

Jasmine pouffa de rire. Le poil de Mystik se hérissa.

— Calife a vécu il y a bien longtemps, intervint Léonie, lissant de sa langue râpeuse la fourrure gris-bleu de son fils. Et s'il est venu vivre ici, dans la maison de la Comtesse, c'était pour une bonne raison.

Mystik se tortilla pour échapper à l'emprise maternelle.

— Quelle bonne raison ? miaula-t-il d'un ton de défi.

— Toi qui écoutes toujours si attentivement le récit des aventures de notre cher Calife, tu sais qu'il a dû maintes fois combattre les monstres du dehors. Ces monstres énormes qu'on appelle des chiens. Si féroces que même les hommes s'en défient.

Elle frissonna, les moustaches frémissantes d'effroi.

— Tu sais, mon chéri, nous avons vraiment beaucoup de chance que la Comtesse nous aime, souhaite nous protéger et nous permettre de vivre dans ses murs.

— *Mmïouiii...* l'interrompit Julius d'un ton sceptique. Enfin, si je peux me permettre, disons que la Comtesse aime certains d'entre nous *miaa...eux* que d'autres...

Mystik savait exactement ce qui allait suivre. Pis encore, il savait que c'était sans doute vrai.

— Quand j'étais chaton, reprit Julius en adoptant la démarche d'un tigre sur le sentier de la guerre, il ne se passait pas un jour sans que nous recevions la visite de la Comtesse. Elle me faisait sauter sur ses genoux, elle était pleine d'attentions pour moi. Désormais, elle ne descend plus que pour nous donner à manger, et encore. On ne la voit pratiquement plus depuis... Il marqua un temps d'arrêt, puis décocha la flèche fatale : ...depuis que Mystik est né. C'est sans doute à cause de sa drôle de binette !

Jasmine pouffa de nouveau et Mika, Makila et Méphisto, les trois frères cadets de Mystik, se mirent de la partie.

— Je suis *sûûûr* que c'est à cause de ses yeux, insista Julius. Ils sont de la couleur du danger. Un chat bleu de Mésopotamie dont les yeux ne sont pas verts, c'est du... jamais vu !

— On n'en croit pas... ses yeux ! renchérit Jasmine en minaudant.

Cette fois, la coupe était pleine. Julius avait beau être plus grand et plus âgé que lui, Mystik s'arc-bouta devant son frère et se mit à feuler.

— Menteur ! Menteur !!

— Mystik ! le mit en garde Léopold. Tu dois le respect à ton aîné.

— Mais il a... Il a dit que... protesta le jeune chat.

— Écoutez le minou-minou-à-sa-maman ! se moqua Julius. Toujours à gémir, toujours à se plaindre... *miaou... miiiaaouuuuuhh... là là... !!*

Leur père secoua la tête d'un air réprobateur.

— Julius, tu ne devrais pas tant taquiner ton frère cadet. Si la Comtesse reste à l'étage, c'est parce qu'elle est malade, voilà tout. Pour ta part, Mystik, tu dois apprendre à te comporter comme un chat bleu de Mésopotamie digne de ce nom. Nous ne traitons pas les autres de menteurs. Nous ne pratiquons pas d'activité aussi répugnante que la chasse. Et nous ne salissons pas nos pattes dans le jardin. Tu comprends, mon fils ?

Le nez de Mystik se fronça. Toujours la même histoire ! On passait tout à Julius. Mais lui, Mystik, avait toujours tort.

— Ton père te parle, fit tante Agathe, qui ne perdait pas une occasion de s'immiscer dans la conversation. Tu comprends ce qu'il te dit ?

Le chaton courroucé n'eut d'autre choix que de baisser la tête et de contempler le sol glacé. Que répondre alors que tous se liguaient contre lui ?...

— Comme tu veux, mon fils. Fais ta mauvaise tête. Mais tant que tu ne te comporteras pas comme un vrai chat bleu de Mésopotamie, tu n'auras rien à manger.

Comme pour donner davantage de poids à la sentence qu'il venait de prononcer, Léopold se lécha les flancs, puis releva la tête d'un air martial.

— Les autres, suivez-moi. Passons à table !

Toute la famille partit en direction de la cuisine, abandonnant Mystik à son triste sort. Le grand-père, qui fermait le cortège et pensait encore être le chef de famille, se pencha vers son petit-fils préféré.

— Ne t'en fais pas, mon petit, lui glissa-t-il à l'oreille pour que personne d'autre ne l'entende. Je te raconterai une autre des aventures de Calife ce soir... sa plus grande bataille... tu verras !

Avec un clin d'œil complice, il s'en alla rejoindre ses descendants, qui ne pensaient qu'à manger.

Quelque peu rasséréné à la perspective d'entendre pour la cinquante et unième fois en cinquante et un jours le récit des exploits de Calife, le chat sans peur et sans reproche, Mystik s'allongea sur les dalles glacées du couloir, au pied de l'escalier qui menait à la chambre de la Comtesse. Un endroit où les chats n'avaient plus droit de cité depuis qu'elle était malade.

Quel ennui !

Il ne se passait jamais rien dans cette bâtisse désertée.

Pire qu'une vie de chien !

Craaaccc ! Bang !

La porte d'entrée s'ouvrit toute grande. Le vent s'engouffra dans le hall, soulevant un nuage de poussière virevoltante. Mystik s'arrêta de respirer, autant pour ne pas remplir ses poumons de particules malsaines que pour ne pas attirer l'attention.

Clac-clac-cloc.

Une paire de chaussures noires cirées de frais venait de faire son apparition au niveau du sol.

Énormes !

De vrais battoirs.

Le Chat botté, peut-être... ?

Le regard de Mystik remonta le long de jambes interminables et se posa sur deux gigantesques mains blanches, assez grandes pour l'envelopper tout entier, assez puissantes pour lui rompre le cou.

Ce cou fragile, Mystik dut le cambrer et l'étirer de toutes ses forces, jusqu'à se faire mal, pour apercevoir le visage du nouveau venu. C'était un homme que, Dieu des chats merci, Mystik n'avait jamais vu. Difficile de distinguer la couleur de ses yeux, masqués par l'ombre que projetaient ses sourcils broussailleux. Mais la bouche lippue, toute rose, luisait à contre-jour...

Les lèvres s'entrouvrirent pour faire place à une voix tonitruante, et l'homme se dirigea à grands pas vers l'escalier.

Mystik se recroquevilla sur lui-même.

Du coin de l'œil, il aperçut encore deux chats noirs à la silhouette élancée, qui se tenaient de chaque côté de leur maître.

Une chose était sûre : ce n'étaient pas des chats bleus de Mésopotamie ! Ils étaient bien plus gros... enfin, bien moins fins, et bien plus forts aussi, que le père ou le frère aîné de Mystik.

Leur démarche avait de quoi faire dresser le poil sur le dos. On aurait dit les deux moitiés d'un même corps, en parfaite harmonie. Pour tout dire, ils étaient... trop parfaits ! Mystik n'aurait pas été en mesure de les distinguer l'un de l'autre. Deux copies conformes.

Deux clones, peut-être ?

Soudain, ils infléchirent leur parcours pour venir l'examiner. Ils se penchèrent au-dessus de lui, semblables à deux têtes chercheuses. Leurs yeux étaient identiques, aussi soyeux et noirs que leur fourrure. L'espace d'un instant, Mystik eut l'impression de voir double. Il se mit à trembler de tous ses membres.

— Qui êtes-vous ? interrogea-t-il.

Il ne discerna aucune lueur d'entendement dans leur regard, aucune expression. Le vide absolu.

Ils se contentèrent de le pousser de côté, comme un vulgaire nain de jardin, et s'en allèrent prendre position, l'un au sommet, l'autre sur la première marche de l'escalier.

C'est alors que d'autres hommes firent leur entrée dans la maison. Leurs chaussures rutilantes claquaient sur le marbre du hall et passaient devant lui, une à une, telle une armée en marche. Mystik ne voyait plus rien d'autre que des semelles de géants, disciplinées, intraitables, menaçantes.

Cloué sur place, la tête à l'envers, il contempla ces monstres bien plus monstrueux que des chiens monter l'escalier quatre à quatre jusqu'au premier étage. Là, ils pénétrèrent dans la chambre où même les chats bleus de Mésopotamie étaient interdits de séjour.

De toute évidence, il se passait enfin quelque

chose d’inhabituel dans le manoir de la Comtesse. Était-ce pour le meilleur ?

Ou pour le pire… ?

2
Des intrus très inquiétants

Que faire ? Rien de tel ne s'était jamais produit dans la maison de la Comtesse.

Fallait-il en parler à la famille ? À coup sûr, les aînés sauraient quelle attitude adopter. Noé les guiderait.

Mystik hésita encore un instant. Deux paires d'yeux noirs, identiques, étaient posées sur lui. Mais leurs propriétaires demeuraient de marbre.

Pris de panique, le chaton courut à toutes pattes vers la cuisine.

Les deux intrus ne le suivirent pas. Ils restèrent au pied de l'escalier, pour monter la garde.

Qui étaient donc ces chats ? D'où venaient-ils ? Et leur maître, que voulait-il ?

Mystik s'immobilisa à l'entrée de la cuisine, les moustaches aux aguets. Il glissa un œil à l'intérieur. Tout semblait normal. La famille au complet y était assemblée. Les trois générations de bleus de Mésopotamie dégustaient leur dîner, en rangs serrés devant leurs écuelles. De la pâtée, de l'eau, et des soucoupes blanches pleines de lait.

Il les observa un moment à distance, dans la pénombre. Il se sentait soudain comme un étranger. Eux avaient l'air si noble, avec leur fourrure bleue parfaitement lissée, leurs yeux verts, leur petit collier bien attaché autour du cou.

L'aristocratie des félins.

Léopold leva le museau de son écuelle.

— Ah, Mystik ! Alors, mon fils, es-tu enfin prêt à te comporter dignement, ainsi qu'il sied aux bleus de Mésopotamie ?

Mystik hésita. Son père interpréta ce silence comme un acquiescement.

— Très bien. Tu peux te joindre à nous.

Et il se remit à laper son lait bruyamment.

— Tu t'es lavé les pattes ? demanda Léonie.

Au lieu de répondre, Mystik s'exclama de but en blanc, tout en se dandinant d'une patte sur l'autre :

— J'ai vu d'autres chats dans la maison ! Des chats noirs ! Et ils...

Léopold dressa l'oreille. Une goutte de lait se détacha de ses moustaches.

— Mystik... chut ! interrompit sa mère.

Le chaton se sentait à la fois coupable et... investi d'une mission de la plus haute importance. De toute sa vie, jamais il n'avait dû s'acquitter d'une telle responsabilité. Il fallait forcer son père à l'écouter.

— Ils sont arrivés avec plusieurs hommes. Des hommes qui sont...

— Mystik ! tonna Léopold en secouant la tête violemment.

Tous les autres furent éclaboussés de lait.

— ... qui sont même... montés dans la chambre de la Comtesse ! termina Mystik.

Un silence de plomb s'abattit sur la cuisine. La dégustation du dîner s'arrêta net. Plus personne ne mâchait. Tous contemplaient l'insolent d'un air accusateur.

— Je ne le comprends pas, marmonna Léopold en se tournant vers Léonie. Pourquoi ne peut-il pas se comporter comme tous les autres ?

— Est-ce que tu t'es lavé les pattes, mon chéri ? demanda la mère de Mystik pour faire diversion.

Elle s'approcha de lui et entreprit de faire sa toilette. Mystik n'en revenait pas. Personne ne le croyait. Ce n'était pas juste ! Au milieu des siens, il se sentait soudain sans ami, seul au monde.

— Allons, arrête, Mystik ! Ce n'est pas drôle, lui lança sa cousine Jasmine. Viens plutôt manger avec nous. C'est délicieux, tu sais ?

Elle s'était adressée à lui d'une voix aussi douce et soyeuse que le lait frais du petit matin, ourlé de miel.

— Je ne peux pas manger, répondit-il. J'ai l'appétit coupé.

Se pouvait-il qu'au moment où leur territoire était soudain envahi par une armée entière les siens ne pensent qu'à manger et à faire leur toilette ? Pourtant, l'heure était grave !

N'écoutant que son instinct, il revint à la charge.

— Que vous le vouliez ou non, il y a des chats noirs dans la maison...

Silence de marbre.

Puis :

— Oh, qui se soucie de ce petit insecte ? railla Julius. Moi, je vais la manger, la part de Mystik. Je dois développer mes muscles.

Julius fit gonfler ses biceps. Puis il piocha dans l'écuelle de Mystik. Jasmine le regarda avec admiration.

— Tu entends ça, Mystik ? gronda son père. Julius est un vrai bleu de Mésopotamie, lui, ajouta-t-il d'un ton sentencieux.

Le poil de Mystik se hérissa. Julius était peut-être le héros de la famille, mais Mystik savait quelque chose que tous les autres ignoraient, quelque chose d'important. Comment parvenir à le leur faire comprendre ?

— Je le jure... sur la tête de Calife, insista-t-il. Les chats dont je vous parle montent la garde en ce moment même au bas de l'escalier. J'ai croisé leur regard, ajouta-t-il en tentant de les imiter. Ils sont tout noirs.

— En voilà assez ! hurla son père. Arrête de raconter des fariboles. Ce sont des... contes à dormir debout !

Il avait prononcé le mot contes avec dégoût.

— Aaah... fit une voix chevrotante. Mais tu

devrais savoir, mon fils, que certains contes recèlent une part de vérité.

Puis, se tournant vers Mystik, Noé ajouta :

— Pourquoi ne nous les montres-tu pas ? Conduis-nous jusqu'à ces chats.

Léopold jeta un regard noir au vieillard, mais demeura silencieux. Chez les bleus de Mésopotamie, le chef de famille avait toujours le dernier mot.

Certes, le grand-père de Mystik vieillissait – son beau pelage avait presque entièrement viré au gris – et il était rare qu'il ouvre la bouche. Mais chacun buvait ses paroles.

L'estomac noué, Mystik prit la tête du groupe et s'engagea dans le couloir. Lorsqu'il tourna le coin et arriva en vue du hall d'entrée, il perçut l'esquisse d'un mouvement du côté de la porte. Un homme la tenait ouverte pour les autres. Ils emportaient quelque chose. Leur collant aux talons, deux queues noires zigzaguèrent hors de la maison.

Au moment précis où le reste de la famille pénétrait dans le hall, la porte se referma. Si bien que personne d'autre que Mystik ne vit les chats noirs, ni le groupe d'hommes.

La mère de Mystik leva la tête vers le premier

étage. Un homme était accoudé à la balustrade. Elle plissa les yeux, huma l'air, et se tourna vers son fils.

— Eh bien, c'est un visiteur comme les autres, commenta-t-elle. Un gentleman...

La bouche lippue luisait dans la pénombre.

— Je me rappelle quand nous étions petits, intervint tante Agathe. De belles dames et de beaux messieurs venaient chaque jour rendre visite à la Comtesse.

Tous levèrent la tête vers le premier étage. Le « gentleman » n'avait rien d'un « beau monsieur ». On aurait dit un fort des halles. Un trois-quarts aile de rugby. Le colosse de Rhodes, peut-être. Mais pas un gentleman.

Étrangement, la porte de la chambre de la Comtesse était ouverte. Tout le monde se hâta de gravir l'escalier. Les chats ne l'avaient pas vue depuis si longtemps. Mais une fois en haut, ils tombèrent en arrêt. Il n'y avait personne à l'intérieur.

La chambre était vide.

Noé, pensif, dodelinait de la tête. On aurait dit qu'il cherchait à se remémorer quelque souvenir bien enfoui dans son passé. Le gentleman pointa le doigt en direction de la chambre de la Comtesse et prononça quelques mots d'une voix de stentor. Puis il s'accroupit pour se mettre au niveau des chats.

Il adressa à chacun, tour à tour, un sourire de ses lèvres saumonées, suintantes.

Mystik se retourna avec nervosité en direction de la porte d'entrée. Les chats noirs n'étaient pas revenus. Il espérait ne jamais les revoir.

Avec un grand geste, le gentleman sortit un objet de sa poche. De sa main blanche, à la texture cireuse, il le tendit à la famille assemblée. Puis il murmura quelques paroles. Curieux, tous approchèrent pour découvrir cet étrange objet.

C'était un jouet en forme de souris.

Petite, grise, duveteuse. Une imitation parfaite, dans les moindres détails, à croire qu'elle était vivante.

L'homme la posa par terre devant eux. Mystik renifla la bête. Même son odeur était réelle.

Lui qui avait toujours rêvé de chasser une souris !

— Laisse-moi voir, dit son père.

Léopold examina le jouet sur toutes les coutures.

— Étonnant, constata-t-il en ronronnant.

Puis, d'un coup de patte, il l'expédia en direction de Julius. Celui-ci l'envoya en l'air d'une pichenette, avec style. Puis ce fut au tour de Mika, de Makila et de Méphisto de s'en amuser. Tous riaient à belles dents. Mystik se demanda s'il pourrait jamais la récupérer. Probablement pas.

— Quel jouet magnifique ! s'écria Léonie.

— Le plus beau que nous ayons jamais eu, renchérit Jasmine en roucoulant de plaisir.

Le gentleman leur sourit de nouveau et se remit debout. Puis il leur fit signe de le suivre et tous lui emboîtèrent le pas. Ses chaussures brillantes claquaient sur le sol. Mika, Makila et Méphisto dépassèrent les autres pour être juste derrière lui.

— Fort bien, concéda Léopold. Allons voir ce qu'il nous veut.

Dans la cuisine, le gentleman entreprit de placer dans chacune des écuelles destinées aux chats une cuillerée d'une pâte noire à la consistance huileuse, qui sentait vraiment très fort le poisson pourri. Le museau de Mystik se fronça.

— Pouah ! s'exclama-t-il.

— C'est du caviar, lui murmura sa mère. Des œufs d'esturgeon. La nourriture la plus chère et la plus rare du monde.

— On n'en offre qu'aux chats qui présentent

le pedigree le plus impeccable, commenta son père en se pourléchant les babines. Il provient probablement d'esturgeons pêchés dans la mer Caspienne, au nord de l'Iran. Notre visiteur sait combien nous sommes importants, combien nous sommes précieux.

L'homme reposa par terre les bols gorgés de petits grains noirs et dorés, puis darda sur eux un sourire encourageant. Ses lèvres s'entrouvrirent de nouveau.

Un à un, les chats s'approchèrent pour humer ce mets délicat. Le gentleman hocha alors la tête et quitta la cuisine, toujours aussi souriant.

— Pourquoi nous as-tu raconté toutes ces histoires, Mystik ? demanda Léopold au chaton. Pourquoi inventer ces chats noirs ?

C'est à ce moment que Noé sortit de sa réserve. À la surprise générale, il annonça :

— Je convoque un conseil de famille. *Tout de suite.* Vous devrez tous y assister, même les chatons.

— Mais... mais... protesta le père de Mystik, les yeux exorbités devant son bol de caviar. On ne réunit de conseil de famille qu'en cas d'urgence. Et ce n'est...

— *Tout de suite*, répéta le vieillard sur le même ton. Dans le salon.

Et, sans plus attendre, il sortit de la cuisine à grandes enjambées. Mystik se tourna vers son père avec inquiétude. Le visage de ce dernier était déformé par la rage.

3
NOÉ DÉTRÔNÉ

— Je déclare le conseil de famille ouvert, annonça solennellement Noé.

Le salon était animé d'un brouhaha à la mesure de l'événement. Les parents de Mystik discouraient à mi-voix avec tante Agathe, tous les trois serrés l'un contre l'autre sur un tapis si élimé qu'on en discernait à peine le motif.

Julius et Jasmine, assis derrière eux, hochaient la tête avec le plus grand sérieux, comme s'ils étaient adultes, eux aussi. Pour leur part, Mika, Makila et Méphisto se disputaient la souris devant les flammes de l'antique cheminée.

Noé dut donner de la voix pour mettre un terme aux jeux et aux conversations. Mystik s'était installé à l'écart des autres, dans son coin. Il était en ébullition. Son premier conseil de famille !

Perché sur le fauteuil en velours rouge de la Comtesse, le chef de famille s'éclaircit la gorge et tint le langage suivant à ses cadets, avec la plus grande solennité :

— Mes chers enfants, si l'on en croit ce qu'on raconte au sujet de notre famille, lorsque notre ancêtre Calife a quitté la Mésopotamie, il a erré d'un pays à l'autre pendant de nombreuses années, avant d'être accueilli par la Comtesse. Depuis, plusieurs générations d'entre nous ont vécu dans cette maison.

Il marqua un temps d'arrêt. Tout l'auditoire était suspendu à ses lèvres. Allait-il leur annoncer quelque catastrophe ? Le cœur de Mystik battait si fort qu'il menaçait d'exploser à l'intérieur de sa poitrine.

De sa voix mal assurée, l'aïeul reprit la parole.

— Mes chers enfants, mes chers petits-enfants

et... hum... je parle aussi au nom de mes futurs arrière-petits-enfants...

Jasmine laissa échapper un gloussement de délice. Julius lui décocha un coup de coude complice...

De son côté, Léopold rongeait son frein. Oui, oui, les enfants, les petits-enfants... Mais quand donc le vieillard cacochyme allait-il enfin en venir au fait ? Pourquoi les avait-il tous réunis dans le salon ? Pourquoi les avait-il arrachés si brutalement à la dégustation de leur caviar ? Cette attente était insupportable !

— ... Hum... euh... comme je le disais... euh... oh... qu'étais-je donc en train de dire ?

Les chatons allaient éclater de rire et le père de Mystik exploser de colère lorsqu'ils aperçurent... une larme qui coulait doucement de l'œil de l'aïeul. Ce dernier vivait mal sa vieillesse, qui lui jouait des tours pendables.

— Vous disiez que plusieurs générations d'entre nous avaient vécu ici même, répondit Léonie d'une voix consolatrice.

Une bûche craqua dans la cheminée. Le grand-père se ressaisit et redressa la tête.

— Oui, ça me revient, maintenant. Hum... Si

je vous ai réunis, c'est pour vous dire que... que nous risquons d'être chassés d'ici.

Les parents de Mystik et la tante Agathe poussèrent un cri de surprise. Ils échangèrent des regards perplexes et secouèrent la tête.

— Mais... pour quelle raison ? demanda tante Agathe.

Les moustaches en berne, Noé essuya une seconde larme.

— Parce que, mes chers petits, je crains que la Comtesse ne soit... morte, annonça alors le vieillard.

Cette nouvelle déclencha une houle d'incrédulité et de tristesse mêlées. Le grand-père attendit que le calme revienne et poursuivit.

— Récemment, elle ne quittait guère sa chambre. Uniquement pour nous donner à manger et entretenir le feu dans la cheminée. Nos petits derniers – Mystik, Mika, Makila et Méphisto – ne la connaissent pratiquement pas. Ils savent à peine à quoi elle ressemblait. Il fallait qu'elle fût bien malade pour se comporter ainsi. Et maintenant que ce... « gentleman » est dans nos murs, j'ai un mauvais pressentiment.

Léopold devait faire un effort considérable

pour continuer d'écouter ces... contes à dormir debout.

— Ce que nous avons vu aujourd'hui a confirmé mes pires craintes, reprit Noé. La Comtesse nous a quittés pour le paradis.

— Elle est sans nul doute partie quelque part, intervint Léopold, en prenant sur lui pour demeurer respectueux, mais pas au paradis. Pas encore... Je suis sûr qu'elle va revenir. D'ici là, c'est son ami qui va s'occuper de nous.

— Ce n'est pas son ami, corrigea le vieillard. Je me souviens de lui. Il est venu ici il y a bien longtemps, avant même que vous ne voyiez le jour, mes chers enfants. Lui et la Comtesse ont eu une dispute terrible. Il voulait nous emmener, mais elle ne l'a pas laissé faire. À la fin, elle l'a jeté dehors, en vociférant. Je ne l'avais jamais vue dans cet état.

Noé observa de nouveau le silence. Il n'y avait pas d'autre lumière dans la pièce que celle produite par les flammes mais, lorsque Léopold se retourna vers Léonie, Mystik distingua nettement un éclair vert dans ses yeux.

— C'est absurde, risqua tante Agathe.

Et de lécher ses coussinets bien rembourrés avec conviction.

— Nous sommes des bleus de Mésopotamie de pure race, les plus nobles des chats. Rien de mal ne peut nous arriver, affirma-t-elle, comme pour s'en convaincre.

— Grand-père, vous ne devriez pas alarmer les petits de la sorte, gronda Léonie. Ils sont trop jeunes et impressionnables pour comprendre ce que vous leur dites. Maintenant, ils vont faire des cauchemars. Non, ce n'est pas raisonnable.

— Parfaitement ! feula Léopold.

Puis il s'arc-bouta et se leva d'un bond.

— Je ne comprends pas où est le problème. Le gentleman nous a offert du caviar. C'est bien meilleur que ce que nous donnait la Comtesse !

Le vieillard secoua la tête.

— Mais pourquoi est-il si gentil avec nous ? Te l'es-tu demandé, mon fils ? Pourquoi ce mets de luxe, pourquoi ce cadeau aux enfants ? Et que penser de ces chats noirs, qui ont fait si peur à Mystik ?

— Nous savons tous que Mystik invente toujours des contes à dormir debout ! Je ne vois pas là de quoi s'inquiéter, pesta Léopold. Je n'y crois pas une seconde, à ces chats noirs. Je ne crois pas que la Comtesse soit morte et je ne crois pas non plus que le gentleman qui nous a offert du caviar soit le même que celui dont tu parles, père. Avec tout le respect qui t'est dû, il te faut admettre que tu perds un peu la tê... hum... la mémoire. C'est normal, tu le sais.

Un murmure d'approbation salua cette diatribe. Tout le monde hochait la tête. Enfin, tout le monde, sauf un.

Mystik.

Il fallait qu'il parle, c'était plus fort que lui. Quitte à défier l'autorité paternelle.

— J'ai vu les autres hommes emporter quelque chose, dit-il. C'était peut-être le cadavre de la Comtesse...

— Mystiiiik ! ! miaula sa mère. Tu devrais avoir honte !

Elle se tourna vers l'aïeul.

— Vous voyez ? Vous voyez ce que vous avez fait ? Je vous l'avais bien dit !

— Mais c'est la vérité ! persista Mystik sans se démonter. Et les chats noirs, je les ai vus, de mes yeux vus !

— Tais-toi, stupide moustique ! ordonna Julius. Nous sommes les seuls chats dans la maison de la Comtesse. Et ceci est une affaire de grands, ça ne concerne pas les demi-portions comme toi.

Tout le monde se mit à miauler en même temps, dans une cacophonie insensée. Les flammes elles-mêmes rugissaient dans l'âtre.

— Écoutez-moi ! plaida Noé. Écoutez-moi !

Mais sa voix ne parvenait pas à couvrir le tohubohu et il eut bien du mal à rétablir l'ordre.

— Nous devons concevoir un plan. Si les choses devaient changer dans cette maison, il nous faudrait aller vivre au-dehors.

— Vous n'y pensez pas ! s'insurgea Léonie. Vous savez bien que le monde du dehors est peuplé de monstres ! Ici, au moins, nous sommes à l'abri des chiens. En sécurité.

— Nous ne savons même pas à quoi ressemble un chien, contra l'aïeul. Tout ce que nous connaissons du monde, c'est cette maison.

— C'est le seul monde dont nous ayons besoin, répondit tante Agathe. La Comtesse va bien. Tout va continuer comme avant.

Le grand-père se dressa péniblement sur ses pattes de derrière pour grimper sur le bras du fauteuil.

— Écoutez-moi, malheureux ! implora-t-il. Pourquoi refusez-vous de comprendre ?

C'est alors que son fils aîné s'approcha du fauteuil, d'un air menaçant.

— Non, toi tu vas m'écouter, pour changer. Le moment est peut-être venu pour quelqu'un d'autre de prendre les décisions concernant cette famille.

Cette déclaration fit l'effet d'une bombe. La pièce fut plongée dans le silence. Seules les flammes osaient continuer à émettre de petits bruits. Tétanisé par l'importance de l'enjeu, Mystik ne quittait pas des yeux son grand-père.

Le vieillard sauta de son piédestal et vint faire face à son fils. Celui-ci se mit à tourner autour de lui, dévoilant ses canines pointues. Il avait l'air deux fois plus gros, deux fois plus féroce qu'à l'accoutumée. Dans la lumière des flammes, son ombre dansait sur la frêle silhouette de Noé.

Celui-ci recula d'un pas. Il semblait soudain très âgé et très fatigué. Aussi usé que le tapis sur lequel il se tenait.

— Je voulais simplement dire que nous devrions songer à...

— En voilà assez ! tonna Léopold. Je déclare ce conseil de famille clos.

Puis il se tourna vers le reste de la famille.

— Allons-y !

Il sentit instinctivement qu'il avait l'appui des siens. Mystik avait la gorge toute desséchée. Il était sidéré de la rapidité avec laquelle son monde venait de s'écrouler. Maintenant, son père était chef de famille. Il avait suffi qu'il hausse le ton.

— Nous sommes des bleus de Mésopotamie de pure race, grommela l'aïeul d'une voix brisée. Les héritiers de Calife. Sommes-nous donc tombés si bas ?

— Le conseil, répéta son fils aîné d'un ton qui n'admettait pas la contradiction, est définitivement clos.

4
Un don mystérieux

Dès que les adultes eurent quitté le salon, Julius se tourna vers Mystik.

— Je sais pourquoi la Comtesse n'est pas là, fit-il en plantant l'une de ses griffes dans la souris. C'est parce qu'elle ne supporte pas la vue des yeux de Mystik.

Jasmine, Mika, Makila et Méphisto avaient pris place à côté de Julius. Personne ne s'était installé auprès de Mystik. Il était seul, coincé entre le mur et le fauteuil déserté de la Comtesse.

— Pauvre petit Mystik, lança Jasmine, sa cousine. Tu parles d'une guigne !

Elle avait le sourire aux babines, comme s'il s'agissait là d'un caprice de la nature qui ne portait pas à conséquence.

— Pourquoi vous en prenez-vous toujours à lui ? poursuivit-elle sur le même ton. Je suis sûre qu'il préférerait avoir des yeux verts comme tout le monde !

— Oui mais *justement*, ils sont différents, et ça change tout, expliqua Mika.

— De la couleur du danger, précisa Makila.

— Il n'est pas comme nous, conclut Méphisto.

Mystik choisit d'ignorer ces perfidies. Il ne regardait même plus ses frères ni sa cousine, préférant se laisser fasciner par les flammes.

Mais il n'était pas chat à s'avouer vaincu.

— Si la Comtesse n'est pas là, c'est parce qu'elle est morte. N'avez-vous pas entendu Noé ? Ce n'est pas si difficile à comprendre... Que diable, Méphisto !

— Très drôle, ricana ce dernier, piqué au vif.

— Tais-toi donc, microbe ! lança Julius, excédé, à l'adresse de Mystik. Comment as-tu osé prendre la parole en plein conseil de famille ? Tu fais honte à la lignée de Calife. Tu déshonores sa mémoire.

Sa queue frappa le tapis à plusieurs reprises, comme pour menacer Mystik. Très lentement, ce dernier releva la tête et son regard vint croiser celui de son frère. À son tour, Mystik frappa le sol de sa queue.

— Tu essaies peut-être de m'impressionner, vermisseau ? railla Julius.

Il se dressa de toute sa hauteur et sortit les griffes. Mystik fit de même.

— Une bagarre ! Une bagarre ! s'écrièrent en chœur Mika, Makila et Méphisto.

Ils vinrent se placer tout autour, cependant que Jasmine observait la scène d'un air faussement distrait, en lissant son pelage aux reflets argentés.

En réalité, Mystik n'en menait pas large sous ses airs conquérants. Mais il n'en montrait rien. Il ne reculerait pas devant son frère aîné. Il ne s'était jamais vraiment bagarré pour de bon et savait pertinemment n'avoir aucune chance face à Julius... Mais il sentait qu'une force mystérieuse le poussait à relever ce défi. Une force enfouie en lui depuis toujours. Ce Julius, pour qui se prenait-il ?

— Julius, voyons mon minou, ce n'est qu'un petit chaton à peine sevré, un petit Mystik-gris... roucoula Jasmine de sa voix douce et soyeuse, comme le lait frais ourlé de miel, au petit matin.

Julius ne l'entendait pas de cette oreille.

— Ce n'est même pas un vrai bleu de Mésopotamie, tu as raison.

Il planta ses deux fentes vertes dans les yeux « de la couleur du danger », défiant Mystik de l'attaquer, avec un mépris teinté d'ironie.

Mystik était bien incapable de lui rendre la pareille. Il ne parvenait même pas à soutenir le regard de son frère aîné, trop sûr de lui, trop large d'épaules. La force mystérieuse qu'il avait sentie monter en lui quelques instants plus tôt l'avait abandonné. Il tourna les talons et s'en fut sans demander son reste.

C'était fini.

Julius l'avait battu d'un seul regard, tout comme son père avait supplanté son grand-père à la tête de la famille. D'une seule phrase.

Dans l'âtre, les dernières flammes continuèrent à danser faiblement pendant quelques secondes, puis s'éteignirent dans un souffle.

— Tu es responsable de tous nos ennuis, fit Julius. Présente des excuses pour ce que tu as fait.

Mystik ravala son orgueil.

— Je... vous... prie de... m'excuser, lâcha-t-il d'une voix rauque.

Les mots lui avaient brûlé la bouche tels des charbons ardents.

— Et ne recommence pas ! Sinon, je te préviens, je te brise les os.

Mystik quitta le salon en claudiquant sous le poids de l'humiliation.

Il avait *déshonoré la mémoire de Calife*. La plus blessante des insultes. Qu'importe ce que pouvait bien penser Julius ! Tout dans les muscles, rien dans la tête ! Mais Mystik s'était toujours senti proche de ses ancêtres, il adorait les contes de Noé. Il ne pouvait pas supporter la pensée de lui faire honte.

Tu ne perds rien pour attendre ! lança-t-il à un Julius imaginaire. *Tu verras. Un jour, je prendrai ma revanche et je te montrerai qui je suis.*

Il n'y avait pas âme qui vive dans le couloir qui menait à la cuisine. Il se moquait bien désormais de se faire surprendre dans le jardin. Il n'avait plus rien à perdre, au point où il en était ! Mystik se dirigea vers la porte située à l'arrière de la maison, fit basculer le battant de la chatière et se glissa au-dehors sans un bruit.

Le jardin était un endroit sombre et sinistre, rempli de vieux arbres aux branches biscornues. Ils s'étaient littéralement repliés sur eux-mêmes jusqu'à s'entrelacer les uns les autres et ils étaient désormais prisonniers de leur propre gangue noueuse. On distinguait à peine le ciel à travers leurs branches.

Derrière les arbres, le mur de pierre encerclait la maison et le jardin de la Comtesse. Il était si haut que personne, dans la famille, ne s'imaginait capable de l'escalader... pas même Mystik, qui parvenait tout juste à se hisser, de temps à autre, à mi-hauteur d'un rideau, avant que sa mère ou son père ne l'en fasse redescendre.

Le chaton inspira l'air glacé du soir, plissa les yeux pour tenter d'apercevoir le mur au travers de la frondaison et crut discerner la pointe d'un croissant de lune, tout là-haut dans le ciel.

— Mystik !

C'était Noé, son grand-père. Il était seul, au fond du jardin, juste à côté des racines d'un arbre mourant, qui tombaient en poussière. Mystik se fraya un chemin jusqu'à lui.

— Je te demande pardon, grand-père. Tout ce qui s'est passé est ma faute... mais je n'ai pas menti au sujet des chats noirs, je jure sur la tête de Calife que c'est vrai.

Noé lui adressa un sourire où se mêlaient amusement et tristesse.

— Je suis sûr qu'il ne tremble pas pour sa tête, là où il est... Je sais bien que tu as dit vrai. Et ce n'est pas ta faute. Tu n'y es pour rien, rien du tout. Ce sont eux. Ils ne veulent même plus se donner la peine de réfléchir.

Ils s'assirent l'un à côté de l'autre, dans l'ombre du mur d'enceinte, et restèrent silencieux.

— Tu vas quand même me raconter la plus grande bataille de Calife ? demanda Mystik au bout d'un moment.

— Celle qui l'a opposé à Saliya du Nord ? Non, pas ce soir, répondit Noé. J'ai des choses beaucoup plus importantes à te dire. Tu es encore jeune mais... je ne pense pas que nous ayons beaucoup de temps devant nous, et tu es le seul qui soit capable de comprendre.

Mystik sentit de petites pointes se hérisser sous son pelage. Après ce qu'il s'était passé au conseil de famille, les paroles de son grand-père lui donnaient la chair de poule. Il se sentit envahi d'une immense fierté, investi d'une responsabilité à nulle autre pareille.

— Je suis prêt, grand-père, répondit-il.

— Alors, écoute-moi attentivement. Dieu sait ce que ce prétendu « gentleman » a en tête ! Mais maintenant que la Comtesse a disparu, nous ne pourrons pas y faire face tout seuls. Il va nous falloir obtenir de l'aide de l'extérieur.

Mystik frissonna.

— Mais le monde extérieur n'est-il pas rempli de monstres ? demanda-t-il.

— Précisément. Un monstre, c'est exactement ce dont nous avons besoin. Un monstre appelé chien. On raconte qu'ils sont énormes et suffisamment forts pour tuer un homme. Ils emplissent de crainte le cœur de leurs ennemis, leur haleine est épouvantable et ils hurlent plus forts que les chacals...

À l'énoncé de telles horreurs, Mystik enfonça la tête dans ses épaules.

— Mais on raconte aussi que Calife pouvait leur parler, poursuivit Noé. Il doit donc exister un moyen d'obtenir d'eux qu'ils fassent peur à cet homme.

— Papa et maman disent que tous ces récits

merveilleux sur Calife sont des contes à dormir debout...

— Des contes à dormir debout ?

Noé posa un regard interrogateur sur son petit-fils.

— Et tu les crois ?

La tête toujours enfoncée dans les épaules, Mystik la fit aller de droite et de gauche, ce qui lui valut de se froisser un muscle du cou. Il grimaça.

— J'aime mieux ça, répondit Noé. Parce que je m'apprête à te révéler un secret de famille. Qui remonte à nos premiers ancêtres.

La tête du chaton reprit aussitôt sa position normale. Il était au comble de l'excitation. Un secret ? Jamais personne ne lui avait révélé de secret !

— C'est au sujet de Calife ? risqua-t-il.

La bouche de Noé dessina un sourire dans la pénombre.

— En effet, mon petit. Tout le monde a entendu ces récits merveilleux qu'on raconte à son propos, mais rares sont ceux qui connaissent ce Don qu'il possédait. Un Don mystérieux. Exceptionnel.

Le Don de Calife.

Julius et les autres en ignoraient jusqu'à l'existence. Et Noé allait lui en faire la révélation. À lui et à personne d'autre. Quel honneur pour Mystik ! Et surtout, quelle revanche sur son frère aîné !

— Ce Don s'est transmis de génération en génération. Oh, bien sûr, il s'est affaibli au fil des siècles, il a été corrompu aussi. Il n'en reste plus que des fragments. Quand bien même, il nous aidera peut-être à parler aux chiens.

Le grand-père eut un temps d'hésitation.

— Mais peut-être pas... Vois-tu, je ne sais pas en utiliser toutes les facettes, et je crains de ne plus avoir très longtemps pour te l'enseigner, mais c'est notre seule chance.

Mystik éprouva un sentiment étrange de déception. Maintenant qu'il connaissait l'existence d'un secret de famille, il voulait tout savoir. Quelle partie du secret Noé et les générations précédentes avaient-ils égarée en route ? Bah, des fragments de secret valaient mieux que rien du tout !

— Alors, raconte, grand-père.

— Approche, mon petit.

Mystik se pencha vers lui.

— Plus près.

Mystik approcha son oreille tout près de la bouche de Noé, au risque de se piquer contre sa barbichette blanche.

— Le Don de Calife se compose en réalité de Sept Pouvoirs, chuchota Noé.

Son souffle réchauffait Mystik au creux de la nuit glacée.

— Nous n'en connaissons plus que trois : le Temps ralenti ; le Cercle en mouvement ; la Marche dans l'ombre.

Il avait récité les noms de ces trois pouvoirs comme s'il se fût agi d'un poème.

— Retiens-les bien, mon petit. Vas-y, répète.

— Le Temps ralenti, le Cercle en mouvement, la Marche dans l'ombre.

Il faisait rouler les mots dans sa bouche, comme s'il découvrait une nouvelle saveur.

— Encore.

— Le Temps ralenti, le Cercle en mouvement, la Marche dans l'ombre.

Ces sons étranges formaient une étrange mélodie dans sa tête.

— Ne les oublie jamais. Tu es désormais le gardien du Don de Calife, Mystik.

Le chaton hocha la tête. Les paroles de Noé – celles-là mêmes que Calife avait un jour prononcées lui-même – resteraient dans sa tête pour toujours. Comme dans un sanctuaire.

C'est alors qu'ils entendirent un *clic.*

La porte de derrière venait de s'ouvrir. Mystik et Noé tournèrent la tête. Ils découvrirent le gentleman. Ses lèvres luisaient dans la pénombre. De chaque côté de ses chaussures noires brillantes se tenaient deux chats noirs.

5
AU PIED DU MUR

La température de l'air avait chuté d'un coup. Mystik fut parcouru d'un frisson.

— Ça ne me plaît pas, murmura Noé. Ça ne me plaît pas du tout.

Le mystérieux gentleman pointa un doigt en direction des bleus de Mésopotamie. Il s'accroupit pour toucher les colliers des chats noirs et leur chuchota quelques mots à l'oreille. Puis il tourna les talons et rentra à l'intérieur. Mystik et Noé se retrouvèrent seuls face aux deux intrus.

Ces derniers se mirent aussitôt en route d'un pas lent mais déterminé, en direction de Mystik et de son grand-père. Au contact de l'herbe, leurs foulées étaient parfaitement silencieuses. Leur démarche était en elle-même étrange, et menaçante...

— Qui êtes-vous ? demanda Noé, décidant qu'il valait mieux entamer lui-même le dialogue.

Ils ne répondirent rien, continuèrent d'avancer. Mystik et Noé firent un pas en arrière, mais ils ne pouvaient pas reculer bien loin. À quelques mètres à peine derrière eux se trouvait le mur d'enceinte.

Le pouls de Mystik s'affola. Le chaton se rappelait avec quelle vigueur les chats du gentleman l'avaient écarté de leur passage. Cette fois encore, rien ni personne ne pourrait les arrêter. D'une patte, il effleura son collier : était-il plus serré que d'habitude ?

— Mystik ! murmura son grand-père d'une voix pressante qui ne trahissait cependant nulle inquiétude. Je pense qu'un chaton aussi courageux et vigoureux que toi pourrait escalader le mur et passer à l'extérieur, n'est-ce pas ?

Mystik se retourna et évalua la hauteur du mur d'enceinte. Les pierres avaient beau être masquées par de la mousse, impossible de se cacher la réalité : ce mur était gigantesque.

— Ne t'en fais pas, mon garçon, tu disposeras du temps nécessaire pour y parvenir. Je m'en charge.

— J'aurai le temps ? répéta Mystik, effaré.

Mais que racontait le vieux Noé ?

Ils n'allaient pas le franchir tous les deux, ce mur ? Il ne songeait tout de même pas à abandonner Mystik « de l'autre côté » de la maison dont il n'était jamais sorti ?

— Tu veux dire que tu ne...

— Non, nous ne pouvons pas y aller à deux. Je dois rester ici pour faire diversion. Toi, ta mission consiste à aller chercher un chien qui accepte de nous aider.

Mystik n'en croyait pas ses oreilles.

— Tu ne vas pas te battre contre eux, hein, grand-père ? Dis, tu ne vas pas faire ça ? Parce qu'ils... ils...

Noé fit un pas en direction des deux chats noirs. Dans ses yeux brillait une flamme que Mystik n'y avait jamais vue.

— Allez, va, mon grand ! Ramène cet animal

monstrueux dont même les hommes ont peur. Et garde le Don en vie, Mystik. Tu es notre seul recours.

Les chats s'étaient arrêtés net. Ils contemplaient le vieux Noé sans impatience, avec la certitude d'être les plus forts. L'aïeul poussa un rugissement rauque.

La tête de Mystik lui tournait. Un tourbillon d'émotions s'agitait en lui... Un sentiment troublant d'excitation, aussi.

Le vieux Noé s'avança vers les chats du « gentleman », la queue relevée, jetant des éclairs de ses yeux verts.

— Va-t'en, Mystik, avant qu'il ne soit trop tard. Ne regarde pas en arrière. C'est le seul moyen.

Il releva la tête avec un aplomb magnifique, farouchement déterminé à sauver sa race. Conscient de l'immensité de son sacrifice.

Le vieux chat épuisé du conseil de famille avait cédé la place à l'héritier de Calife, affrontant son ennemi sans faillir, avec bravoure et orgueil. Un vrai bleu de Mésopotamie.

— FILE ! hurla-t-il à l'adresse de Mystik.

Puis Noé se rua sur les deux chats noirs. Ces derniers hochèrent la tête d'un air entendu, comme si cet adversaire ne pesait guère plus qu'une mouche. Noé se jeta droit sur eux... mais, soudainement enveloppé d'un scintillement argenté, il se glissa entre les deux, à travers le plus minuscule des espaces... et ressortit de l'autre côté.

Les deux chats pivotèrent sur eux-mêmes. Le vieux Noé était hors de leur atteinte. Ils échangèrent un regard médusé et s'élancèrent dans sa direction.

Mystik n'en croyait pas ses yeux. Sa gorge se serra. Son grand-père entraînait les deux « clones » à sa suite, à travers les arbres, vers la maison. Il les éloignait de plus en plus du chaton, grâce à son astuce et à sa rapidité. On aurait dit un éclair de vif-argent bleuté.

Les chats noirs étaient plus rapides. Ils avançaient d'une même foulée, parfaitement synchronisés, effilés et meurtriers... Comment Noé pourrait-il les vaincre l'un et l'autre ? Déjà, il ralentissait l'allure, essoufflé.

Les chats noirs décidèrent de le prendre en tenailles, un de chaque côté.

Ils ne tarderaient pas à l'attraper. Et même s'il leur échappait, que pourrait-il faire contre un homme dix fois plus grand que lui ? Aucun chat n'était de taille à faire face, pas même une famille entière de chats.

Noé avait raison. Leur seule chance de salut, c'était que Mystik trouve un chien. Son grand-père faisait son devoir. À lui, Mystik, de faire le sien.

Le cerveau en ébullition, le chaton se força à détourner les yeux du jardin et à les fixer sur le mur. Aucun chat de la famille ne l'avait franchi depuis que Calife lui-même était arrivé de Mésopotamie. Mais c'était la seule issue.

Il inspira fortement, rassembla toute son énergie. Un dernier regard par-dessus son épaule.

Oh, non, pas ça !

Les chats noirs avaient coincé le vieux Noé. Ils l'avaient acculé contre la maison. Le vieux matou bondit en avant, tentant une nouvelle percée, mais les deux autres fondirent sur lui et le plaquèrent au sol.

Un terrible miaulement de douleur retentit. Les chats noirs se dégagèrent, en secouant la tête.

Quant au vieux Noé... Il ressemblait à un pantin désarticulé.

Et soudain, un nouveau rugissement déchira les oreilles de Mystik. Son estomac se noua. Son être tout entier lui hurlait de rester, de lutter, de venir en aide au seul chat qui l'ait jamais compris. Mais les paroles de Noé résonnaient encore à ses oreilles : *Va-t'en, Mystik, avant qu'il ne soit trop tard.*

Il fit de nouveau face au mur.

Trois.

Deux.

Un.

Mystik jaillit du sol en pleine extension. Il s'agrippa aux pierres moussues, s'aida de ses pattes de derrière pour se propulser vers le haut, il poussa encore et encore, à travers des branchages qui lui griffaient le cuir. Il grimpa plus haut que les rideaux du salon, plus haut que la maison, toujours plus haut.

Son regard se troubla, ses muscles étaient en surrégime. Combien de temps lui faudrait-il encore poursuivre cet effort impitoyable ?

Il ne pouvait pas échouer. Il fallait continuer. S'agripper, encore et encore.

Enfin, il parvint à se hisser jusqu'au sommet du mur, pantelant.

Il était dehors !

Il avait réussi !

Pour la première fois depuis Calife, un bleu de Mésopotamie allait quitter la maison de la Comtesse et découvrir le monde extérieur.

6
À L'ASSAUT DES LUMIÈRES DE LA VILLE

Le paysage s'étendait à perte de vue. Plus aucun mur, plus aucun arbre ne s'interposaient devant les yeux de Mystik. Rien que de l'espace, des kilomètres carrés à explorer devant lui, au-dessous de lui, au-dessus. Il était en suspension dans l'espace et... le sol était bien bas. Comment redescendre sur terre ?

Il se retourna et tenta de percer l'opacité des arbres. Mais rien à faire. Les chats du mystérieux gentleman et Noé, son grand-père, étaient masqués par l'enchevêtrement de branches. Impossible de revenir en arrière. Il était bel et bien livré à lui-même.

Seul au monde.

Avait-il pris la bonne décision ? N'aurait-il pas dû aider son grand-père ? Il ne pouvait effacer de sa mémoire l'image du vieux Noé, semblable à une poupée de chiffon.

Il sentit monter en lui des bouffées de doute, et aussi une angoisse insidieuse. Mystik entreprit de les refouler avant qu'elles ne s'emparent de lui. Noé savait ce qu'il faisait. Il avait tout prévu. Il avait été prêt à sacrifier sa vie pour que Mystik ait une chance de sauver la famille.

Ne restait plus au chaton qu'à se mettre en route. Mais dans quelle direction ?

Devant lui s'étendait un océan de lumières, qui s'enfonçait très loin dans les ténèbres. Qu'y avait-il derrière, à l'autre bout du monde ? Et pourquoi tant de lumières ? D'où venaient-elles ?

Le chaton leva les yeux vers le ciel et aperçut un autre océan de lumières : la lune et les étoiles, froides et lointaines. Il se sentit pris de vertige et, bientôt, le mur lui donna l'impression de se dérober sous lui.

Il ferma les yeux et compta jusqu'à dix.

Rien à faire. Le monde extérieur était trop vaste, et lui trop petit pour s'y fondre. Un bleu de Mésopotamie n'avait pas sa place au sommet d'un mur. Certes, sa famille le lui avait dit et répété, Mystik n'était pas un « vrai » bleu.

Alors, qui était-il ?

Sous la voûte céleste géante, il n'était personne. Un petit rien perdu dans l'immensité.

Mystik se sentit défaillir. S'il restait une seconde de plus sur ce mur, il allait dégringoler. Plus dure serait la chute... Et puis les chats noirs étaient sans doute déjà partis à sa recherche...

Mais comment regagner la terre ferme ? Il ne pouvait redescendre comme il était monté, en s'agrippant aux pierres. Trop risqué. Il serait déséquilibré à un moment ou à un autre, il glisserait et s'écraserait au sol.

Il y avait un arbre non loin du mur. Juste un. S'il parvenait à l'atteindre, il s'en servirait comme d'une échelle.

Le chaton étendit prudemment une patte et posa un coussinet sur l'extrémité d'une branche. Mais il dérapa sur la mousse qui tapissait le sommet du mur. À travers la mousse, il planta alors ses griffes dans la pierre et manqua être emporté par une bourrasque de vent glaciale.

De nouveau, il se sentit pris de vertige. L'air des hauteurs ne lui était guère profitable. Le vent lui chantait une étrange mélopée. *Ouuuhhh vas-tuuu ? Tuuuu es trop hauuut !* Mystik tenta de se boucher les oreilles, mais le cri du vent s'insinuait en lui par tous les pores de ses coussinets. *Ouuhh vas-tuuu ? Tuuu vas te tuuuer... !*

Le chaton fit assaut de volonté et avança l'autre patte en direction de l'arbre. Autant essayer de marcher sur de la glace. Glissant ! Froid ! Impossible ! Mystik s'imagina en train de patiner, de partir à la renverse et de... se briser le cou cinq mètres plus bas !

Il fallait trouver une autre solution.

Pouvait-il, par exemple, utiliser le Don que lui avait révélé Noé ? Quels étaient les trois Pouvoirs, déjà ? Le Temps ralenti, le Cercle en mouvement, la Marche dans l'ombre.

Mystik avança encore d'un pas vers l'arbre. *Oùùùùh vas-tuuu ?* siffla le vent.

— Temps ralenti ! hurla le chaton en retour.

Autant en emporte le vent...

— Cercle en mouvement !

Il n'allait pas laisser le mur avoir raison de lui...

— Marche dans l'ombre !

Parce qu'il s'appelait Mystik et qu'il avait eu la révélation du Don, il vaincrait l'adversité.

Le chaton entreprit alors de marcher au sommet du mur comme il l'avait toujours fait dans l'enceinte de la maison de la Comtesse. Tous ces petits murets autour de la remise, autour du local à poubelles... il les avait parcourus à maintes reprises. Il se sentit soudain léger et agile. Le Don fonctionnait à merveille ! Que Noé ne s'en était-il ouvert à lui plus tôt ? Mystik aurait réglé son compte à Julius et aux trois M.

Il n'avait plus le vertige.

Mystik aurait bien voulu voir Julius dans cette position !

Il ne lui restait plus qu'à sauter sur l'arbre et il pourrait redescendre facilement. Le plus dur était fait. Mystik fit un large sourire et s'élança vers la branche la plus proche.

CRRRAAAC !!!

La branche la plus proche, malheureusement, ne supporta pas son poids. Il aurait dû s'assurer de sa solidité avant de bondir dessus.

Plus dure serait la chute...

Le vent lui assena une gifle glacée au moment

où il était précipité dans le vide. Mystik ferma les yeux… et tout devint noir.

*
* *

Mystik rêvait.

Il rêvait qu'il marchait le long d'une rivière dans la chaleur de la nuit. Des arbres biscornus ondoyaient sous la brise tiède. L'air sentait la cannelle, il avait un goût de datte bien mûre. Les étoiles étaient différentes. Elles scintillaient de tous leurs feux dans un ciel clair et brillant.

Un vieux chat au pelage bleu argenté marchait aux côtés du chaton. Il ressemblait à un bleu de Mésopotamie mais ne portait pas de collier. Ses yeux ambrés évoquaient la couleur du ciel au lever du soleil.

— Bienvenue sur la terre de nos ancêtres, dit le vieux chat. Bienvenue en Mésopotamie.

— En Mésopotamie ? La terre natale de Calife ?

Le vieux chat hocha la tête.

— Calife ? Oui, c'est cela. Il a habité cette contrée il y a bien longtemps.

Le pouls de Mystik s'accéléra.

— Vous l'avez connu ? demanda-t-il.

— Pourquoi t'intéresse-t-il de le savoir, mon garçon ?

— Parce que je pourrais vous poser des tas de questions, pardi ! Toutes ces histoires qu'on raconte à son sujet, sont-elles vraies ? Pouvait-il vraiment parler aux chiens ? Et... et que penserait-il de moi ?

Le vieux chat gloussa dans sa barbe blanche.

— En voilà une question ! Quelle importance pour toi ?

Mystik détourna le regard.

— Parce que ma famille n'arrête pas de dire que je fais honte à la mémoire de Calife, que je l'ai déshonoré. Ils disent tous que je ne suis pas un vrai bleu de Mésopotamie.

— Ah bon ? Et toi, qu'en penses-tu ? Es-tu digne de tes ancêtres, ou non ?

— Non, répondit Mystik, la tête basse. Je ne le suis pas.

— Et si tu connaissais le Don secret de Calife, serais-tu alors un bleu de Mésopotamie de pure race ?

Mystik sourit tristement. Il se rappelait les paroles de Noé.

— Je le connais, et pourtant je ne sens aucune différence.

— Tu connais le Don ? Je suis très impressionné, commenta le matou, matois. Accepterais-tu de me faire une petite démonstration ?

Décontenancé, Mystik hésita, puis hocha la tête.

— Si vous voulez, oui.

— Alors, frappe-moi ! Allez !

Le vieux chat s'immobilisa devant Mystik et lui bloqua le chemin. Il n'était pas si gros que ça, mais il émanait de lui une étrange menace. Mystik recula d'un pas.

— Frappe-moi ! commanda de nouveau son interlocuteur.

Ses yeux ambrés lancèrent un éclair.

— Frappe-moi tout de suite ou meurs sur place.

Il ne lui laissait pas le choix. Si c'était ce qu'il voulait... après tout, pourquoi pas ?

Mystik voulut décocher un coup de patte à ce vieux fou, sans forcer. Mais il ne parvint pas à exécuter le mouvement souhaité et sa patte retomba mollement après avoir décrit un arc de cercle dans le vide. Mystik fronça les sourcils. Comment avait-il pu manquer sa cible ?

Le vieux chat se lissa les moustaches.

— Serais-je trop vif pour toi ? interrogea-t-il. Est-ce de cette manière que tu utilises le Don de Calife ? Je crois que tu ne sais rien, petit chaton. Frappe-moi de nouveau !

La situation devenait irritante. Oui, Mystik voulait lui taper dessus, de toutes ses forces, ne serait-ce que pour lui couper le sifflet. Il décida de se concentrer sur l'impact. Cette fois, il n'échouerait pas.

Sa patte jaillit devant lui... manqua complètement sa cible, et il fut déséquilibré. Il roula sur lui-même au bas du talus qui bordait la rivière et se retrouva les quatre fers en l'air. Dans le ciel, les étoiles argentées riaient en silence. Il se releva, furieux.

— Essaie encore ! se gaussa le vieux chat.

N'y tenant plus, Mystik lâcha un autre coup, avec une violence dont il ne se savait pas capable. Mais, une fois de plus, sa patte s'agita stupidement dans le vide, et il partit de nouveau en arrière. Il se mit à donner des coups de patte dans tous les sens, mais il ne faisait que se battre contre lui-même et le savait.

Il était vaincu.

Son adversaire chenu le scruta avec intérêt.

— J'ai trouvé ta première attaque plutôt molle, commenta-t-il d'un ton badin. La troisième était sans panache et maladroite, tu t'en es rendu compte. La deuxième a montré que tu possèdes un certain... potentiel, oui. Mais elle était lente, terriblement lente... Cela dit, je te reconnais du courage. Si tu veux apprendre le Don, je veux parler du véritable Don, tel qu'il se pratique par ceux qui le maîtrisent, tu n'as qu'à me le demander. Je te l'enseignerai.

Mystik resta sans voix. Les mots lui collaient à la gorge. Il ressentait de la gêne, voire de la honte. De toute évidence, ce félin filou en savait bien davantage que lui à propos du fameux Don, mais le chaton ne pouvait se résoudre à l'admettre. Question d'orgueil.

Le vieux chat haussa les épaules.

— Eh bien, adieu !

Et il tira sa révérence avant de tourner les talons.

À ce moment, Mystik sentit quelque chose en lui se débloquer. Comme une porte verrouillée qui s'ouvre enfin sur l'extérieur.

— Attendez ! appela-t-il.

Le grand ancien pivota sur ses coussinets. Son corps luisait dans la touffeur du soir.

— Ne partez pas... ! s'exclama Mystik. Enseignez-moi le Don.

— À la bonne heure ! s'exclama l'autre en souriant de toutes les dents qu'il lui restait. Alors, nous allons commencer immédiatement.

Il s'éclaircit la gorge.

— Le Don de Calife comprend Sept Pouvoirs. Le Premier s'appelle l'Ouverture d'esprit et tu viens d'en découvrir le secret. Car c'est seulement lorsqu'on admet ne rien savoir que l'on peut vraiment savoir.

Mystik écarquilla les yeux.

— Qui êtes-vous ?

— Tu ne sais toujours pas qui je suis, mon fils ?

Le chaton en avait bien une petite idée, mais...

— Calife ?

— Oui, c'est moi, en personne.

Il adressa un clin d'œil à son nouvel élève.

— Et surtout, ne crois rien de ce qu'on raconte à mon sujet.

7

Des chiens tonitruants

Mystik se réveilla au pied du mur d'enceinte de la maison de la Comtesse. Il avait des bourdonnements dans la tête et ses pattes étaient tout endolories. Il ne faisait pas encore jour mais la nuit tirait à sa fin. Il avait dû perdre connaissance en tombant de l'arbre. Mais quel rêve il avait fait ! Il se demanda s'il en referait jamais un autre si fascinant.

L'air était froid et l'herbe humide. Mystik se

leva péniblement, secoua son pelage pour en ôter les gouttes et regarda autour de lui.

Au spectacle de ce qui s'offrait à ses yeux, il recouvra instantanément ses esprits. L'extérieur ne ressemblait à rien de ce qu'il avait imaginé ou rêvé.

La maison de la Comtesse se trouvait au sommet d'une haute colline. Au-dessous s'étendait un vaste parc et, au loin, une grande ville. Un enchevêtrement de formes étranges, de toutes les tailles : de hautes tours d'acier et de verre qui scintillaient dans les premières lueurs de l'aube, mais aussi de petites maisons en briques noircies par la fumée des cheminées. De grands jardins s'épanouissaient entre des allées étroites. Plusieurs dômes trônaient fièrement au-dessus de la mêlée, surmontés de flèches pointues, et de gros blocs de béton se dressaient vers le ciel, piquetés de panneaux d'affichage aux couleurs vives.

Il se dégageait de cet assemblage d'architectures hétéroclites un lointain ronronnement, en partie couvert par le chuintement du vent à la cime des arbres.

« Cette ville ne dort-elle donc jamais ? » se demanda Mystik, le souffle coupé.

Vue de loin, elle semblait le lieu de tous les

possibles. Un endroit où l'on pouvait faire tout ce qu'on voulait sans personne pour vous en empêcher. Dans cette jungle luxuriante, il parviendrait même, peut-être, à trouver un chien.

Sans plus attendre, Mystik se mit en route. Il dévala la colline, plus abrupte qu'il ne l'avait estimé au premier abord. Mais quel bonheur de pouvoir se laisser aller sans craindre d'être rappelé à l'ordre ! Et surtout, quelle joie de partir à la découverte d'un monde entièrement nouveau et sans limites apparentes !

Un rougeoiement déferla sur la ligne d'horizon. Mystik n'avait jamais vu le soleil se lever, et il fut surpris de constater que le ciel arborait soudain des nuances ambrées.

Parvenu au bas de la colline, le chaton constata que ses pattes étaient toutes boueuses. Là-haut, dans la maison de la Comtesse, la famille au complet venait sans doute de se réveiller et allait entamer sa toilette matinale... Mystik avait une sainte horreur de se laver. Pouah !

Son cœur se serra. Combien de temps leur faudrait-il pour s'apercevoir de la disparition de leur souffre-douleur ?

Après leur toilette, ils iraient tous docilement prendre leur petit déjeuner, non plus dans des écuelles, mais dans des bols en porcelaine remplis de cet infâme caviar apporté par le gentleman. Maintenant qu'il était « à l'extérieur », Mystik n'aurait plus jamais besoin de manger ce qu'il n'aimait pas. Il pourrait choisir son menu et l'heure de ses repas.

La liberté !

Après le déjeuner, la famille prendrait la direction de la litière, en rangs serrés. Ha ! Ha ! Mystik, lui, s'installa sous un arbre... Plus de litière pour lui. C'était beaucoup plus agréable, plus naturel aussi.

Son avenir promettait d'être le meilleur moment de sa vie !

Il reviendrait de la grande ville avec un chien (même s'il n'avait encore aucune idée de ce à quoi un chien ressemblait) et il vaincrait le gentleman et ses affreux chats noirs. Puis il conduirait sa famille hors de cette vieille maison poussiéreuse et lui ferait découvrir ce nouveau monde merveilleux.

Tous diraient alors que Mystik était un vrai bleu de Mésopotamie, un vrai fils de Calife. Ils le couvriraient d'honneurs et de récompenses, qu'il refuserait en bloc : *« Je l'ai fait pour la gloire de la famille* », répondrait-il humblement. Et ils l'applaudiraient à tout rompre.

Mystik poursuivit sa route, tout à sa douce rêverie. Les premières rougeurs de l'aube s'étaient consumées et le ciel ressemblait désormais à une couverture de cendres.

Un son violent l'arracha à ses pensées. On aurait dit un rugissement auquel se mêlaient des cris stridents. Le chaton fut saisi d'effroi. Ce tintamarre provenait d'une route toute noire qui encerclait le parc où il se trouvait.

Les oreilles rabattues sur le crâne de crainte d'être assourdi, Mystik avança à pas comptés vers la source du vacarme.

C'est alors qu'il aperçut une colonne de monstres épouvantables. Ils glissaient sur la bande noire à toute allure, en grondant tous plus fort les uns que les autres. Ces monstres gigantesques, métalliques et anguleux, avec des yeux jaunes à l'avant et d'autres, rouges, à l'arrière, se déplaçaient grâce à des roues noires qui tournaient si vite que Mystik en attrapa le vertige.

Ils crachaient de la fumée noirâtre qui s'envolait en volutes crasseuses.

C'était ça, des chiens ?

Les paroles de Noé résonnèrent encore une

fois à ses oreilles : « On raconte qu'ils sont énormes et suffisamment forts pour tuer un homme. Ils emplissent de crainte le cœur de leurs ennemis, leur haleine est épouvantable et ils hurlent plus fort que les chacals... Si féroces qu'ils sont capables de tuer un homme. »

Pas de doute, c'étaient bien des chiens. Il les avait trouvés !

Une boule de terreur se forma au creux de l'estomac de Mystik. Comment engageait-on le dialogue avec de tels bestiaux ? Ils ne donnaient pas l'impression d'être disposés à marquer le pas pour qui que ce soit, et certainement pas pour un chat.

Mystik se gratta l'arrière de l'oreille gauche avec énergie, en équilibre sur une fesse. À mesure qu'il se rapprochait de la procession furieuse, sa vision exaltante et radieuse de l'avenir s'évanouissait, telle la promesse déçue d'un lever de soleil.

Le Temps ralenti, le Cercle en mouvement, la Marche dans l'ombre.

Il secoua la tête. Comment des paroles étaient-elles censées lui venir en aide ? Pourquoi Noé lui avait-il confié cette mission impossible ? Pourquoi n'avait-il pas choisi quelqu'un de plus âgé, de plus fort, quelqu'un comme Julius ? Julius aurait peut-être su comment se comporter face à un chien. Mystik n'en avait aucune idée.

C'était trop difficile. Impossible. La boule de terreur pesait une tonne au creux de son estomac.

Une énorme goutte d'eau s'écrasa sur sa tête. Mystik grimaça. Il avait horreur d'avoir le pelage mouillé. À la maison, dès qu'il pleuvait, il se précipitait à travers la chatière. Si seulement il avait pu trouver un abri... ! Il se retourna et parcourut des yeux la colline. Il n'apercevait plus la maison de la Comtesse.

Une bourrasque lui cingla le visage. Le ciel s'assombrissait. L'orage menaçait.

Un abri.

Il lui en fallait un, et vite. Sinon, il finirait comme ces touffes d'herbe aplaties par le vent, toutes tremblantes avant la tempête.

Mais la pluie n'attendit pas. Elle se mit à tomber, drue, s'insinuant dans son pelage, alourdissant sa démarche. Il s'ébroua mais c'était peine perdue. La pluie redoubla bientôt. Sa famille avait bien raison. Les chats n'avaient pas leur place au-dehors. Le monde extérieur n'était pas fait pour eux.

Au loin, juste derrière une rangée d'arbres qui

ployaient sous les rafales, il distingua quelque chose qui lui avait échappé jusqu'alors. Une petite cabane de bois. Un abri !

À travers les trombes, il se fraya un chemin jusqu'à elle. *Où vas-tuuuuuuuu ? Tu vas te tuuuer... !!* hurlait le vent. Mystik fut projeté dans une flaque boueuse et se retrouva tout imprégné de son contenu. Sa bouche dégoulinait de cette vase répugnante.

Soudain, un éclair de lumière blanche déchira le ciel. Il y eut un moment de silence angoissant et la terre fut secouée de tremblements.

— À l'aide, Calife ! miaula Mystik.

Mais seul le ciel lui répondit, avec un autre coup de tonnerre.

Enfin, péniblement, le chaton atteignit la cabane. Elle sentait le bois gorgé d'eau et n'avait pas de fenêtre, juste une porte. Il l'entrebâilla prudemment et tenta de jeter un coup d'œil à l'intérieur mais n'y parvint pas. Il recula, prit son élan et se jeta sur elle.

La porte s'ouvrit toute grande.

8

Visite inattendue

À l'intérieur, il faisait noir comme dans un four. Mais Mystik y serait au sec. Le chaton commença à se détendre. C'est alors qu'un nouveau grondement fit vibrer l'atmosphère.

La porte se referma bruyamment derrière lui.

— Ne bouge pas d'un poil ! fit une voix rocailleuse. Tu es cerné.

Immédiatement, Mystik sortit les griffes, prêt à en découdre.

— Range ton arsenal, ordonna la même voix.

Mystik tenta de percer la pénombre pour découvrir son interlocuteur. C'était un autre chat ! Ou plutôt une chatte, avec un pelage noir et blanc et des yeux moutarde.

Elle devait avoir à peu près le même âge que lui. Bien que plus jeune que Jasmine ou Julius, elle semblait plus endurcie, comme si elle avait déjà trop vu du monde extérieur.

— Je ne cherche pas la bagarre, dit-elle, mais si tu ne rentres pas les griffes, je te transformerai en chair à pâté.

Au ton de sa voix, Mystik savait qu'elle disait vrai.

— Moi non plus, répondit-il. Je ne cherche pas la bagarre.

Et de « ranger son arsenal ».

La pluie tambourinait sur le toit. On se serait cru un jour de fête chez la Comtesse : une fois par an, celle-ci avait pour habitude de convier un petit orchestre pour son anniversaire. Mystik adorait le son des percussions et des cuivres étincelants... Seulement voilà, la Comtesse fêterait-elle encore un autre de ses anniversaires ? Ou Noé avait-il raison d'affirmer qu'elle était morte ?

— Parfait, dit la maîtresse des lieux. Je suis

chez moi, ici. C'est *ma* cabane. Tout le monde le sait. Alors, que fais-tu ici ?

Mystik s'ébroua.

— Au cas où tu n'aurais pas remarqué, il pleut...

— Pas la peine de m'éclabousser ! protesta-t-elle.

— Pardon... C'est le seul abri que j'aie trouvé.

— Tu ne vois pas qu'il est occupé, cet abri ? gronda-t-elle.

Mystik fronça les sourcils.

— N'est-il pas assez grand pour nous deux ?

— Il n'y a de place que pour moi.

C'était traiter la vérité avec parcimonie... Pour ne pas dire qu'il s'agissait d'un mensonge éhonté ! Mais Mystik se dit qu'elle n'apprécierait pas de se l'entendre dire. Il contempla en silence le sol détrempé. Une mare l'entourait déjà. Il ne pouvait se résoudre à ressortir.

De plus, c'était la première représentante de son espèce qu'il rencontrait depuis son départ. Elle ne ressemblait en rien à un bleu de Mésopotamie, mais pas non plus aux chats du gentleman. Elle n'avait rien d'étrange ni d'effrayant... même s'il ne devait pas faire bon être son ennemi.

Mystik risqua un sourire dans la pénombre. Elle lui répondit par un regard noir.

— Comment t'appelles-tu ? demanda-t-elle d'un ton bourru. Je ne t'ai jamais vu rôder par ici.

— Mystik.

— Mystik ? En voilà un drôle de nom !

C'était la première fois que Mystik entendait dire que son nom était drôle. Même Julius ne s'en était jamais moqué...

— Et toi, comment t'appelles-tu ?

— Ça ne te regarde pas, répondit la chatte. Tu fais partie de quelle bande ? Qui est ton chef de gang ? Tu as réchappé d'une Disparition ?

Mystik hésita. Que signifiaient toutes ces questions ? Il n'en avait aucune idée, mais il lui fallait répondre quelque chose...

Il bafouilla la première réponse qui lui venait à l'esprit. Une affirmation à laquelle il ne croyait pas lui-même.

— Je suis un bleu de Mésopotamie de pure race.

— Un quoi ?

— Un bleu de Mésopotamie, répéta Mystik. Nous sommes très rares. Des chats très spéciaux. Nous avons un pedigree.

La maîtresse des lieux haussa un sourcil.

— *Spéciaux ? Pedigree ?* Tu m'as pourtant l'air d'un chat tout à fait ordinaire : quatre pattes, deux oreilles, deux yeux, un museau, une queue. Comme tout le monde ! La seule chose qui m'importe, c'est ce que tu fais dans la vie.

Un nouveau coup de tonnerre fit trembler la cabane de bois. Mystik se gratta l'oreille. Droite, cette fois. Cela lui donnerait le temps de préparer sa contre-attaque. Il n'avait jamais entendu personne tenir ce genre de langage.

— Et toi, de quelle race es-tu ? demanda-t-il.

— C'est moi qui pose les questions, monsieur-le-chat-spécial.

Elle laissa échapper une moue de dégoût.

— Maintenant, dis-moi qui tu es *vraiment.* Tu fais partie de la bande du Rouquin ? Ou de celle d'Ellie-la-Désossée ?

Poursuivre le dialogue, c'était la meilleure tactique. Au moins, pendant ce temps-là, il serait au sec.

— Je t'ai dit la vérité. Je suis un bleu de Mésopotamie. Je vis avec ma famille, au sommet de la colline.

Avec un soupir, la chatte aux yeux moutarde tapota une petite planche de la pointe de ses griffes.

— Tout le monde sait qu'il n'y a rien à manger là-haut. Même les gangs ne se fatiguent pas à aller fouiner dans ces parages. Allez, crache le morceau. Tu fais forcément partie d'une bande, sinon un avorton de ton espèce serait mort de faim depuis longtemps.

Mystik fut frappé de plein fouet par ce dernier commentaire. Un mélange d'humiliation et de surprise. Il était mortifié d'avoir été comparé à une race inconnue, celle des avortons (Noé ne l'avait jamais mentionnée : de quelle région du monde ces chats étaient-ils originaires ?), et tout surpris que la chatte ne connaisse pas la maison de la Comtesse. Le monde extérieur et celui dont il était originaire semblaient totalement coupés l'un de l'autre.

— Écoute, puisque tu es si supérieur et si malin, comment se fait-il que tu te sois retrouvé seul dans le parc au beau milieu d'un orage ?

— Je suis sorti de chez moi parce que je devais parler à un chien, répondit naïvement Mystik.

La chatte le considéra bouche bée, comme si elle n'avait jamais rien entendu d'aussi extraordinaire. Ni d'aussi stupide...

— Les chiens sont des monstres gigantesques et très bruyants, expliqua-t-il.

— Je sais ce que c'est qu'un chien, merci ! répliqua l'autre d'un air pincé.

« Super ! songea Mystik. Dans ce cas, elle pourra peut-être me venir en aide ! »

— Tu sais comment les aborder ? demanda-t-il.

La chatte se dressa sur son séant, comme si elle ne pouvait croire ce qu'elle venait d'entendre.

— Je sais, ça peut paraître bizarre, reprit Mystik, mais il faut que je le fasse, pour sauver ma famille. Elle court un grand danger.

La chatte en noir et blanc éclata de rire.

— Il croit vraiment qu'il peut parler avec un chien ! Il ne plaisante pas !

Son rire lui-même ressemblait au crissement des graviers sous les pas. Mystik fit mine de lisser son pelage pour masquer sa gêne. Qu'avait-il donc dit de si drôle ?

— Qu'est-ce que tu portes autour du cou ? demanda son interlocutrice.

— Tu veux parler de mon collier ?

— Un collier...

Une expression étrange apparut sur son visage. Puis elle sembla s'apaiser.

— N'est-ce pas ce que portent les animaux domestiques ?

Mystik avisa le cou de l'occupante des lieux. Elle n'en portait pas, elle, de collier.

— Je comprends, maintenant, fit-elle. Tu es un chat domestique qui s'est trouvé pris au dépourvu par l'orage. Tu ne fais partie d'aucun gang. Tu ne connais rien de rien de cette ville, hein ?

Mystik voulut d'abord le nier. Puis son rêve lui revint en mémoire. L'Ouverture d'esprit, le premier Pouvoir : *C'est seulement lorsqu'on admet ne rien savoir que l'on peut vraiment savoir.*

— Tout ce que je sais, c'est que j'ai besoin de ton aide, fit-il calmement. J'ai besoin de rester ici jusqu'à la fin de l'orage, et je dois trouver un chien qui accepte de m'accompagner.

Elle le regarda dans les yeux pendant un long moment. La pluie ne cessait de battre sur le toit de la frêle cabane.

— D'accord, chat de luxe, lâcha-t-elle enfin. Tu peux rester. Mais dès la dernière goutte de pluie tombée, tu débarrasses mon plancher. Compris ?

Mystik sourit de toutes ses dents.

— Compris, m'dame.

— À une condition : tu évites de me parler de chiens, ça me file des angoisses, marmonna-t-elle.

Ils restèrent assis dans la pénombre, silencieux. Pourtant, Mystik fourmillait de questions. Y avait-il beaucoup d'autres chats à l'extérieur ? Qui étaient ces gangs et de quelles disparitions voulait-elle parler ? Et de quelle manière, *exactement*, s'adressait-on à un chien ?

Il y avait tant de nouveautés à découvrir, à comprendre. Mais la chatte au pelage noir et blanc s'était roulée en boule tel un porc-épic. Toute autre parole aurait constitué un assaut contre le mur de silence invisible qu'elle avait placé entre eux.

La pluie dura bien longtemps. Mystik commençait à frissonner. Il avait froid et il était fatigué. Ses paupières s'alourdirent. Il s'efforça de les garder ouvertes, mais elles se fermaient toutes seules.

Ce devait être très imprudent de s'endormir dans un lieu étranger en compagnie d'une étrangère, mais il n'allait pouvoir s'en empêcher, il le sentait...

Il prit place dans un coin de la cabane et s'endormit en tremblant de froid, cependant que des gouttes de boue se détachaient une à une du plafond pour atterrir sur son pelage souillé.

9

DU RÊVE À LA RÉALITÉ

Mystik rêvait.

Il rêvait qu'il rêvait qu'il était de retour en Mésopotamie.

Il rêvait qu'il marchait le long d'une rivière dans la chaleur de la nuit. Des arbres biscornus ondoyaient sous la brise tiède. L'air sentait la cannelle, il avait un goût de datte bien mûre. Les étoiles scintillaient dans le ciel.

Calife marchait à son côté.

— Pouvez-vous m'apprendre à parler aux chiens, Calife ?

— À quelle espèce appartiennent ces arbres ? demanda le vieux chat, de but en blanc.

— Euh... les arbres ?

— Tout autour de nous, il y a des arbres. Tu les as peut-être remarqués ? ironisa Calife.

Les arbres biscornus, dont les branches zigzaguaient vers le ciel, Mystik les avait vus, bien sûr !

— Alors, à quelle espèce appartiennent-ils, mon garçon ?

Le chaton serra les lèvres. Calife ne lui parlait pas du sujet qui l'intéressait, et Mystik ne connaissait rien aux arbres. Il ne voulait pas décevoir son illustre ancêtre, mais que faire d'autre ?

— Je ne sais pas, admit-il.

Calife s'arrêta de marcher et se campa fermement sur le sol.

— La Conscience, répondit-il. C'est le Deuxième Pouvoir. Pour survivre dans le monde, il faut avoir conscience de tout ce qui s'y trouve. Que tu cherches de la nourriture, que tu t'apprêtes à combattre un ennemi ou même... à parler à un chien, tu dois savoir à qui, ou à quoi, tu as affaire. Ne présuppose rien. Ne t'appuie que sur des faits avérés. Tes sens doivent être perpétuellement en éveil. Laisse-les se déployer telles de grandes ailes. Observe le monde : regarde, écoute, goûte. Oui, goûte le monde.

Cette fois, Mystik savait quoi répondre.

— L'air sent les dattes, suggéra-t-il.

— En effet, mon garçon. C'est parce que ces arbres sont des dattiers. Tu vois les zigzags sur le tronc ? C'est à eux qu'on reconnaît un dattier.

Calife pointa le doigt vers les arbres qui se trouvaient de l'autre côté de la rivière. Il les nomma tous, les uns après les autres, et enseigna à Mystik comment les reconnaître grâce au dessin de leur tronc et à l'odeur de leurs fruits. Mystik enregistra tous ces précieux renseignements à l'ombre des palmiers, pendant un temps aussi intemporel qu'interminable, puis récita sa leçon.

— Encore, ordonna Calife.

C'était un instructeur intransigeant.

— Encore.

Et puis, enfin :

— C'est bien.

— Je ne savais pas qu'il se trouvait tant de choses dans le monde, constata Mystik.

— C'est que, jusqu'à maintenant, tu n'as utilisé qu'une petite partie de ton potentiel. Le reste est emprisonné à l'intérieur de toi. Mais tu es capable de n'importe quoi, mon fils, tu peux faire tout ce que tu veux. Chacun de tes sens est semblable à un réseau d'antennes qui scrutent le monde qui t'entoure. Tes moustaches peuvent détecter le moindre changement dans l'air, le moindre mouvement. Ton nez peut sentir la peur à plusieurs centaines de mètres. Une fois que tu auras développé ce Pouvoir, ta Conscience te permettra de percevoir le danger, elle te préviendra si tu es menacé.

Soudain, les oreilles de Calife se dressèrent. Il se tapit contre le sol.

— Écoute ! Tu entends ?

Mystik n'entendait que les bruits paisibles de la nuit mésopotamienne. Rien d'inhabituel.

— Fais attention ! ordonna Calife. À l'extrémité de la rangée d'arbres, tout près de l'eau, on entend de petits cris aigus, et aussi des grattements. Tu les perçois, maintenant ?

Mystik ferma les yeux et se concentra. Il lui fallut un long moment, mais... oui, Calife avait raison. Il entendait, maintenant.

— Je les entends, mais qu'est-ce que c'est ?

— Notre petit déjeuner, répondit Calife.

Miam ! songea Mystik. Chic alors ! Ce n'est pas trop tôt...

— ... Ohé ? Chat de luxe ! La pluie est finie.

Mystik entendait un petit cri aigu dans le lointain, un grattement, ou plutôt un grincement...

— Ohé ? Mistigri ! Réveille-toi !

Il ouvrit les yeux. Une fois encore, le rêve avait pris fin comme il avait commencé. Par surprise. Mystik était de retour dans la cabane de bois détrempée, au milieu du parc. Il avait froid et faim, il était tout humide.

— Tu as parlé de petit déjeuner ? grogna-t-il.

Il se dressa sur son séant et se gratta mollement une oreille. Il en sortit une giclée d'eau saumâtre.

— Petit déjeuner ? fit une autre voix, inconnue.

Mystik tourna la tête vers la porte. Elle était ouverte. Une chatte bien enveloppée, à la fourrure brun chocolat fort peu soignée, se trouvait là.

— Je n'ai pas entendu cette expression depuis longtemps, dit-elle. Tu te souviens de ton dernier petit déjeuner, Holly ?

La maîtresse des lieux secoua la tête.

— Non, pourquoi, tu as mis la patte sur quelque chose ? demanda-t-elle.

— Penses-tu ! Pas l'ombre d'une saucisse en

vue... mais toi, on dirait que tu as fait une trouvaille.

Elle adressa un clin d'œil à Mystik.

— Où l'as-tu dégoté, ton minet ?

— Mêle-toi de tes oignons, rétorqua Holly, toujours aussi bougonne.

Puis elle se tourna vers Mystik.

— L'orage est fini. Alors, prends tes cliques et tes claques.

Décidément, Mystik ne comprenait pas le langage de son hôtesse d'un jour... Que d'expressions nouvelles il aurait entendues en l'espace de quelques heures !

Il risqua le nez au-dehors. La nuit était tombée de nouveau. La température était glaciale.

— Holà ! Holly, ne me dis pas que tu as un cœur de pierre. Tu laisserais ce pauvre minou tout seul dehors par une nuit pareille ? Regarde-le : il ne ferait pas de mal à une souris.

Elle minauda à l'adresse de Mystik.

— Je me présente : Ratatam, mais tout le monde m'appelle Tam. Ne prête pas attention à Holly. Elle est de mauvaise humeur, mais c'est une bonne pâte.

— Boucle-la, répliqua la bonne pâte.

Mystik croisa son regard. La moutarde lui était montée aux yeux...

— Alors, vas-tu m'aider à trouver un chien ? demanda-t-il.

— Un chien ? répéta Tam tout en ouvrant des yeux ronds. Pour quoi faire ?

— J'aurais un service à lui demander, répondit Mystik.

— Un service à demander à un... chien ? murmura Tam.

Mystik rentra la tête dans les épaules.

— Je sais, ce n'est pas facile du tout d'arrêter un de ces monstres dans son élan.

Le pelage désordonné de Ratatam fut secoué de hoquets.

— Te rends-tu compte de ce que tu dis ? interrogea-t-elle, éberluée.

— Ne l'écoute pas, Tam, intervint Holly. Il ne sait pas de quoi il parle.

— Si, parfaitement ! maugréa le chaton.

Il en avait plus qu'assez d'être humilié par cette chatte indélicate et brutale, qui avait tout d'un garçon manqué.

— Ah oui ? Alors, dis un peu à Tam comment tu t'appelles... commanda-t-elle avec un sourire en coin.

Avec toute la dignité requise, le chaton répondit :

— Je m'appelle Mystik, et j'appartiens à la noble lignée des bleus de Mésopotamie.

Cette révélation fut d'abord accueillie par un silence embarrassant. Puis Ratatam se mit à pouffer. Holly darda un sourire moqueur.

— Un bleu de Mezzo... ratatamie ? fit Tam en s'étranglant de rire. Ratatam ! Ratatamie ! Ha ! Ha ! Hi ! Hi !

— Mésopotamie. C'est la région du monde dont ma famille est originaire.

— C'est pas banal, constata Ratatam. Et ça se trouve où ?

Mystik se gratta le sommet du crâne.

— Je ne le sais pas vraiment, admit-il, mais...

— Tu n'y es jamais allé ?

— Seulement en rêve.

Cette fois, les deux chattes hurlèrent de rire en chœur. Le plus drôle, c'est que Mystik ne s'en offusqua pas. Après tout, c'était toujours mieux que d'être tarabusté par Julius. Ces chattes étaient si différentes des membres de sa famille. Il appréciait leur entrain, leur mordant, même quand elles se moquaient de lui. Il se mit à rire de bon cœur avec elle, et, l'espace d'un instant, sentit disparaître la barrière invisible qui les séparait.

— Bon, eh bien, si tu n'es pas de là-bas, conclut Ratatam, c'est que tu es d'ici. Donc, tu es des nôtres.

— Non, il n'est pas d'ici, corrigea Holly. C'est un chat domestique. Il dit qu'il habite en haut de la colline, et qu'il s'est perdu dans l'orage.

— Je suis ici pour sauver ma famille, expliqua Mystik.

— Ah oui ? fit Ratatam dans un souffle. De qui ?

— D'un gentleman. Il possède ces deux chats noirs effrayants. Même leurs yeux sont noirs. Et leur démarche est bizarre.

Mystik marqua une pause. À la seule évocation des deux clones, son sang s'était figé dans ses veines.

Les deux filles le contemplaient avec incrédulité.

— Comme ça, dit-il.

Et il tenta d'imiter la démarche des chats noirs, mais se rendit vite compte que, seul, il n'y parvenait pas vraiment.

Les deux amies pouffèrent de nouveau.

— Je l'aime bien, fit Ratatam. Il me rappelle Luka.

Les rires se turent instantanément et la cabane fut plongée dans un silence de mort. Mystik leva les yeux vers Holly. Son regard couleur moutarde s'était assombri.

— Luka était un ami à nous, expliqua Ratatam. Il me ressemblait physiquement, mais il s'exprimait un peu comme toi. Il nous faisait toujours rire. Et puis, il s'est associé à un gang. À ce moment-là, nous avions beaucoup de mal à trouver de la nourriture... les gangs accaparaient tout. Nous avions tellement faim !

— Je lui ai dit que ce n'était pas une bonne idée, poursuivit Holly, mais il n'a rien voulu entendre. Et puis il a disparu. Comme par magie... Tu parles d'un copain !

— Il est parti ?

— Non, il s'est évanoui sans laisser de trace. Ça se produit tout le temps dans cette ville.

Elle alla se poster dans l'encadrement de la porte. La barrière invisible s'était de nouveau dressée entre elle et lui.

— Mais il ne faut rien attendre d'autre des amis. Ça ne vaut pas la peine d'en avoir.

— Pourquoi pas ?

Mystik aurait donné ou fait n'importe quoi pour un ami. Rien au monde n'avait plus de valeur.

— Parce qu'ils te laissent toujours tomber, à la fin. Alors, mieux vaut rester seul.

— T'en fais pas, bonhomme, interrompit Ratatam. Elle ne le pense pas vraiment. Elle joue les dures, mais je n'ai pas de meilleure amie au monde. Et elle t'aime bien, je le sais.

— Ça suffit ! miaula Holly. (Elle semblait piquée au vif.) Si vous vous entendez si bien tous les deux, pourquoi ne partez-vous pas ensemble ?

Sans attendre de réponse, elle sortit de la cabane et fila se promener. Mystik lui emboîta le pas. Il ne pouvait pas la laisser s'éloigner sans réagir. Il éprouvait le sentiment étrange que quelque chose d'important était en train de lui glisser entre les pattes.

— Attends... dit-il.

— Ne me suis pas ! gronda-t-elle, le poil tout hérissé.

Et elle reprit sa route en solitaire, tel un porc-épic en colère.

— Pardon, Holly ! appela Ratatam en sortant à son tour de la cabane. Je n'aurais pas dû mentionner Luka. J'ai tout gâché. Holly, attends-moi !

Elle s'enfonça dans la nuit à la poursuite de son amie.

Et Mystik se retrouva seul.

Face à ses responsabilités.

Face au monde.

Face à lui-même.

10

Les monstres aux yeux jaunes

Mystik était parvenu à l'extrémité du parc, aux portes de la ville. Il ne pouvait voir plus loin que le premier immeuble qui se dressait devant lui, gigantesque. Sa façade de briques mesurait dix fois plus que le mur d'enceinte de la maison de la Comtesse.

Le chaton s'arrêta à hauteur de la grille du parc. Devant lui se trouvait un trottoir étroit, qui bordait une large route noire éclairée de lampadaires diffusant une lumière orangée. Ces arbres métalliques ne sentaient pourtant pas l'orange, et encore moins les dattes mûres. Mystik se sentait observé, à la merci de ces tiges immobiles qui bourdonnaient au-dessus de lui.

Plus loin sur le trottoir, un groupe d'êtres humains discutaient, riaient, criaient. Mystik ne voulait pas être vu. De l'autre côté de la route, il avisa une petite allée tranquille. Il y serait plus en sûreté.

Le chaton passa la grille et s'immobilisa tout net. Devant lui, alignée au bord de la route, il aperçut une colonne entière de monstres métalliques étincelants. En file indienne, ils ne bougeaient pas, ne produisaient aucun son. Leurs yeux semblaient éteints, ternes, et leurs roues ne tournaient pas.

Mais c'étaient à coup sûr des chiens, et Mystik allait pouvoir tenter sa chance. Engager le dialogue.

— Excusez-moi, dit-il timidement.

Aucun d'entre eux ne réagit. Pas même un cillement. Peut-être dormaient-ils.

Mystik inspira fortement et s'approcha, prêt à prendre ses jambes à son cou si d'aventure ils se réveillaient. Il descendit du trottoir et allongea une patte pour effleurer la carcasse métallique de l'un des monstres.

C'était froid. Celui-là ne devait pas être seulement endormi, mais carrément mort. Le chaton fut secoué d'un frisson.

Un peu plus loin, Mystik entendit un crissement, puis un rugissement qui se rapprochait. Il se glissa entre deux monstres, jusqu'au centre de la route, et tourna la tête vers la gauche, d'où provenait ce bruit étrange. Il aperçut alors une meute de chiens, bien vivants ceux-là, qui fonçaient dans sa direction.

Il avait oublié combien ils étaient rapides et féroces. Leurs yeux jaunes étaient si éblouissants que Mystik ne pouvait même pas les regarder en face. Pas étonnant que les êtres humains en soient effrayés ! Massifs, puissants, impossibles à stopper dans leur élan, les monstres défilèrent devant lui l'un après l'autre, dans un vacarme assourdissant. Dans leur sillage flottait une odeur pestilentielle, qui fit tousser le chaton, encore et encore.

Il se recroquevilla sur lui-même, soulevant les paupières à demi le temps de regarder les yeux rouges, à l'arrière, s'éloigner vers une destination inconnue.

Quelque chenil spécialement adapté à ces créatures barbares ?

Que dois-je faire, Calife ?

La Conscience, le deuxième Pouvoir. *Avant d'entreprendre quoi que ce soit, tu dois savoir à qui, ou à quoi, tu as affaire. Ne présuppose rien. Ne t'appuie que sur des faits avérés.*

Compris.

Les faits étaient les suivants : ces chiens ne lui prêteraient pas la moindre attention s'il restait debout là et les appelait. Ils ne l'entendraient même pas. Il fallait qu'il commence par en arrêter un dans sa course folle.

Il n'y avait qu'un moyen d'y parvenir, et Mystik ne le trouvait guère à son goût : en effet, il lui faudrait se placer en travers de leur chemin, au beau milieu de la route, alors qu'ils se rueraient sur lui en vrombissant. Ils finiraient par l'apercevoir, au dernier moment, et n'auraient d'autre choix que de s'arrêter.

Il lui faudrait des tonnes de courage, mais il s'en savait capable. Il en était sûr.

C'était compter sans le constat qui s'imposa l'instant d'après. Il n'était ni Calife, ni même Julius. Les chiens ne s'arrêteraient jamais pour lui. En admettant qu'ils l'aperçoivent, ils poursuivraient leur route et l'écraseraient.

« Ils me tueront ! songea Mystik avec horreur. Ce serait pure folie que d'essayer. »

... Pourtant, il se devait d'essayer. Il le devait à Noé, qui avait sacrifié sa vie pour qu'il ait une chance d'essayer. Il le lui avait demandé à lui. À personne d'autre. Ce sacrifice resterait vain si Mystik n'était pas prêt à mettre sa vie en jeu, lui aussi.

N'avait-il pas toujours voulu que lui soit offerte la chance de faire ses preuves, de montrer au monde qu'il était un bleu de Mésopotamie pur sang, « pur jus » ?

Mystik ferma les yeux. Inspira fortement. Et vint reprendre place au milieu de la chaussée, sur le passage des chiens.

Bientôt, une autre paire d'yeux jaunes apparut au loin. Il pouvait sentir l'haleine fétide de la bête. Son mugissement étourdissant. Noé avait raison : ces monstres emplissaient le cœur de crainte. Il serra les dents, planta ses griffes dans le sol et hurla :

— Arrête-toi !

Mystik regarda droit dans les yeux jaunes, aveuglants. Il passa outre à la douleur perçante, aux larmes qui coulaient de ses yeux. Il resta sourd à l'appel de ses muscles, qui l'imploraient de faire un bond de côté. Il resta immobile.

Il se remémora le vieux Noé, dans le jardin, faisant face aux deux chats du gentleman.

Si courageux.

C'est ce dont Mystik avait besoin en cet instant : d'un courage inébranlable.

— Je t'en prie ! Arrête-toi ! miaula-t-il de nouveau. Je dois te parler !

Les yeux grossissaient, de plus en plus. Le monstre se rapprochait. Toujours plus près. Et derrière lui, d'autres suivaient. Toute une meute.

Parfait.

Ils fonçaient droit sur lui. Ils ne pourraient pas continuer leur chemin sans lui passer dessus.

Calife aurait pu le faire. J'en suis capable aussi, se dit Mystik.

Les monstres n'étaient plus qu'à quelques dizaines de mètres. Les griffes du chaton s'étaient enfoncées dans le bitume.

— J'ai besoin de votre aide ! s'égosillait-il. S'il vous plaît ! *Je vous en supplie !*

Mais les monstres ne ralentirent pas l'allure. Au contraire, ils accélérèrent leur course folle.

Vrombissant, poussant des cris stridents, fondant droit sur lui.

« Ne bouge pas. Reste en place, ne... »

VVRRAAAMMMM !

... un tourbillon de poussière...

... le pelage dressé sur le dos...

... les oreilles rabattues...

Des monstres surgissaient de tous côtés.

... sur sa gauche...

... sur sa droite...

... sur sa gauche...

... trois petits tours et puis s'en vont...

L'instant d'après, ils avaient disparu.

Et avec eux tout espoir de sauver la famille de Mystik.

Le chaton resta cloué sur place de longues secondes, aplati contre le bitume. C'est dans cette position qu'il gagna le trottoir d'en face, n'osant pas se redresser. S'il avait bougé d'un iota, s'il avait seulement respiré quand les chiens l'avaient frôlé, ils l'auraient détruit.

Il était passé « à un poil » de la mort. Mais ce n'était pas le pire.

Le pire, c'est qu'il avait échoué.

La queue basse, Mystik leva les yeux vers le sommet de la colline, de l'autre côté du parc. Pas question pour lui de retourner là-bas, pas sans un chien. Reverrait-il seulement sa maison natale ? La cuisine remplie d'écuelles, le fauteuil en velours rouge de la Comtesse, la souris en plastique ? Non, sans doute pas...

Il se glissa dans une ruelle qui le conduirait loin des monstres, loin de la colline, loin des souvenirs qu'il chérissait. Une ruelle étroite, vibrante des ombres de la nuit.

Elle était déserte. Une montagne de sacs-poubelle noirs bourrés d'ordures avaient craqué sous la pression. Des fentes béantes dégoulinait de la nourriture avariée, comme du sang coulant d'une blessure. Le sol était jonché de détritus : pain détrempé, fruits gâtés, pourrissant dans l'oubli.

Mais il flottait dans l'air un fumet beaucoup plus appétissant, que la pestilence ambiante ne parvenait pas à masquer totalement. Le fumet de la viande fraîche. L'estomac de Mystik se mit à gargouiller. Il y avait longtemps qu'il n'avait pas mangé.

Il se revit narguant ses parents, Léopold et Léonie, jouant le fier-à-bras qui voulait chasser. L'aiguillon de la honte le transperça de nouveau. Facile de parler de la chasse, mais la pratiquer, c'était une autre paire de manches. Lui, le pleutre qui ne parvenait même pas à stopper un chien ! Lui, l'insecte qui avait déshonoré toute sa famille ! Comment pourrait-il chasser à la manière de son glorieux ancêtre ?

Non, il ne « chasserait » rien de mieux qu'un reste de viande toute sèche, glané au détour d'une poubelle.

Mystik se laissa guider par l'odeur alléchante. La Conscience en éveil, il escalada un mur et retomba de l'autre côté, dans l'endroit le plus misérable qu'il ait jamais vu.

C'était une petite cour encaissée entre deux immeubles. Il ne pouvait même plus apercevoir le ciel ; la lune et les étoiles avaient disparu. Il ne voyait plus que des tours de béton, qui l'encerclaient en silence, menaçantes. Toutes les portes et fenêtres étaient closes, comme si leurs occupants essayaient de cacher quelque chose, ou d'empêcher on ne sait quoi de pénétrer à l'intérieur.

Il fit encore quelques pas en direction d'un conteneur métallique, qui trônait au milieu d'une flaque d'eau. Mystik sauta sur le couvercle entrebâillé et glissa un nez avide à l'intérieur. Il sentit alors qu'on effleurait son épaule.

Il laissa échapper un cri de surprise, fit un

mouvement de côté et se retourna. Halte-là, qui va là ? Il battit l'air de ses pattes... et découvrit un sac en plastique qui voletait au gré de la brise et tournoyait autour de lui comme si c'était lui le chasseur et Mystik sa proie. Le chaton secoua la tête avec incrédulité. Pourquoi était-il si nerveux ?

Il concentra de nouveau son attention sur la viande. De près, elle sentait nettement moins bon. En réalité, il s'agissait d'un morceau de carne avariée : c'est la raison pour laquelle son fumet voyageait si loin... Mystik fronça le nez. Ce n'est pas ainsi qu'il avait imaginé la vie au-dehors. Si seulement il avait pu mettre la patte sur un bol de caviar du gentleman ! Mais non. Un morceau de viande pourrie, c'est tout ce qu'il méritait.

Mystik replongea le nez dans le conteneur et c'est alors que les forces de l'enfer se déchaînèrent. De partout, et même de l'intérieur du conteneur, jaillirent cinq gros matous restés tapis dans l'ombre, la cachette idéale. Aucun d'entre eux ne portait de collier.

Mystik tenta bien de se protéger avec ses pattes, mais ils furent plus rapides. Dans un éclair de violence rageuse, ils l'arrachèrent à son perchoir et le plaquèrent au sol. Le plus gros d'entre eux, un matou roux pas très doux, se dressa devant lui de toute sa hauteur. De ses griffes acérées et vives comme l'éclair, il lacéra le visage de l'intrus. Mystik miaula de douleur.

— CE SONT *NOS* POUBELLES, AVORTON ! aboya le rouquin. RENTRE-TOI ÇA DANS TA PETITE TÊTE DE MINUS !

— Un minou minus, ha ! ha ! renchérit l'un de ses acolytes en s'esclaffant...

... ce qui lui valut à son tour un coup de patte du rouquin.

Mystik profita de cette diversion pour dégager une de ses pattes et lacérer en retour le visage de son agresseur. Ce dernier ne réagit pas. Aucun signe de douleur. Mais il ouvrit la bouche toute grande et cracha sur Mystik. Les quatre autres déferlèrent sur lui, véritable déluge de griffes et de dents.

Mystik poussait des hurlements. Il crut sa dernière heure arrivée.

— Que sais-tu des Disparitions ? demanda le rouquin, qui était aussi grand que les chats du gentleman.

— Quelles disparitions ? répondit Mystik d'une voix étouffée.

— Ne fais pas l'innocent. Tu as très bien compris ce que je voulais dire.

Roué de coups, ensanglanté, Mystik n'avait plus aucun doute. Il allait mourir, dans une ruelle obscure, au milieu des détritus. Une fenêtre s'ouvrit bien, dans l'un des deux immeubles qui encadraient la cour, mais il n'entendit que des protestations vite noyées sous le charivari des félins déchaînés.

Après tout, c'était aussi bien. Mystik se sentait soulagé. La mort mettrait un terme à ses souffrances. Personne ne saurait qu'il était passé de vie à trépas. Et il ne méritait pas de vivre, pas après avoir fait faux bond à tous les siens.

Déjà, tout semblait lointain, comme si tout cela était arrivé à quelqu'un d'autre. Puis, soudain, il reçut une douche froide. Quelqu'un avait jeté le contenu d'un seau d'eau par une fenêtre. Les matous s'ébrouèrent et s'apprêtaient à bondir de nouveau sur leur victime quand, tout d'un coup :

— Laisse-le tranquille, le Rouquin, fit une voix rauque.

— Par ma barbe, regardez qui voilà ! C'est un copain à toi, Holly ?

— Laisse-le. Il ne sait rien.

Le matou fit vibrer ses moustaches.

— Qu'à cela ne tienne, ma belle. Il apprendra...

Quelque chose s'enfonça dans les côtes de Mystik. Une douleur intense dans tout le corps...

... Puis les ténèbres.

11

Un chat chassant chasser...

Au plus profond de l'obscurité, Mystik rêvait.

Il marchait le long du fleuve, en Mésopotamie, sa terre natale. Les palmes des dattiers oscillaient mollement dans la touffeur de la brise. L'air nocturne embaumait la cannelle. Calife avançait à son côté.

— Calife ! J'avais peur de ne jamais vous revoir...

— Pourquoi de la cannelle ? demanda Calife, comme s'il n'avait pas entendu.

— La cannelle ?

— Tu as peut-être pris conscience de cette odeur qui flotte autour de nous ? Maintenant, suis-moi en silence.

Calife le conduisit vers un groupe d'hommes, attroupés au bord de l'eau. Ils étaient assis autour d'un feu de camp et faisaient cuire leur repas dans une poêle qui grésillait. Le fumet le plus merveilleux du monde émanait de cette poêle. C'était chaud, parfumé à la cannelle, croquant, craquant, grisant, enivrant, et Mystik aurait donné n'importe quoi pour goûter le plat qui sortirait de cette poêle. Ses narines frémissaient d'envie, il salivait. Il prit conscience... qu'il était affamé.

Un couple de chats gras et paresseux tournaient autour du feu. L'un des hommes attrapa quelque chose dans la poêle et le leur envoya. Mystik adressa un sourire radieux à Calife. De toute évidence, ils allaient se joindre au festin. Il allait avoir sa part de ce ragoût délicieux qui mijotait.

Mais Calife secoua la tête.

— Ce ne sont pas des chats dignes de ce nom.

Ils ont oublié comment on chasse. Ils se comportent comme des vautours et sont pris au piège de leur propre voracité. Ils sont devenus esclaves des hommes. Ils sont comme morts, déjà.

Le rouge de la honte monta aux joues de Mystik. Il se rappela soudain ce lambeau de viande avariée par lequel il avait été attiré.

— Mais si on a faim et qu'on ne trouve rien d'autre ? suggéra-t-il.

Les yeux de Calife lancèrent un éclair ambré, semblable aux premiers rayons du soleil.

— Un chat, c'est l'idée de la liberté, enveloppée de chair, répondit-il d'un ton solennel. On ne peut le garder prisonnier. Pour être vraiment vivant, il doit être libre, et un chat en liberté pratique la chasse. Il ne se nourrit jamais des restes des hommes et ne dépend pas d'eux pour sa survie. Il ne compte que sur lui-même.

Mystik contempla le sol avec désarroi. Il aurait souhaité disparaître dans un trou de souris.

— J'ai échoué, Calife. Je n'ai pas répondu à ton attente. Je n'ai répondu à l'attente de personne, se lamenta-t-il.

— Commettre une erreur, ce n'est pas échouer, mon fils. Ce qui importe, c'est de tirer les leçons de son erreur.

Mystik releva la tête. Le vieux chat lui souriait. On aurait dit un rayon d'espoir dans les ténèbres.

— Je veux apprendre à chasser, Calife.

— Alors je vais t'apprendre. Je te rendrai ce savoir qui s'est perdu dans la nuit des temps. Je t'enseignerai la Chasse, avec un « C » majuscule, car c'est le Troisième Pouvoir. Maintenant, montre-moi l'usage que tu fais de ta Conscience : trouve l'origine de ces stridulations que tu as entendues lors de ta dernière visite en ces lieux.

Mystik dressa les oreilles, déterminé à ne pas échouer de nouveau. Le chant venait de la berge du fleuve. À l'aide de ses moustaches, véritables radars sensoriels, il détecta des ondes dans l'air ambiant, puis il en identifia la source avec précision.

— Des criquets, dit-il. Quatre. Cachés derrière ces roseaux, là-bas.

— Correct.

Calife s'avança à ras du sol en direction des roseaux. Le chaton s'émerveilla de ce spectacle. On aurait cru Calife monté sur coussinets d'air. C'était la furtivité incarnée.

— Quand tu suis ta proie à la trace, chuchota le fier Calife, tu dois devenir ta proie. Elle doit faire partie de toi-même. Respire comme elle.

Pense comme elle. Quand tu ne feras plus qu'un avec ta proie, tu connaîtras ses moindres mouvements. Alors tu pourras faire le premier pas. C'est le secret du Troisième Pouvoir et c'est la raison pour laquelle il vaut mieux être seul pour chasser. Essaie.

Les criquets faisaient vibrer leur archet, tapis à l'intérieur des hauts roseaux qui déployaient leur crête cotonneuse dans les effluves du soir. À pas de chat, Mystik et Calife se rapprochèrent de leurs proies. Le chaton sélectionna sa cible. Puis il s'immobilisa, attendit, l'œil en alerte, laissant toute l'ampleur de sa Conscience se déployer sur le criquet. Chaque fois que l'insecte remuait, les moustaches de Mystik frémissaient, analysant sa vitesse, sa trajectoire.

Il se concentrait pleinement sur l'animal, comme si plus rien d'autre n'existait au monde, comme si lui-même n'existait plus.

Les criquets reprirent leur stridulation. Se sentaient-ils observés ?

Ils étaient sur le point de se déplacer, Mystik le savait avec une certitude absolue.

Ses pattes se bandèrent tels deux ressorts. Il resta ainsi tendu jusqu'au point de rupture pendant plusieurs minutes, jusqu'à ce que le moment de bondir arrive. Là, il se déploya dans les airs et jaillit tel un diable de sa boîte. Ses griffes allongées se plantèrent dans sa proie, la clouant au sol, tel un papillon sur un morceau de liège. Il ouvrit les mâchoires, prêt à enfoncer les dents...

— ASSEZ ! ÇA SUFFIT ! hurla Calife.

Mystik relâcha l'insecte tout étourdi. Qu'avait-il fait de mal, cette fois-ci ?

Calife inspira fortement, comme s'il était essoufflé d'avoir regardé Mystik dans ses œuvres.

— C'était une attaque splendide. Tu possèdes le Troisième Pouvoir. Mais c'était seulement un entraînement. Tu allais le tuer...

— Mais... ce n'est qu'un criquet, protesta Mystik, mystifié.

— Et nous ne sommes que des chats. Rappelle-toi ceci : tu ne dois infliger de douleur que si tu n'as pas d'autre choix, seulement si ta vie est menacée. Tu ne prends que ce dont tu as besoin. Rien de plus. C'est ainsi que le monde est fait.

— Je suis désolé, Calife, s'excusa Mystik, piteux. Je ne savais pas...

— Et pourquoi te serais-tu contenté d'un seul criquet ? Il n'y a pas là de quoi nourrir ne serait-ce qu'une souris.

— Personne ne peut en attraper plus d'un à la fois.

Mystik était sûr de son fait.

— Ah non ? railla Calife.

Mystik baissa les yeux en direction des pattes de son glorieux ancêtre. Les trois autres criquets étaient en dessous et gigotaient sur le sol.

— Maintenant, concentre-toi, reprit Calife. Je vais te montrer comment faire.

12

Seules dans la nuit

Une langue aussi râpeuse qu'un tapis de gravier vint arracher Mystik à son rêve. Elle léchait un endroit de sa joue particulièrement douloureux. Des couleurs aveuglantes se mirent à exploser à l'intérieur de sa tête.

Il entrouvrit les paupières avec précaution et ne vit apparaître qu'un flou en noir et blanc...

— Tiens-toi tranquille, ordonna une voix

rocailleuse. Je sais que ça fait mal, mais tu n'as pas le choix. Il faut en passer par là.

Mystik referma les yeux et songea de nouveau à la Mésopotamie, à Calife, à cette délicieuse nourriture parfumée à la cannelle, à laquelle il n'avait pu goûter. Tout, même la faim, valait mieux que cette douleur insupportable.

— Voilà, dit enfin Holly. Tu ne gagneras jamais le concours du plus beau chat du monde, mais tu vas t'en tirer. Tu ferais mieux de t'en tirer, d'ailleurs...

Mystik ouvrit de nouveau les yeux. Holly se tenait au-dessus de lui, et derrière elle, il apercevait Ratatam.

Tous trois se trouvaient dans une allée étroite, recouverte de pavés, un chemin tranquille à l'arrière d'une rangée de hauts bâtiments. Des escaliers de secours métalliques conduisaient à des fenêtres noires de suie.

Depuis les toits, des tuyaux d'évacuation des eaux sinuaient, traversaient des grilles, puis s'enfonçaient sous terre pour déverser leur contenu dans les égouts.

Dans le lointain, il entendait ces monstres métalliques sans foi ni loi qui rugissaient sur les routes. Le goût de leur fumée empoisonnée imprégnait l'air. Mystik entendait aussi les miaulements, les feulements et les grondements des chats de gouttière qui vaquaient à leurs occupations. Mais, dans cette ruelle, ils n'étaient que trois. Aucun signe du Rouquin qui avait failli l'écharper.

Le chaton étira ses membres endoloris. Les arêtes froides et humides des pavés lui rentraient dans les côtes. Il lui semblait que son corps tout entier était tuméfié. Étrangement, toutefois, il ne se sentait pas trop entamé mentalement. Heureux d'être encore en vie. Heureux que cette chatte à la voix rocailleuse l'ait arraché aux griffes du Rouquin et de la mort.

— Tu te sens bien, Mystik ? demanda Holly. Parce que tu es resté dans le potage un sacré bout de temps.

— Dans le... potage ?

— Oui, dans le cirage, quoi !

— Ah... bien sûr, je comprends mieux, fit Mystik. Mais dis-moi, Holly, je croyais que tu ne voulais pas d'amis...

— Nous ne sommes pas amis, répliqua-t-elle du tac au tac. C'est juste que Tam a joué sur ma corde sensible. Elle m'a dit que je n'aurais pas dû t'abandonner, livré à toi-même dans cette jungle.

— Moi ? s'insurgea Ratatam. Comme si je pouvais te contraindre à faire quoi que ce soit !

— Quoi qu'il en soit, dit Holly, le Rouquin et sa bande ont dépassé les bornes.

Mystik se releva péniblement.

— C'est toi qui les as empêchés de me tuer, c'est ça ? Alors... tu m'as sauvé la vie.

— Oui, oui, c'est ça, c'est ça... Que de grands mots !

Holly sembla soudain embarrassée. Elle ne regardait plus Mystik dans les yeux. D'un bond, elle gagna une corniche de brique, à plusieurs mètres du sol, et fit mine de s'en aller, toute hérissée.

Mystik n'était pas prêt à la perdre une deuxième fois. Sans hésiter, il s'élança à sa poursuite. Subitement, il avait oublié ses blessures. Ratatam lui emboîta le pas.

Feignant de ne rien voir du manège qui se tramait derrière elle, Holly s'arrêta un instant pour contempler la lune. Mystik fit de même. L'astre nocturne avait nettement grossi depuis la dernière fois qu'il l'avait regardé.

— Où sommes-nous, exactement ? demanda-t-il.

— Nous sommes au cœur de la ville, répondit Holly. Personne d'autre que nous ne connaît ce dédale de ruelles. Tu seras à l'abri, ici.

— À l'abri de quoi ?

— Des gangs, idiot ! De ce côté-ci du parc, seul le centre-ville est un terrain neutre. Le gang du Rouquin règne sur l'est de la ville. À l'ouest, c'est Ellie-la-Désossée qui fait la loi. Quoi que tu fasses, ne la provoque pas comme tu as provoqué le Rouquin, conseilla Holly. Je pense que personne ne pourra t'aider si tu t'y risques. Le Rouquin est un dur, mais, au fond, c'est l'un des nôtres. Ellie-la-Désossée, c'est autre chose...

— Chut, malheureuse ! Elle pourrait nous entendre, feula Ratatam.

— Mais non, froussarde ! Ne sois pas stupide !

— Elle est partout, murmura Ratatam, qui n'en menait pas large.

Holly se retourna vers elle.

— Personne n'est partout à la fois, tu dis n'importe quoi.

— Oui, eh bien... elle n'est pas comme nous, tu l'as dit toi-même, insista Ratatam. Ellie-la-Désossée, c'est un cas à part.

Mystik se demanda ce que Holly avait voulu dire par « c'est autre chose »... Car il se sentait un point commun avec Ellie. À lui aussi, on avait répété qu'il n'était pas comme les autres, qu'il n'était pas « l'un des nôtres ».

— Qu'y a-t-il de si mal à être différent ? demanda-t-il naïvement.

Les yeux de Ratatam s'écarquillèrent.

— Eh bien, c'est qu'elle... elle... est toute blanche !

Holly poussa un gloussement.

— La belle affaire ! Toi, tu es toute marron. Ça change quoi ?

Ratatam se recroquevilla sur elle-même et adopta une expression horrifiée.

— Elle fait des choses qu'aucun autre chat n'est capable de faire.

— Quel genre de choses ? interrogea Mystik, que cette conversation intéressait au plus haut point.

Ratatam fut parcourue d'un frisson.

— C'est dangereux ne serait-ce que d'y penser, assura-t-elle.

Holly riboula des yeux cependant que Mystik partait d'un grand éclat de rire. « Cette Ratatam, elle aurait dû faire du cinéma ! Si jamais on réalisait un film avec des chats, elle décrocherait sans peine le premier rôle lors des auditions... »

— Je ne le répéterai à personne, c'est promis, répondit-il. Je sais garder les secrets.

Ratatam regarda autour d'elle d'un air inquiet. Puis, après avoir consulté Holly en silence, elle répondit :

— D'accord... Hum... Eh bien, pour commencer, elle peut se rendre invisible. Elle sort de nulle part, tu ne la vois pas arriver, et quand tu la vois, il est trop tard. C'est pourquoi personne n'a jamais réussi à la battre au combat.

— Peuh ! Ce ne sont que des racontars ! Des bobards invraisemblables... grinça Holly. Je n'en crois pas un mot. Mais je reconnais que c'est de loin le chat le plus coriace de toute la ville. Sans l'ombre d'un doute. Même le Rouquin est mort de trouille devant Ellie...

— De grâce ! s'exclama Ratatam. Ne prononce pas son nom !

Holly haussa les sourcils d'un air dédaigneux.

— Et il est tout aussi vrai que sa bande fait main basse sur toute la nourriture. C'est pourquoi nous devons garder le secret au sujet de nos cachettes et de nos « garde-manger ».

Elle sauta de la corniche. Mystik et Ratatam firent de même. Tous trois se glissèrent sous un grillage de fer pour passer dans la ruelle voisine.

S'il n'avait pas vu Holly le faire avant lui, Mystik ne s'y serait jamais risqué.

— Ellie et sa bande tentent de s'approprier la chasse gardée du Rouquin. C'est pourquoi il s'est montré si agressif quand il t'a vu fouiller dans ses poubelles.

— En parlant de poubelles, risqua Ratatam, hum... quand est-ce qu'on mange ? J'ai une faim de tigre, moi !

— Et moi donc ! renchérit Mystik.

Holly haussa les épaules.

— Il n'y a rien dans ces parages. J'ai déjà vérifié, vous pensez bien... Nous pourrions aller chercher dans le parc. Ou alors... partir à la chasse.

— Pour chasser, il faut que nous nous séparions et que nous partions chacun de notre côté, fit observer Ratatam. Moi, je préfère que nous restions ensemble...

Elle contempla ses pattes toutes crottées.

— Et puis, chasser... c'est difficile... et risqué...

— Non, ce n'est pas si difficile, dit Mystik.

Holly s'arrêta net et se retourna vers lui, inquisitrice.

— Parce que monsieur-le-chat-de-luxe sait chasser peut-être ?

Il n'en était pas sûr. Il s'en pensait capable mais il n'avait jamais chassé qu'en rêve.

— Je le crois, oui.

Holly pouffa de rire.

— Un chat sachant chasser doit savoir chasser sans son maître, ironisa-t-elle. Je n'ai jamais rencontré de chat domestique qui en soit capable.

Puis elle leva les yeux vers Ratatam.

— Et je connais des chats de gouttière qui n'en sont pas capables non plus.

Ratatam, piquée au vif, se rebiffa.

— Ce n'est parce que tu sais beaucoup de choses que tu es supérieure. Moi, je préférerais que tout le monde m'aime plutôt que d'être une mademoiselle-je-sais-tout ennuyeuse.

— Mais je t'aime, Tam, rétorqua Holly avec un sourire malicieux.

— Vraiment ? demanda Ratatam, d'un ton soupçonneux.

— Bien sûr.

Holly paraissait tout à fait sincère.

Aussitôt, Ratatam se détendit et se radoucit.

— Tout le monde t'aime, poursuivit Holly.

Un franc sourire se dessina sur le visage de Ratatam.

— Et tu sais qui t'aime le plus ?

— Qui ? interrogea Ratatam ? Qui, Holly ? Dis-le-moi !

La chatte à la voix rocailleuse marqua une pause, puis, d'un ton goguenard, elle lâcha :

— Ellie-la-Désossée ! !

Ratatam fit trois pas en arrière, tout effarouchée. Holly éclata de rire au spectacle de l'expression qui défigurait le visage de son amie. Mystik lui-même trouva la scène irrésistible. Derrière ses yeux moutarde, Holly dissimulait un sens de l'humour à toute épreuve. Un bon point pour elle. Mais la pauvre Ratatam n'avait rien vu venir, et son poil mal peigné se dressait sur son dos.

— Ce n'est pas très drôle, grogna-t-elle.

— Allons, venez ! lança Holly avec un clin d'œil. Voyons ce que nous pouvons dénicher de bon dans le parc.

Et le trio se mit en route vers la terre promise. L'endroit où il trouverait enfin, espérait-il, de quoi se rassasier après une longue période de jeûne.

13

La chance sourit à Mystik

Les trois chats émergèrent du dédale de ruelles dans une rue plus passante. Les bruits de la ville y étaient plus marqués. Mystik était particulièrement sensible aux hurlements et aux mugissements des chiens, beaucoup plus nombreux dans cette zone. Il y avait des êtres humains, aussi : leurs ombres longilignes filaient le long des murs et leurs chaussures claquaient sur les trottoirs.

— Garde la tête baissée, conseilla Holly qui ouvrait la marche.

Ils s'engagèrent dans une rue sombre et humide.

— Ne te fais pas repérer. On n'est jamais trop prudent dans cette partie de la ville.

— C'est dans ce quartier que se sont produites la plupart des Disparitions.

— Les Disparitions ? Que veux-tu dire ? demanda Mystik.

— Ça arrive partout en ville, murmura Ratatam, mais surtout par ici. Un jour, un chat se promène dans ces rues, le lendemain, il a disparu. Plus aucune trace de lui. Évanoui dans la nature.

Ses paupières se fermèrent, et son poil désordonné se mit à frémir.

— Certains disent que c'est *elle* qui est responsable.

Mystik sourit et se tourna vers Holly. Il s'attendait à ce qu'elle en plaisante. Mais non. La queue de Holly décrivait un mouvement de balancier, signe d'anxiété.

— La vérité, c'est que personne n'en sait rien. Ça explique pourquoi le Rouquin et sa bande sont tellement à cran. Ils ont perdu plusieurs chats de haute volée. Qui sera le prochain ? C'est ce qu'ils se demandent.

Cette question ramena Mystik en arrière. Qui serait la prochaine victime du gentleman et de ses chats, maintenant que le vieux Noé était mort ?

Mais surtout, Mystik prenait douloureusement conscience du gouffre qui séparait son monde d'avant-hier de son monde d'aujourd'hui. Ici, au cœur de la ville, le gentleman et les bleus de Mésopotamie n'existaient pas ; quant à la maison de la Comtesse, elle n'hébergeait aucun gang et n'avait été le théâtre d'aucune disparition suspecte.

Que l'avenir lui réservait-il ? Deviendrait-il membre d'un gang ? Reverrait-il jamais la maison de la Comtesse ? Disparaîtrait-il à son tour ?

Toutes ces interrogations se mêlaient dans son esprit et il avait bien du mal à se convaincre qu'il possédait le Don.

Il n'était sûr que d'une chose : il ne pouvait pas rentrer chez lui bredouille, sans chien. Que lui faudrait-il pour survivre dans le monde extérieur ?

— Je devrais peut-être m'inscrire dans un gang ? suggéra-t-il tout de go.

Dans un gang, personne ne se soucierait de

savoir si c'était un bleu de Mésopotamie de pure souche ou s'il avait fait défaut à sa famille. Personne ne le saurait, de toute façon. Il pourrait être lui-même, se faire des amis.

Holly ne pouffa pas cette fois. Le cœur n'y était plus.

— Je m'en garderais si j'étais toi. Tu serais un « bleu », un débutant, et tout le monde te dirait quoi faire, et tu devrais acquiescer : « Oui, patron, comme vous voulez, patron. »

— Mais *je suis un bleu*, répliqua Mystik. Et fier de l'être ! En tout cas, la bande à laquelle j'appartiendrais serait différente des autres. Chacun pourrait faire ce qu'il lui plaît.

— Et puis-je te demander qui tu comptes recruter dans ton gang de gentils minets de luxe ? grogna Holly.

Mystik avait tout prévu. Il ne se démonta nullement :

— Eh bien, toi et Tam, pour commencer. On serait déjà trois.

— Oh, ce serait super ! miaula Tam, ravie à l'idée d'être prise en charge et de jouer un rôle de choix dans une aventure féline.

Holly secoua la tête avec dépit.

— Vous êtes vraiment tombés de la dernière

pluie, tous les deux. Vous croyez qu'on improvise un nouveau gang comme ça, par enchantement ? Vous ne savez même pas comment vous comporter au milieu de cette jungle urbaine.

Mystik redressa la tête et toisa Holly. Elle commençait à l'agacer. Pourquoi le prenait-elle toujours à rebrousse-poil ?

— Ils étaient cinq contre un, protesta-t-il.

— Je ne veux pas parler de ça, riposta Holly. Je veux parler de tout ce qu'il faut savoir pour survivre en ville. Comment trouver un abri et de quoi manger. Comment éviter les ennuis. Comment...

— Je suis parfaitement capable de trouver de quoi me nourrir, fit Mystik. Je suis un chasseur.

Il savait qu'elle n'en croyait pas un mot, mais il ne pouvait plus revenir en arrière.

— Je suis le plus grand chasseur du monde, affirma-t-il inconsidérément.

— Le plus grand chasseur du monde ? Toi ? Le « chat beauté » ? Tu ne serais même pas capable de dénicher ton petit déjeuner si on te l'apportait sur un plateau.

Mystik ne l'écoutait plus. Aiguillonné par les attaques de Holly, il se mit en route. Guidé par ses sens bien affûtés, il allait lui donner une petite leçon.

— Pourquoi es-tu si méchante avec lui ? demanda Ratatam. Il est évident qu'il ne sait pas chasser, mais ce n'est pas une raison pour...

— Je n'en ai pas terminé, interrompit Holly. Ohé, Mystik ! Reviens ! Seul, tu n'es pas en sécurité ! Où t'en vas-tu comme ça ?

— Chercher mon déjeuner, rugit Mystik sans se retourner.

Puis il marqua un temps d'arrêt, pivota sur lui-même et lança à Holly :

— Et je te ferai savoir que je ne suis pas tombé de la dernière pluie.

Les lampadaires bourdonnaient dans la nuit, les chiens aboyaient, la cité bruissait de mille sons, inconnus, menaçants. Mais par-dessus ce brouhaha perpétuel, à travers ce bombardement de sensations nouvelles, Mystik percevait autre chose, tout près, qui l'attirait.

Il s'enfonça dans l'ombre, à l'écart des lampadaires.

— Reviens par ici ! appela Holly.

Les yeux du chaton s'ajustaient doucement à l'obscurité. Tout au fond d'une ruelle, il aperçut un monceau de papiers et de cartons. Il sentait de la nourriture : salée, huileuse, peut-être des restes de poisson. Mais ce n'est pas ce qui l'avait attiré par là. Sa Conscience était en éveil. Il y avait autre chose...

Il avait l'impression d'être observé, surveillé – pas seulement par Holly et Ratatam. Quelque part, tapie dans l'ombre, une créature ne le quittait pas des yeux. Il laissa libre cours à sa Conscience. Il percevait quelque chose d'étrange, de froid. Pas tout à fait vivant, mais pas encore mort. Il fronça les sourcils. Il se sentit soudain mal à l'aise.

— Mystik, ne joue pas les fortes têtes, insista Holly. C'est dangereux par là ! Reviens tout de suite !

Il se retourna vers elle pour la faire taire. Elle allait tout gâcher ! La tension montait en lui.

Mais lorsqu'il reprit sa progression, il se rendit compte que la sensation étrange qui l'habitait encore un instant auparavant avait disparu. L'avait-il imaginée ? Toute cette histoire de Disparitions commençait-elle à déteindre sur lui ?

Intrigué, il explora les profondeurs des ténèbres à l'aide de ses « antennes ».

Un mouvement.

Cette fois, il en était sûr. Il avait perçu un mouvement. Plus loin, dans la pénombre. Dissimulé derrière le tas d'ordures, quelque chose remuait. C'était petit. Agile.

Une souris.

Ce n'était rien qu'une souris !

Mystik laissa échapper un sourire narquois. Alors, c'était ça sa première proie ? Son premier succès de chasseur de petit déjeuner ? Force était de reconnaître que, cette fois, il ne s'agissait pas d'un jouet. C'était une vraie souris.

La Chasse, avec un « C » majuscule, le Troisième Pouvoir : *Quand tu suis ta proie à la trace, tu dois devenir ta proie.*

Mystik appliqua ce conseil à la lettre. Il se fondit avec sa proie, jusqu'à ne plus faire qu'un avec ses mouvements, puis il fondit sur elle.

SLAM !

D'un seul coup de patte, il l'avait assommée. Puis il la plaqua contre le sol. Ses mâchoires se refermèrent sur le cou de la proie. Ses dents s'enfoncèrent dedans. Cette fois, elle était bel et bien morte.

C'est alors que Mystik eut une réaction de rejet, de dégoût. Pour la première fois de sa vie, il avait tué. Et il avait, du même coup, le sentiment d'avoir tué quelque chose en lui.

« Je suis désolé, songea-t-il, tout tremblant. Je suis désolé. Mais il faut bien que je mange ! *Tu ne prends que ce dont tu as besoin. Rien de plus. C'est ainsi que le monde est fait.* »

Il ramassa doucement le cadavre de sa première victime. Il remercia en silence et croqua son petit déjeuner.

Bizarre. De l'extérieur, elle ressemblait au jouet que le gentleman avait apporté chez la Comtesse, elle en avait même l'odeur. Mais son goût était différent de tout ce qu'il avait mangé auparavant. C'était une nourriture succulente, fraîche et encore tiède. Ce repas d'un genre nouveau lui donna une satisfaction incomparable.

— Tu as vu ça ? s'exclama Ratatam. Tu as vu la façon dont il s'y est pris, Holly ? *Bam !* Il ne lui a donné aucune chance !

— J'ai vu, répondit Holly.

— C'était quelque chose, non ?

Ratatam était aux anges, sous le charme.

— Où as-tu appris à faire ça, Mystik ? Tu m'apprendras ?

Le chaton, un peu gêné, dut avouer la vérité.

— Hum... eh bien... pour tout dire... c'est la première fois que je fais ça.

Holly hocha la tête.

— Je m'en doutais. Cela dit, j'ai vu pire. Bien pire.

Elle lui adressa un clin d'œil complice.

— Tu n'es peut-être pas aussi inutile que tu en as l'air, après tout, monsieur-le-chat-de-luxe.

Mystik n'était pas peu fier. Et il n'aurait plus besoin de s'en remettre aux hommes, désormais. Il était bel et bien un chasseur. Un chat sachant chasser sans son maître. Il possédait le Troisième Pouvoir.

Soudain, les narines de Ratatam se plissèrent de plaisir.

— Hmmm... Quelle est cette odeur ? demanda-t-elle.

Holly et Mystik humèrent l'air. La ruelle faisait un coude et s'enfonçait dans l'obscurité totale, et ce fumet salé, parfumé, provenait d'un endroit invisible, plus avant. Ces effluves rappelèrent à Mystik le caviar du gentleman.

— Ça sent rudement bon, décréta Ratatam. Je vais voir de quoi il s'agit.

— Moi, à ta place, je me méfierais, la mit en garde Holly. Nous sommes beaucoup trop près de la zone contrôlée par le Rouquin. Le risque est trop élevé. Attends d'être dans le parc.

Ratatam se pourléchait les babines.

— Au moins, ce n'est pas son territoire *à elle*.. Et ça sent tellement bon. Allez, viens, Holly, ne fais pas ta bêcheuse. Il n'y a personne d'autre que nous. Il n'y aura pas de problème, je t'assure. Viens, Mystik, allons nous sustenter !

— Tu aimes vraiment cette odeur ? demanda le chaton, étonné.

— C'est déjà suffisamment dangereux là où nous sommes, intervint Holly. Moi, je ne fais pas un pas de plus.

Ratatam se trémoussait de désespoir.

— Rabat-joie, marmotta-t-elle. Holly sait tout mieux que tout le monde. Toujours et en toute circonstance...

— C'est tout à fait vrai, confirma cette dernière.

— Eh bien, moi, je te parie qu'on ne trouvera rien à manger dans le parc. Et tu seras bien avancée.

— Peut-être pas, mais je serai toujours en vie.

Ratatam avait vu juste. Le parc avait déjà été « ratissé », « nettoyé ». Ils ne trouvèrent rien à se mettre sous la dent. Les deux amies revinrent toujours aussi affamées de leur excursion. Quant à Mystik, il poursuivait sa digestion, repu.

14

Quatre pouvoirs et dix commandements

Cette nuit-là, dans ses rêves, Mystik marchait de nouveau le long du fleuve, en Mésopotamie, sa terre natale. Les palmes des dattiers oscillaient mollement dans la touffeur de la brise. L'air nocturne embaumait la cannelle.

Mystik tourna les yeux vers la surface du fleuve, où se reflétaient la lune et les étoiles, si brillantes, si grosses, qu'il aurait presque pu mordre dedans.

— Ce fleuve s'appelle le Tigre, dit Calife. Un jour, je t'en dirai plus à son sujet, car le Tigre est riche d'enseignements. Mais ce soir, nous devons pratiquer le Quatrième Pouvoir : le Temps ralenti.

L'espace d'un instant, le vieux chat sembla scintiller au clair de lune. Mystik cligna des yeux. Le scintillement cessa aussitôt.

— Le Temps ralenti, expliqua Calife, fonctionne ainsi : je peux me déplacer plus vite que tu ne me vois bouger.

Les yeux du chaton s'agrandirent. Noé lui avait parlé du Temps ralenti. Et aussi du Cercle en mouvement et de la Marche dans l'ombre.

— Apprends-moi, Calife.

— Le Temps ralenti commence par l'apprentissage de la respiration. Compte des temps chaque fois que tu inspires et que tu expires, comme si tu battais la mesure. Inspire, expire, inspire, expire. Tu vois ? Toi, tu respires par petites saccades, comme la plupart des chats. En d'autres termes, tu ne prends pas le temps de respirer.

Quelle révélation ! Mystik en eut le souffle coupé...

— Inspire plus profondément, poursuivit

Calife. Oui. Emplis complètement tes poumons. Bien. Maintenant, compte. Inspire-deux-trois, expire-deux-trois, inspire-deux-trois, expire-deux-trois.

Ils s'assirent au bord du Tigre, dont la surface ondoyait sous la brise. Puis ils ralentirent leur respiration, qui se fit de plus en plus profonde...

— Encore plus lentement, dit Calife. Inspire-deux-trois-quatre, expire-deux-trois-quatre. Très bien. Ralentis le cours de tes pensées. Une fois que tu auras pénétré dans le Temps ralenti, tout te semblera ralentir autour de toi. Mais toi, tu seras rapide, plus vif que l'éclair.

Mystik leva les yeux vers le ciel enluminé de constellations. Il contemplait des distances infinies d'espace et de temps. Une énergie étrange palpitait dans ses veines. Son corps lui paraissait léger, aussi léger que la lumière.

— Plus tu ralentis, plus tu es rapide, dit encore Calife. Tu le sens ? Ra... len... tis...

L'énergie bouillonnait à l'intérieur du ventre de Mystik. La voix de Calife donnait l'impression de s'étirer, de se fondre, d'irradier dans toutes les directions.

— Ne t'inquiète pas, mon fils. Voilà ce qu'est

le Temps ralenti. Maintenant, mets en pratique ce nouveau talent !

Le lendemain soir, Mystik, Holly et Ratatam firent encore chou blanc. Leur estomac tournait sur lui-même comme le tambour d'une machine à laver.

— L'heure est grave, fit Holly. Il faut réagir, et j'ai un plan.

— Bravo ! s'écria Ratatam en battant des coussinets à tout rompre.

Holly plissa un œil et se tourna vers Mystik.

— Mais il faut que nous ayons l'air... normal. Dis donc, monsieur-le-chat-de-luxe, tu as l'intention de faire ta toilette un jour ?

Mystik secoua la tête énergiquement.

— À la maison, ma mère insistait toujours pour me laver et j'avais horreur de ça. Maintenant que je suis libre, pas question de ça !

— Eh bien, salut l'ami ! Tu peux prendre tes cliques et tes claques. Parce que tu vas nous faire remarquer. Non seulement tu es sale, mais tu sens mauvais. Alors tu vas attirer l'attention des humains, et mon beau plan va tomber à l'eau. Ce qui ne te ferait pas de mal...

Ratatam réprima péniblement un gloussement.

— Et puis, si tu es, comme tu l'affirmes, un bleu d'Auvergne, de travail, de méthylène, que sais-je encore, tu te dois de porter haut l'étendard de ta race, comme disait mon grand-père. Blague à part, ou tu fais ta toilette ou tu tailles la zone.

Mystik resta coi. Force était de reconnaître que cette chatte avait du chien. Impossible de lui résister.

— D'accord, d'accord... répondit-il, penaud.

Puis il se lécha vivement les pattes et le poitrail.

— Voilà.

Holly leva les yeux au ciel.

— Mon pauvre ami ! Tu es encore tout crotté. Si tu veux que je te tire d'affaire, tu dois en passer par mes dix commandements :

1) De mes ennemis je me méfierai.
2) Mes amis je respecterai.
3) Holly j'écouterai.
4) Ma toilette je ferai chaque matin.
5) De mes amis jamais je ne me moquerai.
6) Ma toilette je ferai chaque après-midi.
7) À Holly j'obéirai.
8) Mes amis jamais je n'abandonnerai.
9) Ma toilette je ferai chaque soir.

10) Devant le monde toujours propre je me présenterai.

Ratatam entama une danse du scalp.

— Bravo ! Bravo ! Tu es aussi fascinante que Chaton Heston dans *Les Dix Commandements.*

Dès qu'elle avait un moment, Ratatam se glissait à l'intérieur d'un cinéma. C'est ainsi qu'elle connaissait sur le bout des pattes les grands classiques hollywoodiens : *Les Aristochats, L'Espion aux pattes de velours, Stuart Little,* l'histoire d'une souris maligne aux prises avec des chats sachant chasser sans leur maître.

— Nous sommes les plus nobles des chats, marmonna Mystik, la langue pleine de boue.

Mais cette affirmation sonnait le creux au cœur de la ville. Quel membre de sa noble famille viendrait en aide à un étranger ? Le vieux Noé, sans doute, mais qui d'autre ? Alors, qui était le plus noble ? Le bleu de Mésopotamie, ou cette chatte toutes griffes dehors qui lui avait sauvé la vie ?

Cette question le tarauderait longtemps. La réponse bouleverserait toute sa vision du monde.

Rien moins.

Il décida donc d'en remettre l'examen au lendemain et entama un débarbouillage en règle.

Mais il fut une fois encore trahi par son inexpérience. Au bout d'une demi-heure, il était certes délesté d'un kilo de crasse, mais son pelage demeurait tout gris. Il avait l'air tout à fait ordinaire. Il ne ressemblait plus à un bleu de Mésopotamie, ce qui n'était pas pour lui déplaire.

— Et maintenant, le collier, dit Holly. Tu ne peux pas passer pour un chat de gouttière avec un collier.

Mystik n'avait aucune objection sur ce point. Il avait toujours détesté ce collier qui lui enserrait le cou. Holly se mit à mordiller l'objet avec frénésie. Il ne l'aurait accepté de personne d'autre qu'elle. Mais elle lui avait sauvé la vie et il avait confiance en elle.

— Voilà, c'est fait.

Elle recula et Mystik secoua les épaules pour faire tomber le joug honni, qui glissa à travers les barres d'une grille métallique et disparut dans les égouts de la ville. Désormais, Mystik était un chat de gouttière comme les autres, dépourvu de toute attache, sans famille, sans abri.

— Parfait, dit Holly. Maintenant, tu es des

nôtres. Si nous tombons sur eux, c'est ce que tu leur diras.

— Si nous tombons sur qui ? s'enquit le chaton.

Mais il connaissait déjà la réponse à sa question. Avec un sourire en coin, il lança :

— Pas les chats de la grande méchante El...

— De grâce ! s'écria Ratatam. Tu ne te rends pas compte de ce que tu dis.

— Elle a raison. Ce n'est pas une plaisanterie, fit Holly avec le plus grand sérieux. Nous devons passer tout près de son territoire pour gagner le parc. À côté d'elle, le Rouquin et son gang sont des enfants de chœur...

Le sourire de Mystik se figea.

Quelques instants plus tard, le trio s'engageait dans une avenue éclairée de faisceaux orangés, livrée au tumulte des chiens qui se croisaient à vive allure, sourds à leurs propres aboiements.

Ils parvinrent bientôt à un carrefour et Holly feula :

— Cachez-vous !

Tous trois n'eurent que le temps de se glisser dans un renfoncement, à l'abri des regards. Une colonne de chats patrouillait de l'autre côté de la chaussée, sur le trottoir d'en face. Holly avait raison : ces chats étaient sur le sentier de la guerre, et ils semblaient bien plus durs à cuire que celui qui avait presque tué Mystik.

15
Les sept mercenaires

Au nombre de sept, ils déambulaient tels des caïds, comme si le monde entier leur appartenait. Les autres chats déguerpissaient dès qu'ils les apercevaient. À la tête de la colonne se trouvait un matou baraqué doté d'un pelage à rayures. Mystik discerna plusieurs cicatrices sur son visage.

— C'est Rasoir, murmura Ratatam. Un de *ses* lieutenants.

Une fois la « patrouille » disparue, Holly dit enfin :

— Allons-y. La voie est libre.

— Ce carrefour marque la frontière, expliqua Ratatam. Ne le traverse jamais, Mystik.

— Jamais, assura le chaton.

Holly les conduisit jusqu'à une grande place où trônaient quatre immenses statues de lions, dont chacune des pattes était de la taille d'un homme. Le bronze des statues luisait sous les réverbères et faisait saillir leurs muscles davantage encore.

— Voilà ce que nous devrions être, murmura Ratatam.

— Ce que nous *pourrions* être, corrigea Mystik.

— Nous ne pouvons rôder par ici que la nuit, mit en garde Holly. Pendant la journée, il y a trop de mouvement : des gens, des autos, des chiens. Mais au moins nous sommes en terrain neutre : les gangs ne s'y intéressent pas. Ce qui veut dire qu'ils laissent les oiseaux tranquilles.

Mystik leva de nouveau les yeux vers les statues. Elles le fascinaient tellement qu'il n'avait pas remarqué que cette place fourmillait de pigeons bien dodus. Il y en avait des dizaines, qui picoraient en roucoulant au clair de lune.

— Alors, monsieur-le-chasseur, explique-nous comment tu t'y prendrais pour capturer un de ces volatiles ? demanda Holly.

— Que veux-tu dire ? interrogea Mystik qui craignait encore une moquerie.

Il n'avait jamais essayé de chasser un oiseau. Beaucoup trop difficile.

— Je veux dire : rapporte-nous un de ces pigeons !

Cela sonnait comme un défi. Il scruta les yeux couleur moutarde. Elle n'avait pas l'air de plaisanter. Elle était sérieuse.

— Tope-là ! répondit-il. Regarde-moi faire.

— Holly ! intervint Ratatam. Ce n'est pas juste. Ne fais pas attention à elle, Mystik. Elle fait encore sa mauvaise.

— Mais j'insiste, répliqua le chaton d'un air matois, sans quitter Holly des yeux.

D'une démarche furtive, onduleuse, il avança lentement vers les oiseaux. Il en choisit un et se concentra sur lui de toute la puissance de sa Conscience. Il l'observait avec ses yeux, ses oreilles et ses moustaches. Aucun des mouvements du pigeon ne pourrait le surprendre. Il ne faisait plus qu'un avec sa proie.

Il rampa vers elle, aussi imperceptible que Calife en personne. Il n'existait plus rien au monde que Mystik et sa proie.

Soudain, le chaton bondit...

... et une centaine de paires d'ailes s'abattirent sur lui, des centaines de griffes acérées le lacérèrent et autant de becs aussi coupants que le silex vinrent se planter dans son pelage.

Pris de panique, Mystik parvint difficilement à s'extraire de ce déluge de plumes en furie. Il ne s'attendait pas à pareille férocité. Tremblant des coussinets jusqu'à la queue, il vint se réfugier derrière Holly et Ratatam, puis observa de loin la meute se calmer.

— Tu n'es pas blessé, Mystik ? s'enquit Ratatam. Je savais bien que ça tournerait mal, Holly. Aucun d'entre nous n'y parviendrait !

— Exactement, répondit Holly. C'est ce qu'il m'arrive chaque fois que je tente ma chance. C'est pourquoi les gangs ne se fatiguent même pas à venir traîner dans ces parages. Mais j'ai toujours pensé que, si nous trouvions un moyen d'attraper quelques-uns de ces pigeons, nous n'aurions plus jamais faim.

— C'est impossible, fit Mystik, pantelant.

Son cœur battait la chamade.

— Impossible, répéta-t-il en secouant la tête.

Holly hocha la tête.

— Pour un chat, oui. Et je sais que d'ordinaire nous chassons seuls. Mais imagine que nous soyons trois... et que nous chassions... *ensemble*...

— Ensemble ? s'étonna Mystik.

— ... Je crois que ça fonctionnerait, conclut Holly. Qu'en dites-vous ?

Mystik réfléchit un long moment. Il ne fallut pas aussi longtemps à Ratatam pour déclarer sans ambages :

— Moi, ça ne me dit rien qui vaille.

Elle se cacha la tête entre les pattes et fit mine de s'endormir.

— Réveillez-moi quand il sera temps de rentrer au bercail.

— Oui, je pense que ça marcherait, décida Mystik.

— En tout cas, c'est le plan que je propose.

Pendant que Ratatam sommeillait, Holly et Mystik passèrent une bonne partie de la nuit à peaufiner leur plan. Il n'y avait rien d'autre pour les distraire que le clapotis d'une fontaine et le roucoulement paisible des pigeons assoupis.

Et cette nuit-là, Mystik ressentit quelque chose qu'il n'avait jamais connu. Une sensation nouvelle.

Celle de ne plus être seul au monde.

Aux premiers rayons du soleil, le plan était au point. Holly réveilla Ratatam – à grand-peine, car celle-ci avait besoin de sommeil, disait-elle, pour conserver l'éclat de son teint. Puis elle lui expliqua le rôle qu'elle devrait jouer.

— Moi ? ! s'exclama Ratatam, épouvantée. Vous voulez que *moi*, je fasse *ça* ? Vous n'y pensez pas ! J'espère au moins que nous ferons des répétitions...

— Pas de répétition, non, répliqua Holly. Mais si tu préfères mon rôle, ou celui de Mystik, libre à toi...

Les yeux de Ratatam faillirent lui sortir de la tête.

— Oh, sûrement pas ! *Miaooouuuuhhh là là... !*

— Nous ne pouvons pas y arriver sans toi, Tam, intervint Mystik. Impossible.

— Vraiment, vous êtes sûrs ?

Holly vint se placer en face de sa fidèle amie.

— Bien sûr que nous en sommes sûrs. Et si tu

le fais, je te promets que je ne prononcerai plus jamais *son* nom.

Cette promesse parut rasséréner Ratatam.

— Ah, dans ce cas... eh bien... qu'attendons-nous pour passer à l'action ?

Sur la place qui rougeoyait dans l'aurore, chacun prit la position qui lui était dévolue. Mystik avança lentement vers les pigeons depuis un coin, Holly depuis un autre, Ratatam se tenait devant eux, juste à l'arrière du rassemblement de volatiles.

Au signal de Holly, Ratatam se précipita vers les pigeons. Une centaine d'oiseaux se mirent à agiter les ailes en même temps, véritable menace pour l'envahisseur, qui tremblait de peur. Mais elle n'en mena pas moins sa mission à bien, déterminée à ne pas arrêter sa course avant d'avoir fendu la masse ailée, la divisant en deux parties, tel Moïse se frayant un passage dans les eaux de la mer Rouge. Derrière, chacun de son côté, Holly et Mystik fondirent sur les pigeons.

La manœuvre semblait facile. Ratatam avait créé une diversion. Les pigeons, distraits, ne verraient pas arriver leurs prédateurs.

C'était le plan.

Mais dès l'instant où Mystik, dont les veines

bouillonnaient, chauffées à blanc par l'instinct de la chasse, plongea sur les oiseaux, la machine pourtant si bien huilée s'enraya. Il restait en effet trop de pigeons massés les uns contre les autres. Mystik et Holly ne pouvaient pénétrer dans cet attroupement mouvant pour se saisir de l'un d'entre eux.

C'est alors que les oiseaux se retournèrent vers Holly, griffes tendues, claquant du bec. Ils la scrutaient de leurs petits yeux ronds, aux pupilles dilatées.

Elle ne bougea pas. Elle tenta de tenir sa position, sans flancher. Mais ils ne tardèrent pas à l'encercler et à lui décocher de petits coups de leur bec pointu.

Cette fois, elle se trouvait dans une situation inextricable. Prise au piège, sans aucun moyen de s'enfuir. Les pigeons la griffaient, la mordaient jusqu'au sang. Mystik vit soudain de la peur panique dans les yeux moutarde. De l'autre côté de la place, Ratatam assistait à ce spectacle cruel sans pouvoir intervenir. Vite, il fallait qu'il fasse quelque chose.

Vite !

Le Temps ralenti, le Quatrième Pouvoir : *Une fois que tu auras pénétré dans le Temps ralenti, tout te semblera ralentir autour de toi. Mais tu seras rapide, plus rapide que n'importe quoi, plus vif que l'éclair.*

Ces belles paroles fonctionnaient-elles dans le monde réel ? Mystik inspira-deux-trois-quatre, expira-deux-trois-quatre...

Et le battement des ailes... ralentit... encore... et encore...

Mystik pouvait observer chaque battement, chaque griffe, chaque bec, comme dans un film qui passerait au ralenti. Mais lui allait être plus vif que l'éclair. Il s'enfonça à l'intérieur de la masse de pigeons, se frayant un chemin à travers le chaos, faisant en sorte qu'ils s'écartent l'espace d'un court instant.

— Holly ! hurla-t-il.

Elle leva les yeux vers lui. Il n'en fallut pas davantage pour effacer l'expression de terreur qui les habitait. Elle s'arracha à l'emprise des oiseaux et prit la fuite à travers l'ouverture pratiquée par Mystik. Elle alla rejoindre Ratatam, en sécurité.

L'épreuve passée, Mystik se remit à respirer normalement et s'extirpa du Temps ralenti. Le Quatrième Pouvoir avait fonctionné ! À merveille !

— Est-ce qu'ils t'ont fait très mal, Holly ? demanda-t-il, tout essoufflé.

— Oh, je m'en tirerai avec quelques égratignures, répondit-elle.

Mais elle en tremblait encore.

— Merci de m'avoir tirée de là, ajouta-t-elle d'une voix plus posée.

— Pas de problème.

Ratatam ne l'entendait pas de cette oreille.

— Il t'a sauvé la vie, rien moins !

— Eh bien, nous sommes quittes, maintenant, maugréa Holly.

— Je ne l'ai pas fait pour ça, crut bon de préciser Mystik.

Holly prenait soin de ne pas croiser son regard mais il lui sembla bien, l'espace d'une seconde, avoir entr'aperçu un sourire.

— Venez, allons-y, dit-elle en se dirigeant vers l'avenue par laquelle ils étaient arrivés la veille au soir. Nous n'avons pas une minute à perdre. Je ne veux pas être ici en plein jour. Trop dangereux.

— Tu ne veux pas que nous essayions encore une fois ? interrogea Mystik.

Il savait qu'elle était encore sous le choc – le pelage ébouriffé et ensanglanté de Holly témoignait de ce qu'elle venait de subir – mais cela l'aiderait peut-être de tenter de nouveau sa chance, de ne pas s'avouer vaincue.

— À quoi bon ? répondit-elle. Mon plan n'a pas marché. C'était une idée stupide.

— Non, pas du tout, persista Mystik en la rejoignant. Et tu as fait tout ce que tu pouvais...

Ratatam, qui leur filait le train, s'écria :

— Et moi, ai-je bien joué mon rôle, dis, Mystik ?

— Tu as été superbe. Toutes les deux, vous êtes très courageuses.

— J'ai été superbe ! répéta Ratatam en se rengorgeant.

Holly, pour sa part, ne répondit rien.

— C'est juste qu'ils étaient trop nombreux, cette fois-ci, reprit le chaton. Mais ça ne signifie pas que c'est impossible.

Tout en poursuivant sa route, Holly se prit à réfléchir.

— Oui, peut-être. Peut-être que si nous essayions d'une autre manière... hum...

Chemin faisant, ils élaborèrent un autre plan. La ville commençait à reprendre vie. Mystik reconnaissait à peine les ruelles qu'il avait parcourues la veille, tant elles paraissaient différentes de jour.

16
NOUVELLE DISPARITION

— J'ai toujours faim, constata Ratatam avec dépit.

Ses narines se mirent aussitôt en quête de quelque fumet ragoûtant. Elle devait posséder un sixième sens, au moins pour les odeurs, car elle repéra aussitôt un effluve digne d'intérêt.

— Attendez ! Je reconnais cette odeur de poisson. Celle d'hier soir.

Elle s'immobilisa au coin de la ruelle dans

laquelle Mystik avait attrapé la souris. Même de jour, elle semblait s'enfoncer dans les ténèbres.

— Allez, Tam, appela Holly par-dessus son épaule. Ne nous retarde pas.

— Mais c'est encore cette odeur merveilleuse, et nous n'avons rien trouvé hier soir, et la chasse n'a rien donné, et j'ai faim.

— Nous ne nous arrêterons pas ici. Si tu vas par là, tu iras seule, prévint Holly.

Elle et Mystik reprirent leur marche, occupés à examiner les failles possibles de leur nouveau plan. Tenaillée par la faim, Ratatam resta en arrière.

— Tant pis pour vous ! leur lança-t-elle. Je vous retrouverai tout à l'heure.

Le lendemain, Ratatam n'était toujours pas de retour.

Holly avait commencé par en rire.

— Cette gourmande insatiable a dû banqueter toute la nuit et maintenant elle digère dans un coin !

Mais elle n'avait pas tardé à changer de ton.

Bientôt, elle et Mystik s'étaient mis en quête de leur amie. Ils étaient retournés dans la ruelle à l'entrée de laquelle ils l'avaient quittée. Ils avaient pris le virage à mi-parcours, à partir duquel la ruelle s'enfonçait dans l'obscurité, mais ils en étaient ressortis à l'autre extrémité sans avoir trouvé aucune trace de Ratatam.

— La première fois que nous sommes venus ici, j'ai ressenti un malaise étrange, se souvint Mystik.

— Oui, moi aussi, répondit Holly.

Cette dernière avait alors entraîné son compagnon sur le territoire du gang du Rouquin.

— Ils jouent franc jeu, indiqua-t-elle à Mystik. Si Tam a croisé leur chemin, s'ils savent qu'il lui est arrivé quelque chose, ils nous le diront.

Mais aucun des membres de la bande du Rouquin n'avait aperçu Ratatam. Elle fut tout aussi introuvable dans le parc. Il pleuvait des cordes et Mystik et Holly dégoulinaient. Certes, ils avaient trouvé quelques miettes de nourriture dans le parc, mais c'est une autre envie qui les animait désormais. Ils devaient retrouver leur amie.

Ils avaient repris le chemin des ruelles fréquentées par Holly lorsqu'ils croisèrent un matou au pelage rayé. Mystik le reconnut immédiatement aux cicatrices qui striaient son visage. Aussitôt, son propre pelage se hérissa. Mais le chat zébré adressa un sourire à Holly, de ses dents bien blanches et bien aiguisées.

— Salut, Rasoir.

— Holly... ça fait plaisir de te voir. Où est cette chatte miteuse avec laquelle tu te promènes tout le temps ?

— Tam ? Je ne sais pas... Elle a... Tu l'as aperçue ?

Rasoir secoua la tête.

— Non, mais elle ne s'est pas aventurée sur le territoire d'Ellie-la-Désossée. J'en suis certain.

— Comment peux-tu en être si sûr ?

Rasoir se lécha les pattes fièrement.

— Parce que c'est mon boulot, ma p'tite demoiselle. Et celui-là, qui est-ce ? demanda-t-il en désignant Mystik de sa patte toute lustrée.

Il ne lui avait même pas fait l'aumône d'un regard, comme si cet étranger n'en valait pas la peine.

— Je m'appelle Mystik, répondit le chaton.

La queue de Rasoir battit mollement l'air.

— Je ne te causais pas à toi, lâcha-t-il avec mépris.

Mystik opta pour un silence vexé, mais prudent.

— T'inquiète, Rasoir, répliqua Holly en

s'efforçant de prendre son ton le plus rauque. C'est l'un des nôtres. Un animal domestique qui s'est perdu en chemin.

Rasoir renifla bruyamment.

— Pourquoi perds-tu ton temps avec un chat d'homme ? Tu ferais mieux de rejoindre notre gang. Tu sais bien qu'Ellie et moi gagnerons à la fin. Cette ville lui appartient.

Holly sourit, mais ne répondit rien.

— Tu serais à l'abri d'une Disparition, ajouta Rasoir. Ellie protège les siens.

— Merci, Rasoir, mais tu sais que je n'ai jamais voulu faire partie d'un gang, et il faut que je retrouve Tam.

Elle fit mine de tourner les talons, mais Rasoir s'interposa, jouant de sa musculature avantageuse.

— Allez, quoi, Holly ! Tu m'as toujours plu, tu le sais.

Holly continuait de sourire, mais Mystik voyait bien qu'elle cherchait à se défaire de l'importun.

— Tu pourrais être quelqu'un, dans un gang, dit Rasoir, se rapprochant encore. Tu pourrais être importante. *Je* pourrais te rendre importante.

— Je ne veux pas...

— Allez, mignonne, insista Rasoir. Je te présenterai la Patronne. Je suis l'un de ses adjoints de choc, maintenant.

Une lueur de crainte traversa les yeux moutarde de Holly. Mystik la détecta.

— Elle vous a dit que ça ne l'intéressait pas, lança-t-il, sans réfléchir.

Rasoir se tourna vers lui. Sur ses joues, les cicatrices se tortillaient comme des serpents.

— Je t'ai prévenu... gronda-t-il.

Et il lui décocha un uppercut en béton. Le pauvre Mystik exécuta malgré lui un saut périlleux arrière et retomba lourdement dans une flaque, sonné. Il aurait voulu se relever et frapper à son tour le méchant Rasoir, mais ses jambes étaient toutes cotonneuses et le monde tournoyait autour de lui.

— Que je ne te retrouve pas sur mon chemin, microbe ! feula Rasoir.

Mystik ne trouva rien à répondre. Il avait suffi d'un coup pour le mettre K.-O. Et il ne l'avait même pas vu venir.

Monsieur Muscle se tourna de nouveau vers Holly.

— Quand tu en auras assez de perdre ton temps avec des *losers* et que tu voudras savoir à quoi ressemble un vrai chat, tu n'auras qu'à venir me trouver.

Il la planta là et partit en roulant des mécaniques.

— Mystik, ça va ? demanda-t-elle lorsqu'il se fut éloigné. C'était courageux, mais stupide de te dresser contre lui. Tu n'avais aucune chance.

Un filet de sang coulait de la bouche du chaton.

— Un jour, je le battrai.

— Tu es tombé sur la tête ! Commence par apprendre à te servir de ton cerveau. Le mieux à faire, c'est de rester à l'écart de ce genre d'individu.

— Je le battrai, promit Mystik.

Quiconque avait laissé ces balafres sur le visage de l'« individu » en question y était parvenu. Alors Mystik en était capable.

— En tout cas, tu ne battras personne aujourd'hui, monsieur-le-chat-de-luxe. Allez, viens, nous devons retrouver Tam.

— Mais nous avons cherché partout...

Holly secoua la tête.

— Non, pas partout. Nous n'avons pas visité le territoire d'Ellie-la-Désossée.

Mystik, qui léchait ses blessures, faillit s'étrangler.

— Mais... mais... Rasoir a dit que...

— Il n'a rien dit du tout. Il a dit qu'Ellie veillait sur ses ouailles, pas qu'elle protégeait mon amie. Et crois-en mon expérience, on ne peut pas faire confiance à Rasoir. C'est un filou. Alors je sais que cette expédition en territoire ennemi sera dangereuse, mais il faut que j'y aille. Libre à toi de m'accompagner ou non.

Mystik ne répondit rien. Il ne pensait pas qu'ils trouveraient Ratatam de ce côté-là de la ville. La dernière fois qu'ils l'avaient vue, elle ne se trouvait pas du tout à cet endroit. Mais si l'on en croit un proverbe anglais, c'est la curiosité qui tue le chat. Et Mystik était curieux comme pas un. Il voulait savoir si tout ce qu'on racontait au sujet d'Ellie-la-Désossée, la chatte blanche capable d'apparaître n'importe où n'importe quand, comme sortie de nulle part, était vrai ou inventé de toutes pièces.

— Je suis partant, annonça-t-il enfin.

Sans un mot, d'un signe de tête, Holly lui indiqua la direction à suivre. Ils s'enfoncèrent dans une partie de la ville que Mystik n'avait aperçue que de très loin, depuis le sommet de la colline.

17

QUE LA FORCE SOIT AVEC TOI !

Les rues étaient plus larges, les immeubles plus hauts. L'un d'entre eux, aussi élevé que la colline au sommet de laquelle se trouvait la maison de la Comtesse, scintillait de mille lumières. Il était transparent, tout en vitrines...

Rien que du verre.

Derrière chaque vitrine, on apercevait quelque chose de différent.

Mystik jeta un coup d'œil à l'intérieur. Il

découvrit des animaux, bien en ordre et disposés sur des étagères de verre. De petites souris au pelage soyeux, des lapins blancs cotonneux, des oiseaux multicolores.

Bien que leurs yeux soient ouverts, ils étaient immobiles et muets. On aurait dit qu'ils avaient été pétrifiés, statufiés, toujours sur le point de remuer mais incapables du moindre mouvement.

— Eh bien, quoi ? miaula Holly. Tu n'as jamais vu un magasin de jouets ?

— Des jouets ? Qu'est-ce que c'est ?

— Les jouets ? Oh, ce n'est pas très intéressant. C'est pour amuser les enfants des hommes.

Elle reprit sa progression.

— Allons, avance ! Nous ne pouvons pas traîner trop longtemps sur le territoire d'Ellie.

Mystik s'arracha à sa contemplation pour la suivre, mais il fut soudain envahi par cette étrange sensation qu'il avait éprouvée dans la ruelle où il avait attrapé la souris. Quelque part, tapie dans l'ombre, une créature ne le quittait pas des yeux.

Il laissa de nouveau libre cours à sa Conscience. Il percevait quelque chose d'étrange, de froid. Pas tout à fait vivant, mais pas encore mort.

Cette fois, sa Conscience le conduisit jusqu'à une pile de cartons, à l'entrée du magasin de jouets. L'un des cartons était tombé de la pile et s'était entrouvert. Mystik approcha le museau.

— Je vais très bien, merci s'il vous plaît, fit une voix minuscule à l'intérieur du carton.

Mystik perçut un mouvement et, du carton, sortit... un chat.

À première vue, ce chat ressemblait à Ratatam. Même pelage chocolat, même allure échevelée, mais il n'avait pas l'air réel.

Il souriait d'un sourire figé.

Il parlait, mais ce qu'il disait n'avait pas de sens.

— Heureux, heureux, heureux, dit le chat.

— C'est Tam ! s'écria Mystik. Mais que lui est-il arrivé ?

Holly approcha à son tour et renifla le chat.

— Peuh ! Le pelage de Tam n'a jamais été aussi net.

— Mais si, c'est elle ! Je te jure ! insista Mystik.

Cette fois, Holly se mit dans une colère noire.

— Arrête, espèce d'imbécile. Ne sais-tu pas faire la différence entre un jouet et Tam ? Ce n'est pas Tam. Tam a disparu. Dis-pa-ru. C'était une gourmande qui aura péri par où elle avait péché. Elle ne reviendra pas. Jamais ! Tu comprends, ça, gosse de riche ?

Mystik ne l'avait jamais vue si contrariée.

— Joooyyyyeuuuxx Nooooëëëlllll ! Mmmm... hi...hi...hi... aouuuu ! ! s'exclama le jouet.

Holly ferma les yeux.

— Non, elle n'est pas ici. Elle n'est nulle part. Elle a disparu.

Elle secoua la tête et ajouta :

— Je suis désolée de m'être emportée. C'est juste que... ce n'est pas Tam.

Mystik contempla de nouveau le jouet. Elle avait raison. Tam avait disparu, mais ce n'était pas elle. Ce jouet lui ressemblait, rien de plus. Il n'était même pas vivant.

Il n'était même pas mort.

— Je n'aime pas ces jouets, dit Mystik. Qui les préférerait à un vrai chat ?

— Détrompe-toi, rétorqua Holly. Les gens préfèrent les faux chats aux vrais. Ils n'ont pas besoin de s'en occuper. Les jouets font ce qu'on veut. Ils sont toujours gentils-mignons. Ils ne griffent jamais et ne se suspendent pas aux rideaux. Pas comme nous.

Elle eut un sourire malicieux.

— Pas comme toi, en tout cas... Parce que moi, je n'ai jamais eu l'occasion de me faire les griffes sur des rideaux. Allez, il est temps de filer avant qu'Ellie-la-Désossée nous tombe sur le poil.

La mention des rideaux renvoya Mystik à un passé récent, mais déjà lointain, qui devenait de plus en plus flou à mesure que les jours succédaient aux jours.

En ce moment précis, il aurait été prêt à donner n'importe quoi pour être de nouveau auprès des siens. Il entendit alors un rugissement étouffé, celui d'un chien, et il sentit un poids s'installer au creux de son estomac.

— Tu en fais une tête, gosse de riche ! Qu'est-ce qui t'arrive ? Allez, arrêtons-nous ici.

Elle pointa une patte vers une ruelle obscure.

— Nous serons plus en sécurité ici que dans les rues éclairées. Au matin, nous reprendrons les recherches.

Elle adressa un sourire à Mystik, mais il ne parvint pas à le lui rendre.

— Un coup de blues ? Si tu veux rentrer chez toi, tu peux toujours, tu sais ?

— Non, répondit tristement le chaton. Je devais revenir avec un chien, pour sauver ma famille du gentleman et de ses chats odieux, et j'ai échoué. Je suis resté là, debout devant ces monstres et je n'ai pas réussi.

Holly posa une patte sur Mystik.

— T'inquiète, c'est pas notre faute. Les chiens sont idiots et en plus ils nous effraient. Je n'ai jamais connu de chat qui ait réussi à leur parler.

Mystik soupira.

Calife en était capable. Il le savait. Mais il n'était ni Calife ni même un bleu de Mésopotamie digne de ce nom. Il ne valait pas mieux que le faux chat sorti de son carton.

Comme si elle devinait ses pensées, Holly lui glissa à l'oreille :

— Le monde entier t'appartient maintenant, monsieur l'aventurier. Même le territoire d'Ellie-la-Désossée. Maintenant, dormons. Demain est un autre jour. Tu ne sais pas ce qu'il nous réserve.

Ils s'installèrent côte à côte dans la pénombre de la ruelle. Il n'y avait plus de barrière invisible entre eux. Il n'y en avait plus depuis un bon moment déjà.

Mystik rêvait.

Il marchait de nouveau le long du fleuve, en Mésopotamie, sa terre natale. Les palmes des dattiers oscillaient mollement dans la touffeur de la brise, qui charriait des effluves de cannelle. Le ciel était constellé d'étoiles.

Calife avançait au côté de Mystik, comme luminescent au cœur du Temps ralenti. Le chaton inspirait-deux-trois-quatre et ralentissait son rythme, lui aussi, jusqu'à sentir l'énergie palpiter en lui. C'est alors seulement qu'il fut en mesure de comprendre comment Calife se déplaçait.

C'était différent de tout ce qu'il avait imaginé. Il se dégage une certaine grâce de tous les chats, mais Calife semblait être une source, un fleuve d'énergie. Comme le Tigre, il suivait le tracé de son lit, mais se transformait à vue d'œil au gré des caprices de son cours.

— Ton corps, expliqua le vieux chat, est seulement une partie de toi-même. Tu es davantage que ton corps. Tu peux lui faire faire ce que tu veux, si tu sais comment. Tu peux esquiver tous les coups, frapper n'importe quel ennemi, remporter n'importe quel combat. Je te montrerai comment. C'est le Cinquième Pouvoir, celui qu'on appelle le Cercle en mouvement.

Son corps gris-bleu aux reflets argentés adopta alors des formes aussi étranges que celles des constellations qui tapissaient la voûte céleste.

Pour commencer, il prit l'apparence d'une arche de velours. Mystik tenta de l'imiter, s'arc-boutant au maximum de ses possibilités... et même encore un peu plus.

Ensuite, l'arche s'incurva sur elle-même pour former un huit tout de fluidité. Mystik se contorsionna à son tour, mais quel effort ! C'était douloureux – une douleur brûlante.

Il découvrit du même coup une sensation nouvelle. L'énergie accumulée à l'intérieur de son ventre se transformait en un pouvoir inconnu jusqu'alors.

Le huit décrit par le corps de Calife devint un cercle, un Cercle en mouvement qui n'en finissait plus de rouler sur lui-même. Mystik inspira fortement et suivit son ancêtre sur la voie de la connaissance de lui-même. Son corps tout entier fut secoué de soubresauts. Mais le nouveau pouvoir gonflait en lui, se renforçait, tel un courant d'énergie en liberté, aux ressources infinies.

Un Cercle en mouvement, un cercle de mouvement, semblable à Calife.

Mystik avait l'impression d'être luminescent.

— Bien, dit Calife. Maintenant, la dernière étape. Ouvre le Cercle. Laisse libre cours à l'énergie qui vibre en toi, laisse-la s'ouvrir sur l'extérieur. Sers-toi de cette dynamique pour diriger la force. Comme ceci.

La patte de Calife sortit de nulle part, à quelques millimètres du nez de Mystik. Le chaton ne l'avait pas vue venir. Ses yeux s'agrandirent. S'il parvenait à maîtriser ce Pouvoir, il pourrait vaincre n'importe qui.

— Frappe-moi, ordonna le vieux chat.

Mystik inspira, expira, ouvrit le Cercle. Calife s'arc-bouta, avant de bondir de côté... mais une seconde trop tard. Mystik effleura le pelage sur l'épaule de Calife.

Un sourire où se mêlaient surprise et admiration se dessina sur le visage de ce dernier.

— Eh bien, dis-moi, tu en as fait du chemin depuis notre première rencontre, Mystik ! Mais rappelle-toi : ne prends que ce dont tu as besoin. Pas davantage. Quelle que soit l'intensité de la tentation, tu ne dois infliger de douleur que si tu n'as pas d'autre choix. Seulement si ta vie est menacée.

Ses yeux lançaient des éclairs ambrés, semblables aux premiers rayons du soleil.

— Ce qui est le cas... Maintenant, réveille-toi !

18
Rasoir au tapis

Mystik émergea de son rêve dans la ruelle où il avait trouvé refuge avec Holly. Un lampadaire grésillait non loin et le disque lunaire, rond et plein, dispensait lui aussi sa lumière dans les moindres recoins de la ville. Heureusement, il fut bientôt masqué par de gros nuages noirs.

Mystik s'étira. Il était tout engourdi. Il lui fallait satisfaire un besoin naturel, aussi se leva-t-il péniblement. Il se dirigea vers un amas de détritus et se soulagea. Mais, tout d'un coup, le pelage de sa nuque se hérissa.

Il se sentait observé.

Il pivota sur lui-même pour faire face à l'entrée de la ruelle... et regretta immédiatement de l'avoir fait.

La nuit, dit-on, tous les chats sont gris. Dans ce cas, la chatte blanche qui le contemplait de son œil bleu aussi froid que la glace faisait exception à la règle. À la place de l'autre œil ne demeurait plus qu'une orbite vide.

Son pelage était d'une propreté impeccable, mais elle n'avait que la peau sur les os. Il se dégageait d'elle une odeur de ténèbres, d'humidité malsaine et de mort.

Elle était accompagnée d'une dizaine de chats de gouttière, au regard en acier trempé, au cou musculeux, aussi crasseux que les artères de la ville. Bien qu'ils soient plus gros que la chatte blanche, ils faisaient pâle figure à côté d'elle.

— Bien dormi, fiston ? demanda-t-elle d'une voix aigrelette. Tu t'es bien... soulagé ?

Mystik, incapable de répondre, la contemplait bouche bée. Elle était musclée, mais ses côtes saillaient, marbrées de cicatrices. Si elle avait l'air solide sur ses pattes, elle paraissait néanmoins « bancale ».

— Tu sais que tu n'es pas sur ton territoire, ici, n'est-ce pas ? dit-elle en agitant ses griffes d'un blanc métallique. Et tu n'aurais jamais dû faire ce que tu viens de faire sur le territoire de quelqu'un d'autre, surtout si ce quelqu'un d'autre... c'est moi.

Elle lui adressa un sourire de guingois, mais son œil unique resta froid comme la pierre. Mystik n'entretenait aucun doute quant à l'identité de son interlocutrice. Pas étonnant que la pauvre Ratatam fût terrorisée par Ellie-la-Désossée.

— Réponds quand la Patronne te parle, gronda un matou strié de balafres.

Mystik le reconnut immédiatement : Rasoir.

Pendant ce temps, Holly s'était réveillée et elle était venue se placer à côté de Mystik.

— Il ne l'a pas fait dans l'intention de te manquer de respect, dit-elle en fixant Ellie. Il est nouveau dans ces parages.

Elle se sentait mal assurée sur ses pattes, mais sa voix n'en laissait rien paraître.

— Un nouveau, hein ? Tiens donc.

La queue de la chatte blanche se mit à remuer

de façon menaçante. Elle adressa un hochement de tête au balafré.

— Rasoir, pourquoi ne m'en a-t-on pas informée ?

L'expression du matou changea du tout au tout. L'arrogance céda la place à la crainte. Au grand étonnement de Mystik, Rasoir se mit à trembler.

— Je... je ne pensais pas que c'était important, Patronne. Ce n'est qu'un... chat domestique...

Un éclair stria l'air... et Rasoir poussa un hurlement de douleur avant d'enfouir son visage dans ses pattes. Une nouvelle blessure lui déchirait le visage, rouge sang. Quelques gouttes perlaient au bout des griffes de la chatte blanche.

— Tu n'es pas là pour penser, Rasoir, feula-t-elle. Tu es censé *tout* me dire. Et si tu ne réussis pas à faire ton boulot correctement, je trouverai quelqu'un pour te remplacer. C'est clair ?

Rasoir fit oui de la tête, tout en s'efforçant de refermer sa blessure à l'aide de ses coussinets.

— Alors, débrouille-toi pour savoir d'où sort ce nouveau venu. Il ne m'étonnerait pas qu'il ait quelque chose à voir avec les Disparitions. César et Balthazar, vous surveillez mademoiselle.

Rasoir et ses deux acolytes s'approchèrent de Mystik et de Holly.

— Tu ne pouvais pas attendre que nous soyons rentrés chez nous ? murmura cette dernière. Tu nous as mis dans de beaux draps !

— Nous pourrions nous échapper en sautant par-dessus ces murs, suggéra Mystik.

— Ils nous rattraperaient. Surtout, ne leur dis pas où je crèche, hein ? Et ne leur parle pas des ruelles que je fréquente...

Rasoir tança Mystik du regard.

— Alors, comment t'appelles-tu, trouble-fête ?

— Mystik.

— Et d'où viens-tu ?

— De Mésopotamie.

Le visage de Rasoir se tordit de colère, à tel point que certaines de ses cicatrices menacèrent un instant de se rouvrir...

— Très drôle... D'où viens-tu *vraiment* ? Où dors-tu, quand tu ne squattes pas sur ce territoire ?

Mystik se tourna vers Holly. Que répondre sans divulguer son secret ?

La seule solution était le silence.

— J'écoute, insista Rasoir.

Il n'y avait d'autre bruit dans la ruelle que le grésillement du lampadaire. Les yeux de Rasoir transperçaient de haine le malheureux chaton. Il fallait qu'il soutienne ce regard.

Ne pas fléchir.

Ne pas détourner les yeux.

— Alors ? s'impatienta Rasoir.

Quelque part dans le lointain, un monstre fit entendre son rugissement. Rasoir cligna des yeux et fit mine de se retourner. Mystik relâcha son attention. À ce moment précis, une griffe lui lacéra la joue. Celle de Rasoir.

Le chaton tomba à la renverse, étourdi de douleur, la tête en feu.

— Je vais te donner une leçon à ma façon dont tu te souviendras, petit morveux.

Et les coups se mirent à pleuvoir. Le sang coulait abondamment de sa blessure, aveuglant Mystik. Holly tenta bien d'intervenir, mais César et Balthazar la tenaient en respect.

— Alors, tu n'es pas si malin que ça, hein ? exultait Rasoir, qui jouait de ses griffes avec la virtuosité d'un guitariste sur les cordes de son instrument. Je peux t'achever quand je veux, mais je peux aussi me montrer compréhensif. Seulement, il faut parler... parler ! Pigé ?

Il matraqua les côtes de Mystik, qui recula jusqu'au tas d'ordures. Il était toujours debout, mais plus pour longtemps.

Le Cercle en mouvement, le Cinquième Pouvoir. *Tu peux esquiver tous les coups, frapper n'importe quel ennemi, remporter n'importe quel combat*, lui avait dit Calife, dans son rêve. C'était sa seule chance.

Mystik vit Rasoir s'approcher pour porter l'estocade. *Inspire-deux-trois-quatre.* Le chaton sentit une boule d'énergie gonfler au creux de son estomac. *Expire-deux-trois-quatre.* Le temps suspendit sa progression.

Inspire-deux-trois-quatre. Rasoir le frappa au ralenti. *Expire-deux-trois-quatre.* Mystik décrivit un cercle en mouvement.

Inspire-deux-trois-quatre.

Rasoir manqua sa cible.

Expire-deux-trois-quatre.

Pas mal ! songea Mystik.

Il voyait les autres qui le contemplaient, éberlués. Holly, comme frappée de stupeur, le regardait bouche bée.

Rasoir découvrit les dents, chargea de nouveau, mais il semblait comme empêtré dans des sables mouvants. Mystik ouvrit son cercle, laissa libre cours à l'énergie qui s'était accumulée en lui... et frappa Rasoir avec toute la force dont il était capable.

Tchac !

Entre les yeux.

19
MYSTIK L'INVINCIBLE

Rasoir avait basculé en arrière. Mystik avait touché sa cible ! Mais le fidèle lieutenant d'Ellie-la-Désossée en avait vu d'autres. Il avait mené des campagnes autrement plus violentes sur le champ de bataille et s'apprêtait déjà à repartir à l'assaut.

— Assez ! ordonna Ellie.

Mystik leva les yeux vers l'entrée de la ruelle, mais la chatte blanche avait disparu. Envolée.

Puis une voix demanda derrière lui :

— Où as-tu appris à faire ça ?

Il pivota sur lui-même, aperçut une vague lueur blanche, mais elle avait encore disparu.

— Qui t'a appris ça ? feula-t-elle à l'intérieur de la tête de Mystik.

Avant qu'il ne comprenne ce qu'il lui arrivait, elle l'avait cloué au sol. Le corps squelettique, blanc comme les os, se trouvait au-dessus de lui. L'œil bleu lui forait l'intérieur du crâne. Le chaton avait perdu le rythme de sa respiration... et tout s'accéléra de nouveau. Il était sorti du Temps ralenti.

— Réponds-moi ! hurla Ellie en silence. Qui t'a appris ?

Mystik ne pouvait pas bouger, encore moins aller se cacher.

— Calife ! répondit-il.

L'œil unique d'Ellie-la-Désossée miroitait dans le clair de lune.

— Calife ? répéta-t-elle, incrédule. Mais il est mort depuis plus de cinquante ans ! Qu'aurait-il bien pu t'apprendre ? Et que sais-tu de lui ? Que sais-tu ?

— Le T... Temps ra... ralenti, balbutia Mystik. Le Cercle en mouvement...

Ellie cligna de l'œil plusieurs fois, comme prisonnière d'une mécanique enrayée.

— Alors, c'est toi ?

Il crut discerner de la crainte sur son visage.

— C'est toi ?

Avant que Mystik n'ait le temps de trouver une réponse astucieuse à cette étrange question, un long rugissement rauque emplit l'air de la nuit. Tous les chats tournèrent la tête pour lui faire face.

À l'entrée de la ruelle, bloquant le passage, se trouvait un nouveau genre de monstre, presque aussi grand qu'un homme. Il était noir et ses poils étaient durs et hérissés, comme des piques de métal.

Sa bouche était remplie de dents jaunes et pointues, qui dégoulinaient de bave.

Il aboya encore plus fort et avança en direction des chats.

Le gang d'Ellie-la-Désossée fut saisi de terreur. Rasoir, César et Balthazar déguerpirent comme un seul chat, qui par les escaliers de secours, qui par-dessus les murs.

— Revenez ! Bande de lâches ! Nous pouvons le battre si nous nous y mettons tous ! eut beau crier Ellie-la-Désossée, ils ne l'écoutaient plus.

Le reste de la bande partit lui aussi se mettre à l'abri aussi vite que possible.

La chatte blanche, toute de guingois, secoua la tête avec mépris. Elle se releva à contrecœur, libérant Mystik de son emprise.

— Nous poursuivrons cette conversation un autre jour, dit-elle.

Il y eut un bref éclair blanc, et elle disparut.

Le temps d'un battement de cœur, Mystik et Holly se retrouvèrent donc seuls face au molosse.

Un vrai colosse !

Ce dernier semblait en proie à la plus vive confusion. Il aboyait contre les murs, mais ne cherchait pas à poursuivre les fugitifs.

— Alors, c'est bien vrai tout ce qu'on raconte au sujet d'Ellie, fit Holly dans un souffle.

Elle leva les yeux au ciel et ajouta :

— Je ne sais pas ce qu'il s'est passé, tout à l'heure, mais je jurerais que tu leur as flanqué une de ces frousses, à ces gros bras... C'était risible.

La tête de Mystik lui tournait, comme s'il était aux prises avec cinquante Cercles en mouvement. Ellie-la-Désossée connaissait Calife. Elle connaissait le Don, et l'utilisait mieux que lui. Elle n'avait même pas peur de ce monstre.

— Merci de ne pas avoir vendu la mèche, au sujet de mon territoire, dit Holly.

Le monstre braqua sur eux son regard brouillé et avança prudemment, lourdement dans leur direction.

— Filons d'ici avant qu'il ne nous dévore ! lança Holly.

Il était si énorme qu'il aurait sans doute pu les assommer tous deux d'un seul coup de queue.

Mystik se mit à réfléchir. Qu'aurait fait Calife en pareille situation ? Il aurait eu recours au Deuxième Pouvoir : la Conscience.

Aussitôt, le chaton se mit à fixer le chien droit dans les yeux. Ils étaient noirs, mais on y discernait comme un voile opaque. Un écran de tristesse... Son immense carcasse exhalait une odeur de peur, pour ne pas dire de terreur.

Il aboya de nouveau, produisant un vacarme assourdissant.

Mystik ne bougea pas.

Il continua de le regarder droit dans les yeux, sans fléchir. S'il n'avait pas affronté récemment un chien rugissant, il se serait sauvé à toutes pattes. Mais, comparé à ces monstres de métal, cet animal pusillanime ne pesait pas lourd !

— Qu'est-ce que tu fabriques ? hurla Holly.

Ma parole, il est tombé sur la tête ! Il m'aura tout fait, celui-ci ! Allons-y !

Mystik leva les yeux. Il pourrait probablement s'enfuir en sautant un mur ou en se réfugiant sur une corniche, comme les sbires d'Ellie-la-Désossée. Mais à la place, il décida de se fier à son instinct.

Or son instinct lui dictait de ne pas s'enfuir en courant, de ne pas céder à la panique. Cette fois, il allait tenir bon et faire reculer l'ennemi.

— Ne crains rien, dit-il au monstre de sa voix la plus calme.

L'animal ouvrit grandes ses mâchoires. Sa gueule était assez vaste pour engloutir Mystik en une seule bouchée.

— N'aie pas peur, murmura-t-il.

Sourd à ces incantations, le monstre se jeta sur Mystik...

Temps ralenti !

... et Holly partit se mettre à l'abri...

Cercle en mouvement !

... mais Mystik resta bien campé sur ses quatre pattes...

La Marche dans l'ombre ?

... mauvaise pioche.

Le monstre le percuta de plein fouet. Le monde se mit à tourbillonner et ce fut de nouveau le trou noir.

— Parfois, il est utile de disparaître, dit Calife.

Mystik se trouvait en Mésopotamie, où l'air embaumait la cannelle et les dattes mûries au soleil. Il souriait. Content d'être de retour.

Quoi qu'il arrive dans le monde réel, repartait toujours en Mésopotamie dans ses rêves.

Calife se tenait à côté de lui, à l'ombre d'un mur. Et soudain... plus personne. Envolé !

— Calife ? appela Mystik, sidéré.

Son ancêtre avait complètement disparu. Même son odeur s'était volatilisée.

— Mystik, mon fils, c'est bien moi, répondit la voix du vieux chat.

Mais Mystik ne distinguait que l'ombre au bas du mur. Il secoua la tête.

— C'est impossible, décréta-t-il.

Calife apparut alors de nouveau devant lui.

— Rien n'est impossible.

Mystik tenta une autre tactique.

— C'est peut-être possible pour toi, mais je ne suis pas toi, Calife, et je ne peux pas faire ces choses. Je ne peux ni devenir invisible, ni parler avec les chiens.

— Que tu dis ! Si tu crois une chose impossible, répondit calmement son ancêtre, alors tu n'arriveras jamais à tes fins. Mais si tu crois vraiment le contraire, alors tu seras capable d'accomplir n'importe quoi.

Mystik songea aux tentatives avortées de chasser le pigeon avec Holly et Ratatam. Holly pensait que c'était impossible, mais Mystik lui avait répondu qu'il était sûr du contraire. Il suffisait de connaître la bonne méthode.

Peut-être se trouvait-il dans une situation similaire. Et Calife se proposait de lui montrer la Voie, de le faire profiter de son Don extraordinaire.

Cela ne valait-il pas la peine d'essayer, encore et encore ?

Il hocha la tête.

— Apprends-moi, Calife.

— La Marche dans l'ombre est le Sixième Pouvoir, expliqua le vieux chat. Pour marcher dans l'ombre, tu dois t'abandonner toi-même. Comme lorsque tu guettes ta proie et que tu deviens ta proie, sauf qu'à la place tu deviens... rien.

— Comment ça ?

— Rien du tout. Tu n'es plus rien. Tu te fonds dans l'ombre. Tu ne fais plus qu'un avec l'air ambiant et le sol sur lequel tu reposes. Tu te laisses complètement aller. Vas-y, mon fils, essaie.

Mystik s'approcha tout près du mur, en se forçant à disparaître. « Je suis une ombre, songea-t-il. Personne ne peut me voir, je suis invisible. »

— Tu penses trop fort, dit Calife. On ne marche pas dans l'ombre grâce à la pensée. Après tout, les ombres ne pensent pas. Ne pense à rien. Vide ton esprit de ses pensées.

Mystik s'efforça de ne penser à rien. Mais il se rendit compte qu'il pensait... à ne penser à rien ! Il tenta de vider son esprit ; mais son esprit était plein d'images du vide.

— Maintenant, tu te forces, alors ça ne vient pas naturellement... constata Calife. Il est peut-être trop tôt. Tu dois te connaître toi-même, être sûr de toi, avant de pouvoir t'abandonner. Sais-tu qui tu es ?

Mystik fronça les sourcils.

— Que veux-tu dire ?

— Un grand philosophe de la Grèce antique,

nommé Socrate, avait pour devise : « Connais-toi toi-même. » C'était selon lui la clé de la vie. Réfléchis-y, Mystik.

Calife se fondit dans l'ombre du mur.

— Réfléchis bien. Car ta vie en dépend.

20
UN ALLIÉ DE POIDS

Quand Mystik se réveilla, il était allongé sur le bitume, son épaule le faisait terriblement souffrir et Holly avait pris la poudre d'escampette.

Le monstre au poil hérissé de piquants, semblable à un porc-épic géant, se tenait au-dessus de lui et lui soufflait son haleine fétide en pleine figure.

De temps en temps, une goutte de bave venait s'écraser sur le visage du chaton.

Mystik révisa aussitôt son jugement : ce monstre dégoulinant était bien pire qu'un chien ! Il fallait qu'il fasse quelque chose.

Pourquoi pas la Marche dans l'ombre ? Le Sixième Pouvoir.

Ne pense à rien. Vide ton esprit de ses pensées.

Mystik se concentra.

Rien.

Rien du tout.

Rien de rien.

Mais ce n'était pas facile. Pour l'heure, son esprit était obnubilé par la douleur. Son épaule le faisait tellement souffrir ! Il ne pouvait *pas* ne penser à rien, s'oublier lui-même, s'abandonner.

Au désespoir, Mystik contempla les murs de brique de chaque côté de la ruelle. Il avait l'impression qu'ils l'enserraient comme un étau. Si seulement il avait pu parvenir jusqu'à la corniche...

Il essaya péniblement de se relever, mais c'était trop douloureux.

Il n'y avait plus d'issue de secours.

Il était pris au piège.

C'était la fin.

C'est alors que la gueule béante du monstre s'ouvrit pour l'engloutir.

— Bod... ouah... ann, dit alors celui-ci d'une voix profonde, caverneuse, sépulcrale.

Mystik le contemplait, hébété.

Le monstre cligna de ses yeux torves, tout embrumés d'émotion. Puis il lécha une des pattes du chaton.

— Bodann, répéta-t-il.

Mystik agita fébrilement les oreilles, pas tout à fait sûr de ce qu'il avait entendu.

— C'est ton nom ? Bodann ?

— Ouah !

Le monstre haletait. Un sourire timide apparut au coin de sa bouche.

— Bodann, affirma-t-il.

Mystik lui rendit son sourire. Après tout, Bodann n'allait peut-être pas le dévorer tout cru.

— Moi, c'est Mystik, dit-il. Je m'appelle Mystik.

— Mys Stik ? Mys... ouah ! Mystik. Mystik !

Ce n'était pas un prénom facile à prononcer pour un monstre tel que lui. Il était plus familier des sonorités rugissantes que des préciosités félines.

— C'est ça, Bodann. Je m'appelle Mystik, dit le chaton, qui n'en demandait pas tant.

— MYSTIK ! MYSTIK ! MYSTIK ! parvint à aboyer Bodann.

— Tu y es ! triompha Mystik, qui ne croyait pas à sa chance.

En signe de reconnaissance, Bodann se baissa pour lécher l'épaule blessée du chaton. Ses grands yeux noirs étaient embués d'inquiétude.

— Désolé, Mystik. Voulais pas... Ouaf ! Te faire du mal...

Le colosse secoua la tête et une gerbe d'énormes postillons se déversa sur le chaton. Réprimant une moue de dégoût, ce dernier répondit simplement :

— T'inquiète. J'aurais dû m'enfuir, comme les autres, au lieu de te tenir tête.

— Bodann av... ouah... r peur. Mystik pas peur ?

— Non, répondit le chaton.

Cette grosse créature maladroite commençait à lui plaire. Bodann avait l'air d'une bête féroce, mais au fond il semblait doux comme un agneau.

— Bodann tout seul, av...ouah-t-il en reniflant. Tout le monde s'enfuit quand il v...ouah Bodann. Pas d'amis.

Mystik regarda de nouveau Bodann dans les

yeux. Il y reconnaissait, oui, sa propre douleur, ses propres craintes, sa propre solitude.

— T'en fais pas, Bodann. Tu n'es pas seul. On sera amis, toi et moi.

— Ouah...mis ? Ouah... mis ? ! ! Amis ! !

C'est alors qu'une voix rocailleuse s'exclama :

— Cette fois, j'aurai tout vu ! D'abord, il a frappé Rasoir entre les deux yeux, mais là, il s'est surpassé, le Mystik de Mésopotamie !

Holly sauta du sommet du mur où elle avait trouvé refuge.

— Tu as réussi. Tu as parlé à un chien ! Si on m'avait dit...

Elle secoua la tête.

— C'est incroyable, inouï, c'est...

— UN CHIEN ? ? ! ! s'écria Mystik, effaré.

Bodann aboya de bonheur.

— Oui, un chien, répondit Holly, qui gardait ses distances. Tu croyais que c'était un éléphant ?

Mystik se releva, oubliant son épaule et la douleur.

— Mais il ne ressemble pas aux autres chiens.

— Quels autres chiens ?

— Tu sais. Ceux qui sont en métal.

Holly eut un mouvement de recul.

— Je n'ai jamais vu de chien en métal.

Au loin, on entendit un crissement de pneus et un mugissement impitoyables.

— Tiens, en voilà un, justement, lança Mystik en dansant d'une patte sur l'autre.

Holly échangea un regard interrogateur avec Bodann.

— Ce n'était pas un chien. C'était une voiture.

— Une quoi ?

— Une v...ouah...ture, aboya Bodann. Les v...ouah...tures, c'est du tonnerre ! Vouahmm ! Vrroumm !

Mystik n'aurait pu si bien dire. Un tonnerre de feu et de poussière...

— C'est amusant, tu sais ? poursuivit Bodann. Moi, je leur cours après pendant mes l... ouah... Sirs !

— Alors... ce ne sont pas des chiens ? ! s'exclama le chaton, tout estourbi.

Holly se rapprocha de lui, plus en confiance.

— J'ai bien entendu ? Tu croyais parler à des chiens pendant tout ce temps, alors que tu essayais en fait de parler à des...

— v...ouah...tures ?

Holly et Bodann ne purent réprimer un fou rire.

— Ha ! Ha ! Vouah...ah...ah !

Mystik ne savait plus où il était ni où il en était. Il fallait reprendre depuis le début. Les monstres métalliques étaient des chiens, il en était sûr. Mais à bien y réfléchir, qui d'autre que lui-même les avait appelés chiens ?

Personne.

Il avait présumé que c'étaient des chiens.

Nuance.

Parce qu'ils correspondaient à la description qu'avait faite Noé. Ils emplissaient le cœur de crainte, ils avaient mauvaise haleine et ils produisaient un vacarme assourdissant. Et enfin, ils semblaient suffisamment forts pour tuer un homme.

Mais il devait admettre que Bodann répondait lui aussi à tous ces critères.

La Conscience. Le Deuxième Pouvoir. *Avant toute chose, tu dois savoir à qui, ou à quoi, tu as affaire. Ne présuppose rien. Ne t'appuie que sur des faits avérés.*

Il n'avait pas appliqué cette consigne. Il avait failli se tuer en essayant de parler à une voiture ! Une erreur de débutant. Pas le genre d'erreur que commettrait un chat maîtrisant le Don. Ni Ellie-la-Désossée.

Holly se tordait de rire.

— Mystik... le chat qui murmurait à l'oreille des voitures ! Ha ! Ha ! Ha !

— V...ouah... ouah... ouah... !

Le chaton commença par froncer le museau, un peu vexé, puis il ne put résister et se joignit à la liesse générale.

C'est alors que l'évidence le frappa de plein fouet.

— Bodann est un chien !

Holly redoubla de rire.

Bodann est un chien, se répéta Mystik.

Avec l'aide d'un chien, il pourrait peut-être encore sauver sa famille et l'arracher aux griffes du gentleman et de ses chats. Si seulement il était encore temps !

— Bodann, j'ai besoin de ton aide. J'ai besoin que tu fasses peur à un homme. Tu peux le faire ?

Bodann s'arrêta instantanément de rire et redevint très sérieux. Il se dressa de toute sa hauteur et découvrit les crocs. À ce spectacle, Holly elle-même resta figée...

— Bodann faire peur à tout le monde, sauf à Mystik.

— Alors, allons-y, il n'y a pas une minute à perdre.

Il se tourna vers Holly.

— Tu viens avec nous ?

— Où ça ?

— Au sommet de la colline. À nous trois, nous allons sauver ma famille.

Holly leva les yeux vers le ciel étoilé, où trônait un croissant de lumière argentée. Elle huma l'air, où flottait un discret parfum de cannelle.

— C'est de la folie, décida-t-elle. Mais nous sommes grillés dans ces parages. Ellie-la-Désossée va sans doute nous rattraper au tournant. Nous ne sommes plus en sécurité dans cette ville.

Elle se leva à son tour.

— Alors, d'accord, monsieur-le-chat-mystique-aux-pouvoirs-surnaturels, je te suis.

Elle lui adressa un clin d'œil.

— Où tu iras, j'irai...

À ce moment, Mystik sentit monter en lui une bouffée de bonheur.

— Merci, répondit-il. Mes amis.

21
Le retour du chat prodigue

Le ciel s'était assombri et l'orage menaçait. Les trois amis prirent la direction de la colline en un temps record. Mystik leur expliqua la situation en chemin.

Il n'espérait plus qu'une chose : qu'il ne serait pas trop tard. Maintenant que son père avait pris la tête de la famille, Mystik se demandait comment il s'était débrouillé face aux chats du gentleman. Il craignait surtout que ces derniers n'aient fait du mal aux bleus de Mésopotamie.

Il avait pu se passer tellement de choses pendant sa longue absence ! La maison avait dû beaucoup changer. Les souvenirs de fauteuil en velours rouge, d'écuelles remplies de caviar et de rideaux de dentelle n'étaient plus qu'autant d'illusions... Disparus à jamais...

Ce qui n'avait pas disparu, constata Mystik lorsqu'ils parvinrent au sommet de la colline, c'était le mur d'enceinte de la maison de la Comtesse. Sa mémoire ne l'avait pas trompé sur ce point.

Un éclair zébra le ciel et, quelques secondes plus tard, un énorme coup de tonnerre déchira le silence de la nuit.

— C'est par ici, indiqua Mystik. Nous devons escalader ce mur.

Soudain, des torrents de pluie s'abattirent sur le trio, comme autant de fouets minuscules, dont les fines lanières leur lacéraient le corps, le nez, les yeux, les oreilles.

Après cette course, Mystik tenta de reprendre son souffle, mais sa bouche se remplit d'eau et il manqua s'étouffer.

Il leva la tête vers le sommet du mur et aperçut la lune, qui riait jaune. *Abandonne*, semblait-elle lui dire. *Abandonne, va-t'en et ne reviens jamais.*

Mais Mystik n'en croyait pas ses yeux : ce qu'il contemplait, ce n'était pas cet obstacle infranchissable qui les avait tenus prisonniers, lui et sa famille, pendant toutes ces années, mais un petit mur de pierre en piteux état, bien moins haut que ceux qu'il avait eu l'occasion d'escalader en ville.

Était-ce bien l'endroit qu'il avait quitté ? Ou tout avait-il changé en son absence ?

Il y avait une porte dans le mur. Il la poussa, mais elle ne s'ouvrit pas. Verrouillée. Il longea le mur, en quête de quelque souvenir familier. Un second éclair révéla des fissures dans certaines pierres, où la mousse avait élu domicile. En haut du mur, il apercevait les branches difformes de vieux arbres courbant l'échine... et, un peu plus loin, il reconnut cet arbre dont il était tombé la nuit de sa fuite.

Il en palpa l'écorce humide et un sourire de soulagement se dessina sur son visage. Il reconnaissait ce lieu, maintenant. Bien sûr, rien n'avait changé. Rien ne changerait jamais.

C'est lui qui avait changé !

Il se tourna vers ses deux amis.

— Allons-y ! s'écria-t-il avec enthousiasme. Il y a des arbres de l'autre côté, nous pourrons redescendre facilement.

Mais Bodann tremblait. De nouveau, ses yeux étaient embués de crainte.

— P... peux p...pas grimp... per... bredouilla-t-il. Bodann pas pouv...ouah...r grimper...

Mystik contempla cette force de la nature avec stupéfaction.

— Tu ne peux pas ?

— Bien sûr que non ! intervint Holly. Tout le monde sait que les chiens ne savent pas grimper... On serait dans de beaux draps s'ils en étaient capables !

Le chaton n'en croyait pas ses oreilles.

— Les chiens ne peuvent pas *grimper...* ?

— Eh bien, tu comprends vite, mais il faut t'expliquer longtemps ! persifla Holly. Bon, c'est le seul moyen d'entrer ? Oui, je le devine à ton expression.

Ils étaient si proches du but. Mais ce mur, ce vieux mur de pierre, se tenait une fois encore en travers de son chemin.

— Bodann demande pardon, fit une petite voix timide. Veut aider Mystik...

Un autre éclair jaillit du sol. Le tonnerre roula

comme mille tambours. L'eau ruisselait sur le visage de Mystik comme autant de larmes. Mais c'était étrange : l'orage ne l'effrayait plus comme avant. Bien au contraire, la force des éléments déchaînés semblait pénétrer en lui depuis les moustaches jusqu'à la queue. Il se remplissait de leur puissance sauvage, jusqu'à ne plus faire qu'un avec eux.

Impossible de rebrousser chemin maintenant. Avec ou sans chien, il allait retrouver sa famille.

— Ce n'est pas grave, Bodann. Tu n'auras qu'à nous attendre ici. Viens, Holly. Entrons à l'intérieur.

Ils abandonnèrent Bodann, recroquevillé sous un arbre, tout tremblant. Les deux chats s'élancèrent et eurent tôt fait de franchir le mur d'enceinte. De l'autre côté, ils traversèrent un labyrinthe de branchages entrelacés.

Couvert par le bruit de la pluie et du tonnerre, celui de leurs pas était imperceptible. Ils parvinrent rapidement devant la chatière.

— Voilà, nous sommes arrivés, murmura Mystik en se glissant à l'intérieur. C'est la maison de la Comtesse.

Ils se retrouvèrent dans le couloir.

Vide.

Le battant de la chatière se referma derrière eux. Holly se retourna immédiatement, d'instinct. Elle poussa de l'extrémité d'une patte, mais le battant demeura fermé.

— Laisse-moi essayer, dit Mystik.

Il poussa à son tour, mais rien à faire. La chatière s'était verrouillée de l'intérieur.

— Alors, si je comprends bien, on peut entrer ici mais pas en ressortir ? fit Holly.

— Le gentleman a dû la modifier, répondit Mystik, qui sentait un nœud se former au creux de son estomac.

Ce n'était pas bon signe.

Il parcourut le couloir du regard. Les fenêtres aux verres épais étaient fermées, les rideaux de dentelle baissés. Tout avait l'air normal, à ceci près que, comme le mur d'enceinte, tout semblait beaucoup plus petit et plus vieux que dans ses souvenirs.

Ces tapis élimés, ces meubles passés... En comparaison de ce qu'il avait vu dans la ville, ils ressemblaient davantage à des articles de brocante qu'à la décoration d'une vraie maison, habitée par de vrais êtres humains.

Le silence rendait l'atmosphère encore plus étrange : on n'entendait aucun des bruits de la ville, ici. Il n'y avait pas âme qui vive, non plus. Ni la famille, ni le gentleman, ni ses chats noirs.

Il régnait cependant une forte odeur de chats, comme s'il y en avait un grand nombre à proximité. Les moustaches de Mystik frémirent. Ce n'était pas normal. Où se cachaient-ils donc tous ?

Mystik et Holly s'ébrouèrent pour sécher leur pelage et avancèrent sans bruit dans le couloir. Au sommet de l'escalier, la porte de la chambre de la Comtesse était fermée. Mystik tendit l'oreille.

Il venait de percevoir un son. Une longue plainte aiguë, douloureuse. Et, tout au fond du couloir, il lui sembla entendre des chats parler.

— Je vais voir au premier étage, chuchota Holly. Toi, tu examines le rez-de-chaussée. Au cas où je les trouverais, à quoi ressemblent les membres de ta famille ?

Mystik hésita.

— Eh bien, à moi, bien sûr ! Sauf que ce sont de vrais bleus de Mésopotamie, eux. Alors, leur pelage est plus beau que le mien. Mais prends garde, Holly : si tu vois un homme, ou deux chats noirs, sauve-toi vite fait ! Ils sont dangereux.

Elle le regarda avec ce qui aurait pu passer

pour de la tendresse si elle n'avait été d'un naturel si « coriace ».

— Toi aussi, Mystik, prends garde à toi.

Holly monta l'escalier. Quant à Mystik, il poursuivit son exploration du couloir. Il s'efforçait de vider sa tête de toute pensée, comme Calife le lui avait recommandé, afin de parvenir à marcher dans l'ombre. Mais c'était peine perdue. Les pensées continuaient de le bombarder.

Où était sa famille ? Tout le monde était-il en bonne santé ? Seraient-ils tous contents de le voir ? Ou bien l'avaient-il déjà oublié ?

Il entendait distinctement des voix, désormais, qui provenaient du salon. La porte était entrouverte. Il s'approcha tout près, en prenant garde de ne pas se faire voir, et glissa un œil à l'intérieur.

Ils étaient là, tous les bleus de Mésopotamie, vivants et en bonne santé !

Le chaton ressentit un soulagement immense. Il n'était pas arrivé trop tard ! Il ne leur avait pas fait faux bond !

Par contre, aucun signe du gentleman ni de ses chats...

Apparemment, un conseil de famille était en train de se dérouler. Dans le fauteuil de velours rouge de la Comtesse, Mystik eut la surprise de découvrir... Julius. Les autres étaient assis en arc de cercle devant lui et tripotaient leur collier en l'écoutant parler.

— Je m'en moque, dit Julius.

— Mais ce genre de choses ne se produit pas sans raison, répliqua Léopold, son père. Ne devrions-nous pas essayer de comprendre ce que ça signifie ?

Le menton relevé, Julius bomba le torse.

— Maintenant, c'est moi le chef de famille. Quelqu'un n'est pas d'accord ?

Il y eut quelques murmures de protestation, vite étouffés. Mystik observait la scène, pétrifié.

Que de changements depuis son départ ! Julius avait réservé à son père le même sort que ce dernier à Noé... Il se comportait désormais en véritable chef de gang.

— Puisque nous sommes tous d'accord, dit le frère aîné de Mystik, je déclare ce conseil clos.

L'heure était grave. Mystik inspira fortement et pénétra dans le salon.

Tous se retournèrent vers lui comme si c'était un étranger.

22
Le combat des chefs

— Mystik ? fit Léonie, sa mère. C'est bien toi, mon chéri ? Regardez, vous tous, il est revenu !

— Mystik ! ! s'écrièrent ses frères cadets.

— Ooohh... Myyystiikkk ! minauda Jasmine.

Aussitôt, tout le monde oublia Julius et se concentra sur le « revenant ». Il reçut un accueil de héros.

— Mystik ! s'écria Léopold. Nous pensions t'avoir perdu pour toujours.

— Il a... grandi, n'est-ce pas ? observa Jasmine d'un œil avisé.

De toute évidence, cette constatation n'était pas pour lui déplaire.

— Bienvenue à la maison, Mystik ! renchérit tante Agathe.

Enfin ! Il était de retour chez lui, auprès de ceux qu'il aimait !

Tous ronronnaient et le regardaient d'un air admiratif : sa mère, son père, tante Agathe, Jasmine, Méphisto, Mika et Makila. Ils semblaient tous si heureux de le voir !

Enfin... presque tous.

— Où étais-tu, mon fils ? demanda Léopold.

— À l'extérieur.

— Et Noé ?

Mystik secoua la tête tristement.

— Parti. Pour toujours... Pour le paradis...

À ce moment, Julius vint s'interposer entre Mystik et ses parents.

— Te voilà de retour, microbe ! Fort bien. Mais tu ferais mieux de te mettre au parfum, et rapido ! Les choses ont changé depuis ta... disparition, annonça-t-il. Désormais, c'est moi le boss, le chef de famille.

Il releva la tête et la tourna légèrement de côté, à la manière d'un empereur romain.

— Tu te souviens que... hum... notre père avait remplacé ce vieux gaga de Noé. Mais ça n'a pas duré.

Léopold baissa les yeux, visiblement humilié.

— Toi aussi, mon fils... murmura-t-il, dépité, décapité pour ainsi dire.

Brandissant le poing, Julius déclama :

— Oui, maintenant, c'est moi qui suis assis sur le trône. Moi qui préside aux destinées de la noble armée des bleus de Mésopotamie.

De nouveau, il bomba le torse, comme pour appuyer ses dires.

Il avait grandi par rapport au souvenir que Mystik en avait gardé. Son corps avait forci et gagné en puissance. Son collier lui serrait le cou. Il avait l'air très bien nourri.

Mystik jeta un coup d'œil oblique en direction de son père. Ce dernier semblait vieux et fatigué à côté de Julius. Il ne fallait pas être grand clerc pour deviner qui gagnerait s'ils s'affrontaient.

Un tel combat avait peut-être déjà eu lieu...

— Félicitations, dit Mystik, du bout des lèvres.

— Ce n'est pas tout ce qui a changé, ajouta son père.

— Non, l'interrompit Julius. Nous avons la vie beaucoup plus facile qu'avant, plus agréable aussi.

Il appuyait sur quelque chose avec une de ses pattes : la souris en plastique.

— Le gentleman est très bon pour nous.

— Lui ? s'insurgea Mystik. Ce sont ses chats qui ont tué Noé !

Plusieurs exclamations de surprise accueillirent cette révélation. Mais Julius se contenta de prendre l'air ennuyé et de plisser le nez.

— Tu mens, lâcha-t-il effrontément, en enfonçant ses griffes dans la souris.

Elle était tout abîmée, le pelage tout mangé.

— Le gentleman nous adore. Ses chats sont nos amis. Pourquoi auraient-ils fait une chose pareille ?

— Ils voulaient nous empêcher de passer à l'extérieur, répondit Mystik.

— Eh bien, c'est la meilleure preuve, quand je vous le dis ! plastronna Julius. Ils essayaient de vous aider, de vous protéger. Vous faisiez quelque chose de dangereux pour vous-mêmes.

Mystik aurait bien voulu lui clouer le bec, mais il n'était pas doué pour les reparties cinglantes.

— Julius a raison, fit Léonie, diplomatiquement. Le gentleman continue de nous offrir cette nourriture délicieuse tous les jours. Quant à ses chats...

Julius lui décocha un regard noir. Elle toussota et changea rapidement de sujet :

— Mais regarde-toi, mon chéri. Comme tu as grandi ! Et ces cicatrices sur ton visage... Tu as tellement changé que je te reconnais à peine !

Quelles cicatrices ? s'étonna Mystik.

Puis il se rappela Holly, Rasoir et Ellie-la-Désossée.

Il en sourit.

Le monde extérieur avait laissé ses marques sur lui...

— Hum, eh bien, disons que je me suis bagarré par-ci par-là...

Une voix semblable à du lait ourlé de miel caressa l'oreille de Mystik. Celle de sa cousine Jasmine.

— Dis donc, Mystik, tu n'es plus un chaton ! Tu es un adulte, maintenant.

Elle se rengorgea en faisant onduler son pelage impeccablement soigné.

Mystik dressa l'oreille. Il avait toujours préféré sa cousine Jasmine à ses frères.

— Il sera toujours notre chaton, insista Léonie. D'ailleurs, il n'a pas fait sa toilette... comme d'habitude !

Elle entreprit de lécher le pelage de Mystik, de lisser sa belle fourrure argentée aux reflets bleutés. Il se laissa faire. Il laissa la langue chaude de sa mère le purifier de l'eau de l'orage, de la suie de la ville, le débarrasser de l'odeur du monde extérieur.

— C'est ça, triompha Julius en lançant une œillade à Jasmine. Ce sera toujours un minou à sa maman.

Jasmine lui tira la langue avec dédain.

— Alors, ça ressemble à quoi, dehors ? demanda Méphisto d'un ton envieux.

— Qu'est-il arrivé à ton collier ? interrogea Mika.

— Et comment as-tu attrapé ces cicatrices ? s'enquit Makila.

— Je vais vous le dire, répondit Mystik.

De toute évidence, Julius ne l'entendait pas de cette oreille, mais il resta silencieux.

— Je vous raconterai tout. Donnez-moi juste le temps de reprendre mon souffle.

Il marqua une pause.

— Surtout que je n'ai rien mangé depuis une éternité...

Mystik ne raconta pas ses rêves à sa famille. Il pensait qu'ils ne comprendraient pas. Mais il raconta la ville : les rixes, les amis, les Disparitions. Étrange de parler enfin de tout cela à quelqu'un. Cela lui semblait presque irréel. Un rêve à partir du rêve. Les bleus de Mésopotamie, jeunes et vieux confondus, l'écoutaient en silence, captivés par sa description de la vie en dehors de la maison.

Lorsque Mystik en arriva à sa rencontre avec Bodann, Julius lui-même avait baissé la garde.

— Mystik a auréolé de gloire notre famille, déclara solennellement Léopold, quand son fils en eut terminé.

Mystik s'efforça de rester humble, mais ce n'était pas facile...

— J'ai toujours dit qu'il nous ferait honneur si nous lui apportions une bonne éducation, renchérit Léonie, radieuse.

Jasmine ronronnait en papillonnant des paupières. Mika, Makila et Méphisto le considéraient d'un œil nouveau, avec une expression empreinte de respect.

Mais Julius tenait à reprendre ses droits.

— C'est une belle histoire, commenta-t-il en tripotant négligemment la souris de plastique. Mais ce n'est qu'une histoire, n'est-ce pas ? Je te connais, Mystik. Tu es une poule mouillée. Alors, tu n'as certainement pas accompli la moitié de ce que tu nous as raconté.

Les pupilles du « chef de famille » rétrécirent, comme s'il cherchait à regarder à l'intérieur de Mystik, à déchiffrer son âme à l'aide d'un rayon laser. Puis il gonfla son pelage, pour paraître encore plus impressionnant.

La gorge de Mystik se serra. La dernière chose qu'il voulait, à l'heure de savourer son triomphe, c'était un duel avec son frère aîné. Il se tourna vers la cheminée. Les braises avaient refroidi.

— Oui, parfois j'ai eu peur, je l'admets. Mais tout ce que j'ai dit est vrai.

— Petit insecte chétif ! lâcha Julius. Pour qui te prends-tu ? Comment oses-tu venir ici parader comme un paon ? Tu crois que tes histoires à dormir debout intéressent quelqu'un ?

— Julius... roucoula Jasmine. Je crois que tu es tout simplement... jaloux !

Son cousin choisit d'ignorer cette pique.

— Il n'est même pas comme nous. Ce n'est pas, cela n'a jamais été et ce ne sera jamais un bleu de Mésopotamie pur sang.

Puis il décocha un coup de patte à la souris, qui fut projetée à trois mètres de là.

— Ce n'est pas vrai, Julius, gronda Léopold, qui avait conservé un peu de son mordant d'antan. Il est évident que Mystik est un authentique bleu de Mésopotamie. Seul l'un d'entre nous aurait pu accomplir de tels exploits.

— Non, non et non, persista Julius, excédé. C'est un misérable ver de terre.

Le sang de Mystik ne fit qu'un tour.

— Ne m'insulte pas ! protesta-t-il.

Toutes ces années, il avait été en butte aux moqueries, voire aux insultes de son frère aîné et il ne le supporterait plus. Plus maintenant.

— Insecte ! répéta Julius.

— Je n'aime pas ça ! Ça ne m'a jamais plu ! le mit en garde Mystik.

— C'est ce que tu es. Viens te battre, si tu es un bleu !

Mystik sentit un déclic en lui.

— D'accord ! Je te prends au mot, s'entendit-il dire.

— Non, Mystik ! s'écria Jasmine. Il va te tuer !

Julius feula de colère.

La malheureuse Jasmine se recroquevilla sur elle-même.

Mystik et Julius se mirent à tourner l'un autour de l'autre. Tous les autres membres de la famille firent cercle autour d'eux et les regardèrent en retenant leur souffle.

Mystik inspira *deux-trois-quatre* et se fondit lentement dans le Temps ralenti. Julius le toisait de ses yeux verts, découvrant les dents. Mystik fit de même. Julius parut surpris.

— Allez, viens, Julius ! Écrase-moi comme un moustique, défia Mystik.

Julius, qui n'en demandait pas tant, se jeta sur son frère cadet.

Il était vif pour un chat de son gabarit, mais Mystik était plus rapide, plus agile, un Cercle en mouvement exsudant l'énergie. Il esquiva Julius, qui mordit l'air. Ses dents s'entrechoquèrent violemment.

Il avait dû se faire mal.

— Ne me traite plus jamais d'insecte ! commanda Mystik.

Julius poussa un rugissement de tigre. Il agita

une longue patte bleue argentée, musculeuse, sous le nez de Mystik. Mais une fois encore, ce dernier l'emporta en rapidité. Julius manqua sa cible et ne parvint qu'à éventrer le fauteuil en velours.

Mika, Makila et Méphisto pouffèrent de rire.

Se moquaient-ils du Cercle en mouvement, les petits impertinents ?

Mystik se retourna pour les regarder. Non, c'était Julius qui faisait les frais de leur hilarité. Il sourit, mais alors qu'il se tournait de nouveau vers Julius, celui-ci lui décocha un coup de griffe sans pitié.

Mystik, dont la vigilance s'était relâchée, bascula en arrière.

— Insecte ! aboya Julius. Maintenant, je suis vraiment en colère.

Pendant les minutes qui suivirent, la bataille fit rage, furieuse, sans concession. Mystik dut mobiliser toutes ses forces pour maintenir son Cercle en mouvement. Julius jeta lui aussi toute sa puissance dans ce combat sans merci et, soudain, décocha un coup si violent en direction de Mystik que celui-ci allait difficilement pouvoir l'éviter.

Il inspira *deux-trois-quatre*, s'enfonça profondément dans son Cercle, sentit la force monter en lui. Et lorsque le coup de Julius s'abattit, le Cercle ne rompit pas. Mystik le repoussa, utilisant la force de son frère contre lui. De nouveau, Julius s'écrasa face contre terre.

Mystik sourit de toutes ses dents. Jamais il n'avait à ce point maîtrisé le Cinquième Pouvoir. Il exultait de bonheur... et de vie.

« Finis-le, songea Mystik. Maintenant. Donne libre cours à ton énergie. Il ne pourra plus jamais se battre. Fais-le ! »

« Non. »

— Assez, dit-il.

« Assez. *Juste ce qu'il faut et pas davantage.* »

Julius secoua la tête.

— Ce n'est que le commencement, riposta-t-il, pantelant. Insecte !

Et Julius de s'élancer dans les airs, hors de lui, les griffes écartées.

Mystik passa en mode « Temps ralenti ».

Patatras ! Julius termina sa voltige dans la cheminée. Tout couvert de cendre, il leva des yeux verts de rage vers Mystik. Il essaya de se relever. Impossible.

C'était terminé.

Il était K.-O.

— Bravo, Mystik ! s'écria Jasmine en applaudissant.

— Mystik, Mystik ! renchérit la famille à l'unisson.

— Mystik, Mystik, Mystik ! !

Il ferma les yeux et savoura sa victoire, douce comme la cannelle. Il avait réussi, enfin. Il était devenu un vrai bleu de Mésopotamie.

C'est alors qu'une voix rauque se fit entendre.

— Mystik, c'est toi ?

Le cœur de Mystik s'arrêta de battre.

23

HOLLY EN MAUVAISE POSTURE

— Holly ?

— Mystik, c'est affreux ! Un vrai cauchemar !

Mystik s'apprêtait à courir vers Holly pour lui exprimer sa joie et sa fierté d'avoir vaincu Julius, mais il lut sur le visage de son amie l'expression d'une telle horreur que son sourire se figea.

— Oh, Mystik, c'est épouvantable ! Nous devons sortir d'ici tout de suite.

Et elle leva la tête vers les vitres vertes, épaisses, verrouillées.

— Que se passe-t-il ? demanda Mystik, sidéré.

— Les Disparus... Ils sont ici.

Elle était toute frémissante.

— L'homme dont tu as parlé n'est pas là, ni ses chats noirs. Mais il y a une pièce là-haut avec une grande cage, et des centaines de chats à l'intérieur. Seulement...

Elle marqua une pause, comme si elle ne parvenait pas à se convaincre de poursuivre.

— Seulement quoi ?

Elle ferma les yeux, comme pour effacer une vision horrible.

— Ils ne sont pas vivants.

— Désolé de t'interrompre, Mystik, dit Léonie, mais qui est-ce ?

Tous les bleus de Mésopotamie inspectaient la nouvelle venue d'un œil sévère.

— Holly, je te présente ma famille, dit Mystik. Maman, papa, tout le monde, voici Holly.

Cette dernière comprit vite à quelle sauce elle allait être mangée.

— Ne t'inquiète pas, je trouverai bien une issue. Occupe-toi des tiens. Moi, je prends la poudre d'escampette.

Léopold fronça les sourcils et se tourna vers Mystik.

— Tu connais cette chatte ?

Mystik, lui, ne comprenait toujours pas.

— C'est Holly. Vous savez bien ? Mon amie de l'extérieur, dont je vous ai parlé...

Léopold laissa échapper une moue de dégoût. Puis il tourna carrément le dos à l'intruse. Tous les autres membres de la famille l'imitèrent.

— Nous ne sommes pas à l'extérieur, lâcha-t-il. Dis à cette chatte de partir.

Mystik eut l'impression de recevoir une gifle. Il échangea un regard avec Holly. Elle ne semblait guère surprise de cette réaction.

— Comment as-tu osé faire ça ? chuchota Léonie. Je n'aurais pas cru ça de toi.

— Mais vous ne comprenez pas ? Elle va nous aider à nous enfuir d'ici.

— Mais nous ne voulons pas partir d'ici. Où irions-nous ? Qui nous donnerait à manger ? répondit sa mère.

Holly n'était guère surprise de la réaction de ces « chats de luxe », qui ne connaissaient rien de la « vraie vie » telle qu'elle se vivait dans les rues de la grande ville. Mais elle voulait en avoir le cœur net :

— Vous n'avez donc pas vu ce qu'il se passe là-haut ? Votre gentleman, comme vous dites, s'il vous donne à manger, ce n'est pas pour vos beaux yeux ! Vous le savez, j'espère ?

Léopold continua de l'ignorer et de s'adresser exclusivement à Mystik :

— Nous n'avons jamais mis les pieds là-haut, à cause des chats noirs. Mais nous savons qu'il y a d'autres chats au premier étage.

— Vous le savez ? interrogea Mystik, horrifié.

— Le gentleman les ramène à la maison, expliqua Léopold. Il leur donne à manger. Oh, il ne leur offre pas de caviar, comme à nous, mais des aliments bon marché. Il en a des sacs entiers dans la cuisine. Il les maintient en vie jusqu'à...

Le père de Mystik marqua une pause. À cet instant précis, Mystik eut pitié de lui.

— Hum... en fait, nous ne savons pas exactement ce qu'il se passe ensuite, mais nous savons tous que le gentleman ne nous ferait jamais de mal... à nous.

— Vous avez tort, répondit Holly. Ce sont eux aujourd'hui, et ce sera vous demain.

— Nous sommes différents, répondit Léopold, qui faisait toujours mine de ne s'adresser qu'à Mystik. Nous sommes spéciaux. Nous sommes des bleus de Mésopotamie. Quant à ces chats de gouttière...

Il haussa les épaules avec mépris.

— ... Ce sont des rien du tout.

— Je vous demande pardon ? ! s'écria Holly, les moustaches en ordre de bataille.

— Des *moins que rien* précisa tante Agathe. Ces idiots méritent leur sort, croyez-moi.

En entendant ces paroles, Mystik eut un haut-le-cœur. Il ne savait que dire ni que faire. Il regarda sa mère, son dernier recours.

— Nous savons de quoi nous parlons, mon chéri, dit-elle d'une voix posée, mesurée : nous n'allons nulle part.

La tête de Mystik lui tournait. Peut-être avaient-ils raison et Holly tort. Le gentleman ne leur avait pas encore fait de mal. Peut-être ne leur en ferait-il jamais.

— Nous avons besoin de toi, Mystik, dit Jasmine de sa voix empreinte de suavité candide.

— Vous avez besoin de moi ?

Léopold hocha la tête, avec le plus grand sérieux.

— Bien sûr que nous avons besoin de toi, mon fils. C'est toi le chef de famille, maintenant. Tu ne peux pas nous abandonner.

— Tu as battu Julius, observa Méphisto.

— Julius était un dur, un caïd, un tatoué ! ajouta Mika en grimaçant.

— Si tu l'as vaincu, c'est que tu es le meilleur, conclut Makila.

Mystik était déchiré. Il lui fallait choisir entre sa famille et sa meilleure amie...

...Vlan !

La porte d'entrée de la maison venait de nouveau de s'ouvrir et de se refermer en claquant.

Clac ! Cloc !

Le gentleman marchait dans le hall, sans doute flanqué de ses deux chats noirs à la silhouette effilée.

— Allez, s'exclama Holly, c'est maintenant ou jamais !

Elle se précipita dans le couloir.

Mystik, lui, resta comme scotché sur le sol. Il voulait la suivre, mais d'un autre côté, il venait d'être sacré chef de famille.

Enfin, il accédait au statut de pur bleu de Mésopotamie !

Elle se retourna vers lui.

Il ne bougea pas.

En l'espace d'une seconde, dans le regard

moutarde de Holly, il vit que la barrière invisible les séparait de nouveau.

Comme ses autres amis auparavant, Mystik allait l'abandonner, ce qu'elle avait craint depuis leur première rencontre.

Au moment même où elle avait voulu les aider, lui et sa famille, il allait lui faire faux bond. La trahir pour ces bleus de Mésopotamie qui l'avaient traitée avec tant de mépris.

— Je suis le pire ami du monde, murmura-t-il.

— Arrête, dit-elle. Ne dis pas un mot de plus.

Mystik la regarda bondir comme si elle s'était brûlé une patte, et se précipiter vers la porte d'entrée.

Dans le hall, les chats du gentleman l'attendaient de pied ferme. Avec leur cruauté soyeuse, ils firent barrage à leur nouvelle victime et la plaquèrent au sol, en parfaites machines de guerre qu'ils étaient.

C'est alors que la Conscience de Mystik entra en action. Il enregistra leurs mouvements souples, l'image de leurs corps fusant vers l'avant.

Il avait vu beaucoup de chats en ville, à commencer par Ellie-la-Désossée, mais ces deux-là étaient uniques. On aurait dit qu'ils n'éprouvaient aucune émotion. On aurait dit des animaux mécaniques.

Comment lutter contre eux ? se demanda Mystik. Ils le détruiraient, comme ils avaient détruit Noé.

Il se tourna vers les siens, qui étaient sortis du salon, mais personne ne le regardait.

Le gentleman se pencha vers les chats noirs et glissa quelques mots à l'oreille de l'un d'entre eux, qui alla aussitôt se poster devant la porte d'entrée de la maison.

Quant à l'autre, il resta en position, immobilisant Holly. Son regard se posa alors sur Mystik, qui ressentit une étrange sensation de froid.

Il fit un pas en direction du chat noir. Celui-ci le toisa avec arrogance. Tel un coq courroucé, Mystik monta sur ses ergots, offrant un spectacle autrement plus impressionnant que celui de Julius vert de rage, quelques instants plus tôt.

— Non, mon fils, intervint Léopold. Tu vas nous mettre en danger.

— Laisse-les tranquilles, ordonna Léonie, et ils ne nous feront aucun mal.

Mystik s'en voulait terriblement. Après tout ce qu'ils avaient vécu ensemble, il avait abandonné Holly aux griffes des deux « clones ».

C'est lui qui l'avait amenée en ce lieu.

Elle aurait pu s'enfuir, mais elle était restée.

Et il ne pouvait lui venir en aide, car sa famille en pâtirait.

Lui, c'était un bleu. Pas elle.

Aussi regarda-t-il, impuissant, Holly traînée par l'un des deux « clones » mécaniques jusqu'en haut de l'escalier.

Elle ne se débattit même pas.

L'instant d'après, elle avait disparu.

Le gentleman monta à son tour. Le chat noir qui gardait la porte finit par le suivre.

Il y eut un long moment de silence.

— Je suis fier de toi, mon fils, dit Léopold.

— Je savais que tu prendrais la bonne décision, renchérit Léonie.

— Quel affreux animal ! commenta Jasmine.

Sa voix était caressante comme du lait.

Mais le lait avait tourné.

Et de surcroît, il avait *mal* tourné.

[illegible]

Il contemplait les astres [illegible] constellant le ciel de la Mésopotamie [illegible] paraissaient plus [illegible] lumière de [illegible] endroit. L'atmosphère [illegible]

24
PRIS AU PIÈGE

Ce soir-là, Mystik rêva.

Il rêva qu'il marchait au bord du Tigre.

Les palmes des dattiers oscillaient dans la brise parfumée à la cannelle.

Il contemplait les étoiles constellant le ciel de la Mésopotamie : elles ne lui paraissaient plus aussi étranges, désormais. Elles faisaient partie de lui, tout comme il faisait partie de cet endroit. L'atmosphère y était paisible. Il y était chez lui.

L'enseignement dispensé par Calife était sans doute exigeant, mais il ne présentait pas autant de difficultés que le monde réel, où il fallait prendre des décisions, où l'on était exposé à des dangers, où l'on courait sans arrêt le risque d'échouer.

Calife avançait à ses côtés, de sa démarche tranquille, lumineuse.

— Le savoir de générations de bleus de Mésopotamie, menacé d'être perdu à jamais, t'a été transmis dans sa totalité... hum... ou presque, dit-il.

Au creux de son estomac, Mystik sentit une boule de chaleur irradier dans tout son corps. Il éprouvait une telle fierté ! Maintenant, c'était lui le dépositaire du Don de Calife.

Du moins en rêve...

— Il te reste un Pouvoir à maîtriser, poursuivit l'aïeul. Mais je ne peux pas te l'enseigner. Je ne puis te dire que son nom.

En l'écoutant parler, Mystik se demanda ce que l'ancêtre des bleus de Mésopotamie pensait vraiment de lui. Calife n'avait jamais répondu à cette question.

Le vieux chat aurait-il été fier de constater que Mystik était resté solidaire de sa famille ?

— Quel est le Septième Pouvoir, Calife ?

Les moustaches de ce dernier vibrèrent à l'unisson de la brise.

— Le Septième Pouvoir est la Confiance en soi. Voilà.

— Ah ?

Calife n'en dirait pas davantage

— Ta formation est maintenant terminée. Il te reviendra de transmettre le Don aux générations futures.

Il s'approcha du bord de l'eau.

— Attendez, s'il vous plaît ! protesta poliment Mystik. Je ne comprends pas. Montrez-moi ce que vous voulez dire. La Confiance en soi, comment l'acquiert-on ?

— La Confiance en soi est un Pouvoir, tout comme l'Ouverture d'esprit, répondit Calife. Mais si le Premier Pouvoir consiste à s'ouvrir sur l'extérieur, le Septième consiste à regarder au plus profond de soi. C'est le plus difficile à maîtriser. Pour quelqu'un qui estime ne pas être digne de lui-même, ce pourrait être impossible.

Mystik garda la tête haute, essayant d'échapper au regard ambré de Calife. Mais il ne pouvait échapper aux paroles de son ancêtre. Elles lui allaient droit au cœur.

— Que t'ai-je enseigné, mon fils ? Qu'un chat doit être libre, doit être vrai. Hum... Par cela, j'entends qu'il doit être fidèle à lui-même. Quand tu as dit que tu n'étais pas digne d'être un bleu de Mésopotamie, je ne savais pas si je devais en rire ou en pleurer.

Mystik baissa les yeux humblement.

— Vois-tu, mon enfant, ce que tu es et l'endroit d'où tu viens n'ont aucune importance à mes yeux. La seule chose qui compte, c'est ce que tu fais. Nous sommes ce que nous choisissons d'être. Un chat qui applique le Don est un vrai bleu de Mésopotamie. Tout ce que tu dois faire, c'est avoir confiance en toi et te dire que tu es digne d'être un bleu.

— Mais, et mes yeux...

— Tes yeux ?

— Ils ne sont pas de la couleur habituelle pour les bleus de Mésopotamie.

— Ah non ? s'étonna le vieux chat. Et de quelle couleur sont-ils ?

— Ils sont de la couleur du danger.

— C'est-à-dire ?

Mystik hésita.

— Je ne sais pas, admit-il. Je ne les ai jamais vus.

— Approche, mon fils.

À son tour, Mystik s'approcha du bord de l'eau.

— Regarde-moi, dit Calife. Suis je digne d'être un bleu de Mésopotamie ?

— Bien sûr que tu l'es !

— Maintenant, regarde dans l'eau, dit Calife. Que vois-tu ?

Mystik contempla la surface immobile du Tigre. Il vit les étoiles qui scintillaient tout au fond. Il vit la lune qui se levait à l'est.

Et il découvrit deux chats au pelage bleu argenté et aux yeux couleur d'ambre qui le regardaient tranquillement.

Mystik se réveilla dans le salon de la maison où il avait grandi. Il faisait noir à l'extérieur. Sa famille était assemblée autour de lui.

Son esprit était semblable au ciel après un orage. Tout lui paraissait clair et net et il savait ce qu'il devait faire.

D'un bond, il sauta sur le fauteuil en velours rouge. Personne n'essaya de l'arrêter, ni son père, ni Julius. C'était *son* fauteuil. Le pouvoir lui appartenait, et lui seul pouvait décider de la manière dont il voulait en user.

— Maintenant dit-il, je veux la vérité. Quelqu'un a-t-il revu la Comtesse depuis que le gentleman est arrivé dans cette maison ?

Tous secouèrent la tête.

— Alors, si nous ne tentons pas quelque chose pour nous sortir de ce guêpier, nous serons à sa merci. Nous sommes tous condamnés.

Léonie haussa un sourcil et se tourna vers les petits. Mika, Makila et Méphisto tremblaient de peur. Mais Léopold ne broncha pas.

— Passe-t-il beaucoup de temps ici ? demanda Mystik.

— Il est souvent à l'extérieur, répondit Léopold.

— Et les chats noirs ? Est-ce qu'ils l'accompagnent ?

— Mystik, c'est toi le chef de famille, intervint Julius. Je ne te dispute pas cet honneur. Mais pourquoi nous poses-tu ces questions ? Pourquoi ne pas accepter les choses telles qu'elles sont ?

— Je ne sais pas ce qu'il se passe là-haut, dit à son tour Léonie, mais cela ne nous affecte pas, mon chéri. Nous sommes différents. Tu fais peur à tes frères, et ils vont encore faire des cauchemars, c'est tout ce que je vois...

— À moi aussi, tu me fais peur, fit Jasmine en se tortillant sur place.

Mystik leva une patte pour obtenir le silence.

— Vous vous trompez. Nous ne sommes pas différents. Nous ne sommes pas spéciaux. Nous sommes des chats comme les autres.

Tous le regardèrent avec des yeux verts exorbités, comme s'il était devenu fou.

— Ces chats ont tué Noé pour nous empêcher de partir. Votre prétendu gentleman a des plans pour nous. J'en suis certain.

Un murmure parcourut l'assemblée. Ils réfléchissaient mais ils n'étaient pas encore convaincus.

— En admettant que tu aies raison, dit Léopold, comment pourrions-nous lutter contre ces chats noirs ? Ils sont trop forts.

— Pas du tout, contra Mystik. Si nous agissons ensemble, nous y parviendrons. L'union fait la force ! Alors, qui veut se joindre à moi ?

Léonie, Léopold et tante Agathe tournèrent la tête. Julius et Jasmine firent de même, tout comme Mika, Makila et Méphisto.

Sans un mot, Mystik quitta alors le salon, dignement, la tête haute. Il se sentait incapable de les contraindre à agir contre leur gré, même en usant des Sept Pouvoirs à la fois !

Une fois dans le couloir, il se hâta de gagner le pied de l'escalier. Il savait que Holly se trouvait au premier étage et il était fermement décidé à la sauver. Avec ou sans l'aide des siens.

Il inspira fortement.

Il allait devoir utiliser le seul Pouvoir qu'il maîtrisait complètement : la Marche dans l'ombre.

Il se remémora son rêve. *Tu dois te connaître toi-même, être sûr de toi, avant de pouvoir t'abandonner. Sais-tu qui tu es ?*

Il se détendit, se laissa aller et se fondit dans les ombres au pied de l'escalier. Il ne percevait plus du monde extérieur que des bribes de vision.

L'un des chats du gentleman apparut au sommet de l'escalier et regarda vers le bas.

Allait-il repérer Mystik ?

Non, son regard le traversa comme s'il était invisible. Mystik posa une patte sur la première marche. Le chat noir ne réagit pas. On aurait dit que le bleu de Mésopotamie n'existait plus.

Le chat noir retourna dans la chambre de la Comtesse. C'était le moment de vérité.

Mystik éprouvait une sourde angoisse, mais il

fallait qu'il connaisse la vérité au sujet du gentleman, des Disparitions et de la chambre de la Comtesse. C'était pour lui le seul moyen de sauver Holly.

La Conscience en éveil, les moustaches à l'affût, Mystik se glissa à l'intérieur de la chambre telle une ombre de la nuit.

La cage dont Holly avait parlé était bien là.

Munie d'une solide porte en métal et recouverte de fil de fer barbelé.

Remplie de chats de gouttière sans collier.

Tous pétrifiés de peur, et qui miaulaient leur douleur.

Soudain, le gentleman pénétra dans la chambre de la Comtesse et s'approcha de la cage. Ses lèvres roses et humides luisaient dans la pénombre, tout comme ses chaussures cirées de frais. Aussitôt, tous les prisonniers se massèrent au fond de la cage.

Il ouvrit la lourde porte de métal en actionnant un levier, et Mystik le vit attraper un chat tigré par la peau du cou, puis refermer la porte. Sans attendre, et sans un mot pour ses victimes, il ressortit de la chambre.

Mystik n'avait qu'une envie : prendre ses jambes à son cou pour échapper à ce cauchemar.

Mais il venait d'apercevoir, recroquevillées dans un coin de la cage, Holly et... miracle !... une petite chatte au pelage chocolat, terrorisée : Ratatam.

Elles chuchotaient. Il s'approcha pour écouter ce qu'elles disaient.

— Où emmène-t-il ce chat tigré ? demanda Holly.

— Va-t'en savoir ! Mais une chose est sûre, c'est qu'on ne le reverra pas, le malheureux. Une fois qu'il t'attrape, c'est fini.

Elle frissonna.

— Ça ne prend pas longtemps, précisa un autre chat.

Dans l'ombre, les oreilles pointées vers le ciel, les moustaches aux aguets, Mystik se sentit défaillir. Que se passait-il dans cette maison ? Et pourquoi avait-il la bouche si sèche ?

— N'y a-t-il aucun moyen de sortir de cette cage ? demanda encore Holly.

— Tu crois que nous n'avons pas essayé ? répondit Ratatam. Elle ne s'ouvre que de l'extérieur. Et même si nous pouvions l'ouvrir, comment ferions-nous pour échapper à ces odieux chats noirs ? Ce sont eux qui nous ont placés là où nous sommes. Et ils montent constamment la garde.

Mystik sentit de nouveau cette étrange sensation de froid. L'impression d'être observé par quelque chose qui n'était ni tout à fait vivant ni tout à fait mort. Le chat noir ne pouvait en être responsable, parce qu'il ne regardait pas dans sa direction.

La gorge serrée, jugulant sa peur du mieux qu'il pouvait, Mystik s'en remit à sa Conscience. Et il finit par comprendre d'où provenait cette sensation étrange.

Ce n'était pas un seul regard qui était posé sur lui, mais une multitude.

Il y avait d'autres chats dans la chambre, empilés les uns sur les autres dans un grand carton. Ils ne bougeaient pas, ne parlaient pas, ne respiraient pas.

Mystik en regarda un dans les yeux. Ceux-ci étaient grands ouverts mais leurs paupières ne battaient pas.

Normal, ce n'étaient pas des yeux. C'était du verre coloré, brillant, avec une fente noire dessinée au milieu.

Il ressemblait au jouet qu'il avait aperçu dans la grande ville. Mais il était éteint.

Le gentleman revint avec le chat tigré. Mais ce dernier n'était plus du tout le même. Il était devenu totalement immobile.

Il ne respirait plus.

Ses yeux étaient morts. Du verre coloré.

Il portait un nouveau collier autour du cou. Le gentleman appuya sur le collier. L'instant d'après, le chat tigré ouvrit la bouche pour parler.

Mystik savait exactement ce qu'il allait dire :

— Je vais très bien, merci s'il vous plaît... Heureux, heureux, heureux... Joooyyyyeuuuxx Nooooëëëlllll ! Mmmm... hi...hi...hi...aouuuu ! !

25
Un chien vaut mieux que deux tu l'auras

Lorsqu'il entendit les chaussures du gentleman claquer sur le sol, une fureur noire s'empara de Mystik. En le voyant quitter de nouveau la chambre et se diriger vers l'escalier, flanqué du chat noir, il comprit qu'il n'y avait pas une minute à perdre. S'il agissait tout de suite, il aurait l'avantage de la surprise.

Il émergea de l'ombre.

Aussitôt, les miaulements cessèrent. Tous les

occupants de la cage le regardaient. Des centaines d'yeux, luisant de vie dans la pénombre.

Comment les libérer ?

Le gentleman n'avait pas complètement abaissé le levier qui verrouillait la cage. Il n'en fallut pas plus à Mystik pour se lancer à l'assaut de la forteresse en fil de fer barbelé. Les pointes s'enfonçaient dans ses coussinets, mais il pouvait au moins s'en servir pour prendre appui. C'était plus facile que d'escalader le mur d'enceinte de la maison !

Une fois parvenu à la bonne hauteur, Mystik s'agrippa au levier et tira de toutes ses forces. La porte de métal s'ouvrit.

Il fut remercié par une cacophonie de miaulements. Tous ces chats, prostrés quelques secondes auparavant, avaient instantanément recouvré leur énergie. Ils se bousculèrent pour sortir. C'était à qui retrouverait le premier la liberté !

— Attendez ! s'écria Mystik. Nous devons unir nos forces...

Mais personne ne l'écoutait. C'était une véritable mêlée. Un tohu-bohu extraordinaire. Il fut néanmoins interrompu par des hurlements stridents.

La cohue s'immobilisa tant bien que mal.

Tel un danseur, Mystik se fraya un chemin parmi les évadés. Il découvrit alors les deux chats noirs au sommet de l'escalier. Ensemble, ils étaient terrifiants. Impossible de franchir ce mur de cruauté glacée.

Un peu partout, gisaient les cadavres des chats qui étaient sortis de la chambre les premiers. Les deux clones les avaient balayés d'un coup de patte. Assommés.

C'est alors qu'un mouvement de reflux vers la cage faillit emporter Mystik. Mais il poursuivit sa progression à contre-courant et se retrouva bientôt face aux deux chats noirs.

Il se sentait étrangement calme. Pas question de retourner en arrière. Pourtant, il ne s'agissait plus seulement de combattre Julius ou Rasoir.

C'était un défi d'une autre taille. Une question de vie ou de mort.

Il fixa les deux chats noirs, inspira fortement, remplissant ses poumons. La puissance montait en lui, comme une force vivante. Le moment qu'il avait attendu toute sa vie était arrivé. Il allait administrer la preuve qu'il avait mûri, qu'il avait retenu et assimilé les leçons de Calife. Bref, qu'il était bel et bien un vrai bleu de Mésopotamie, un dur, un tatoué !

Quatrième Pouvoir : le Temps ralenti. Il inspira autant d'air que possible et ralentit son temps intérieur.

Cinquième Pouvoir : le Cercle en mouvement. Mystik avança vers les chats du gentleman vibrant d'une pulsation irrésistible qui le rendait invincible.

Sixième Pouvoir : la Marche dans l'ombre. Mystik s'évanouit comme par enchantement.

Les moustaches des chats noirs tressaillirent, comme s'ils savaient que quelque chose allait se passer, mais en même temps ignoraient quoi.

Le Cercle en mouvement de Mystik le souleva dans les airs et il dessina un arc de vengeance qui allait s'abattre sur ses ennemis. Il vengerait Noé, Holly et Ratatam. Et tous ceux qui avaient disparu.

Mystik se mit à jouer des griffes, telle une bête furieuse. Il lacéra, déchira, broya. Mais il ne coulait aucune goutte de sang du visage des chats noirs. Comment était-ce possible ?

Il frappa l'un des deux « clones », de toutes ses forces, mais le chat noir resta debout.

Aussitôt vint un coup en retour, incroyablement rapide, si bien que Mystik, même en Temps ralenti, ne l'esquiva que de justesse.

Les chats noirs échangèrent un autre regard et se précipitèrent sur Mystik, comme ils avaient fondu, il y a bien longtemps, sur le malheureux Noé. Deux corps en symbiose parfaite, aux mouvements souples et lisses. Ils approchèrent de Mystik, un de chaque côté, comme pour le prendre en tenailles. Mystik dessina le Cercle le plus grand qu'il puisse imaginer. Se déplaçant à la vitesse de l'éclair, il repoussa un coup, puis un autre, et encore un autre.

Le Cercle tenait bon. Il se sentait animé d'une énergie intarissable. Mais les chats se montraient plus résistants que prévu. Lentement, mais sûrement, ils repoussaient Mystik vers la chambre de la Comtesse. Et finalement, l'un des deux parvint même à pénétrer à l'intérieur du Cercle.

Les défenses de Mystik tombèrent d'un coup. Il partit à la renverse, déséquilibré. Les deux bêtes noires se jetèrent sur lui et le plaquèrent au sol. Mystik eut beau se débattre, rien à faire, l'ennemi avait remporté la bataille.

Il parvenait à peine à respirer.

Mais où étaient les autres ? Pourquoi ne lui venaient-ils pas en aide ?

Il lui fallait se libérer ! Mais les yeux noirs lui barraient la route. Il avait eu recours à tous les Pouvoirs, mais cela n'avait pas suffi. Le Don ne suffisait pas...

Il devait pourtant bien exister un moyen de gagner, de vaincre ces monstres irréels.

Soudain, Mystik entendit une voix rocailleuse et aperçut un éclair noir et blanc.

— Les colliers !

Les colliers ? Mystik regarda le cou des chats noirs. Ils portaient un collier semblable à celui qui se trouvait autour du cou des jouets. Il scruta les yeux d'un des deux chats noirs. Ce n'étaient pas des yeux de chat. Ils étaient en verre !

En verre !

Pas tout à fait vivants ni tout à fait morts. Si le gentleman pouvait fabriquer des jouets ressemblant à des chats, il avait sans doute été capable de fabriquer des combattants mécaniques. La machine parfaite : on ne pouvait la tuer, elle ne saignait pas, n'abandonnait jamais. On pouvait la mettre en route ou l'éteindre d'une pression sur... le collier.

C'était sa dernière chance, son dernier espoir.

Il inspira autant d'air que possible et, dans un effort désespéré, attrapa un des deux chats noirs à la gorge. Puis ses dents se refermèrent sur le collier. Il mordit de toutes ses forces et arracha l'objet. Au moment où le collier s'envolait, les yeux du chat noir s'ouvrirent tout grands. Il leva bien une patte, comme pour frapper Mystik, mais elle resta suspendue en l'air. Puis, lentement, avec une certaine grâce, elle retomba mollement par terre. Un des chats noirs du gentleman était hors d'état de nuire.

Restait le second.

Mystik le savait, il ne le laisserait jamais approcher suffisamment près de lui pour lui arracher son collier. Le survivant contemplait son jumeau immobile. Sa vengeance serait terrible. Et Mystik se demandait bien comment il pourrait en venir à bout.

Le deuxième chat noir se tourna vers Mystik et avança vers lui. Il le regarda droit dans les yeux et, pour la première fois, Mystik découvrit l'ombre d'une expression. Une expression de tristesse. De tristesse terrible, infinie.

Et, contre toute attente, le chat refusa de se battre. Au contraire, il tendit le cou vers Mystik, comme pour inviter ce dernier à le débarrasser du collier. C'était un spectacle extraordinaire.

Sans sa « moitié », la machine à tuer était inutilisable.

Doucement, Mystik mordit dans le collier, qui se détacha sans peine. Les yeux du deuxième chat noir s'ouvrirent tout grands, et il s'immobilisa. C'était fini.

Il y eut un grand moment de silence puis un concert d'exclamations.

— Il a réussi !

— Il les a vaincus !

— Nous sommes *libres* !

Mais à ce moment, Mystik ne pensait qu'à une chose : où était Holly ? C'est elle qui avait compris comment arrêter les chats. C'est à elle que revenaient les lauriers.

— Ça fait réfléchir, hein, de voir ça ? fit une voix rauque derrière Mystik. Ces grands méchants chats ne pouvaient fonctionner l'un sans l'autre. C'était bien la peine !

Mystik se tourna vers elle : lui pardonnerait-elle jamais sa trahison ?

— Holly, je suis désolé. J'aurais dû revenir avec toi...

Les yeux moutarde le contemplaient avec amusement.

— Je sais. Mais heureusement pour toi, tu t'es rattrapé depuis. Parce que tu n'es pas le pire ami du monde. Et je sais de quoi je parle...

— Mystik, tu as réussi ! s'exclama Ratatam.

— Tam ! C'est si bon de te revoir !

Tous les chats hurlaient leur bonheur, mais Holly ne tarda pas à leur intimer le silence.

— Attendez ! Ce n'est pas fini. Ne vous réjouissez pas trop vite ! Nous devons trouver une sortie. Alors, je ne veux pas jouer les dictateurs, mais dans votre intérêt, je vous conseille de suivre nos indications, à Mystik et à moi. D'accord ?

Il y eut un murmure d'approbation. Mystik admira la manière dont elle avait pris le contrôle des événements. Il se sentait bien, libéré, plein d'espoir. Tout allait bien se passer maintenant...

— Alors, allons-y ! lança Holly.

Soudain, Mystik entendit une voix familière, qui appelait au secours :

— Mystik ! MYSTIK ! À l'aide ! !

C'était Julius, que brandissait le gentleman. Ce

dernier se tenait au pied de l'escalier. La colonne de chats se figea sur place.

Le cœur de Mystik s'arrêta de battre. Comment avait-il pu être assez bête pour céder si facilement aux sirènes de l'espoir ? Il n'avait pas usé de sa Conscience à bon escient.

En apercevant leur tortionnaire, les chats paniquèrent. Certains voulurent même rebrousser chemin.

Clac ! Cloc !

Le gentleman lâcha Julius et se mit à gravir l'escalier. Il vociférait si fort qu'on aurait cru des coups de tonnerre.

— Attendez ! hurla Holly. Ne vous dispersez pas !

Mais plus personne ne l'écoutait. C'était chacun pour soi. L'ombre géante du gentleman les enveloppa bientôt tous les trois : Mystik, Holly et Ratatam.

— Eh bien, je crois que c'est le moment de se dire adieu, lança Holly. À moins que nous ne tentions notre chance, envers et contre tout ?

Elle se tourna vers Ratatam puis vers Mystik.

— Qu'en dites-vous ?

— À l'attaque ! lancèrent en chœur ses deux compagnons d'infortune.

La main du gentleman était assez grande et assez puissante pour briser les os de Mystik. Mais ce dernier découvrit les dents, prêt à mordre, à se battre jusqu'à la mort.

Sourde et aveugle, la main gigantesque se referma sur son cou. Le gentleman serra...

BLING ! CRAC ! BOUM !

On aurait dit que toutes les fenêtres de l'antique demeure venaient de voler en éclats. Puis un rugissement assourdissant se fit entendre, ou plus exactement un... aboiement.

— OUAF ! OUAF !

C'était Bodann. Le molosse avait brisé les fenêtres de la maison de la Comtesse pour venir au secours de ses amis. Le gentleman se retourna, affolé. Bodann monta les marches quatre à quatre et vint se camper devant lui. Le tortionnaire n'en menait pas large. Le colosse humain était vaincu par le molosse canin.

Il tenta bien de fuir en sautant par-dessus la rampe mais, non sans avoir adressé un clin d'œil aux chats, Bodann se lança aussitôt à sa poursuite.

Le gentleman criait maman et pleurait beaucoup...

ÉPILOGUE

Le faux gentleman avait disparu pour toujours. Des cris de joie déferlèrent. Les prisonniers libérés se ruèrent vers le bas de l'escalier, vers la liberté.

Mystik, pour sa part, n'aspirait qu'à un peu de calme et de tranquillité. Mais aucune chance...

— Mystik ! Tu es un héros ! le félicita Julius. Je te demande pardon de t'avoir traité comme je l'ai fait toutes ces années...

— Pour Mystik et ses amies, hip, hip, hip, hourra ! !

C'étaient les membres de sa famille, tous les bleus de Mésopotamie au complet. Ils hissèrent le trio sur leurs épaules pour lui permettre de mieux savourer les acclamations de la foule des chats de gouttière.

Ces derniers avaient envahi toute la maison, célébrant ce jour glorieux pour la gent féline.

— Dieu des chats merci ! Toute cette malheureuse affaire est terminée, se réjouit Léonie. Mais comment allons-nous retrouver notre vie normale ?

— C'est une bonne chose qu'il y ait tous ces sacs d'aliments pour chats dans la cuisine, commenta Léopold. Ce n'est pas du caviar, mais au moins, nous ne mourrons pas de faim.

Mystik les contempla, abasourdi.

— Vous ne voulez tout de même pas dire que vous envisagez de rester ici... Après tout ce qu'il s'est passé ? !

— Nous ne pouvons aller vivre à l'extérieur, répondit son père.

— Nous sommes chez nous, ici, renchérit Jasmine.

— Mais la Comtesse ne reviendra pas... dit

Mystik. Pas plus que votre « gentleman ». Il n'y a plus que nous. Seuls au monde.

Mika, Makila et Méphisto essuyèrent une larme.

— Ne craignez rien, frérots. Nous trouverons un autre endroit où élire domicile. Tout comme Calife, quand il a quitté la Mésopotamie. Mais cette fois, ce sera vraiment chez nous, parce que nous allons bâtir notre propre « chez-nous ».

— Mys-tik ! Me rev...ouah...là ! fit une grosse voix tonitruante.

Le grand chien avait abandonné le gentleman au sort qu'il méritait. Il avait fait le mur, non sans avoir goûté aux crocs bien acérés du molosse...

— Bodann ! Tu nous as sauvé la vie ! s'exclama Mystik. Nous ne pourrons jamais assez te remercier.

Mais les bleus de Mésopotamie étaient d'un autre avis. En voyant débouler l'énorme chien, ils allèrent se mettre à l'abri.

Ratatam se tourna vers Holly, émerveillée :

— Je n'y crois pas ! Il a vraiment parlé à ce chien ? Et c'est un vrai chien ? Un vrai de vrai ?

— Oui, il s'appelle Bodann, répondit Holly. C'est un ami.

Bodann battait de la queue à tout rompre. Son

regard n'était plus noyé sous la brume, désormais. Il avait l'œil vif, pétillant de vie.

— Bodann peur du mur. Mais Bodann sav...ouah... r que ses amis besoin de lui. Alors Bodann sauter le mur... Ouaf !

Depuis la cuisine provenaient d'autres cris de joie. Certains des chats, par l'odeur alléchés, avaient déniché les réserves de caviar du gentleman...

D'autres sautaient déjà par la fenêtre, pressés de retrouver leur liberté et l'air de la grande ville.

Mystik se tourna vers sa famille.

— C'est là que je vais. Ma vie est là-bas.

— Mais... toi et tes amis, vous nous avez sauvé la vie, fit Julius. Tu es le chef de famille. Tu ne peux pas nous abandonner maintenant.

Mystik sourit à son frère aîné.

— Je crois que le temps des chefs de famille est dépassé, Julius. Il y a une autre vie au-dehors. Je vous apprendrai à chasser, à vous battre, à vivre une vraie vie... mais il faut que vous m'accompagniez.

Il les regarda les uns après les autres. Tous baissèrent les yeux et gardèrent le silence.

Mais il ne se sentit pas isolé pour autant. Bien plutôt, il se sentait libre.

— Mystik, nous te devons beaucoup, dit Léopold. Tu avais raison au sujet du gentleman, et nous avons eu tort au sujet de tes amis. Nous avons eu tort sur bien des points. Mais nous ne pouvons pas aller vivre à l'extérieur avec toi. Pas encore, en tout cas. Nous ne sommes pas prêts.

— Si tu as besoin de nous, dit Léonie, nous serons là pour toi.

— Je comprends, fit Mystik.

Et à ce moment, pour la première fois de sa vie, peut-être, il comprenait vraiment ce que lui disait son père.

Ils se firent leurs adieux, puis Mystik se tourna vers Holly et Ratatam :

— Alors, que diriez-vous de constituer un gang ?

Ratatam hocha la tête, le sourire aux lèvres.

— Je suis partante. Ce sera quoi, mon rôle ?

— Je ne veux appartenir qu'à un gang, dit à son tour Holly : le nôtre !

— Bodann aussi ! aboya le grand chien. Ouaf ! Ouaf !

L'avenir leur appartenait. Tout était possible. La matinée s'annonçait radieuse.

Déjà, le soleil déployait ses rayons ambrés, de la couleur des yeux de Mystik.

TABLE

<< Pour l'editeur, le principe est d'utiliser des papïers composés de fibres naturelles, renouvelables, recyclables et fabriquées à partir de bois issus de forêts qui adoptent un système d'aménagement durable. En outre, l'éditeur attend de ses fournisseurs de papier qu'ils s'inscrivent dans une démarche de certification environnementale reconnue.>>

Composition Jouve– 53100 Mayenne
N° 342103a
Imprimé par CAYFOSA QUEBECOR à Barcelone (Espagne)
32.10.2696-6/01 – ISBN : 978-2-0132-2696-7
Loi n° 49-956 du 16 juillet 1949 sur les publications destinées à la jeunesse
Dépôt légal : juillet 2008

DEAR KEVIN AND

I HAD AN IN

ON HOLIDAY WITH BOTH OF YOU AND I KNOW THAT THIS IS JUST THE BEGINNING OF A LIFE-LONG FRIENDSHIP!!

I HOPE THAT YOU ENJOY MY BOOK!

DON'T BE A DONKEY

Lessons Learned from Chef Gordon Ramsay

Chadd McArthur

Published by BurmanBooks Inc.
260 Queens Quay West
Suite 1102
Toronto, Ontario
Canada M5J 2N3

Cover design: Diane Kolar
Interior design: Tracey Ogus
Editing: Kerry Bruce

Distribution:
TruMedia Group LLC
575 Prospect Street, Suite 301
Lakewood, NJ 08701

ISBN 978-1-927005-23-1

Printed and bound in The United States of America

TABLE OF CONTENTS

DEDICATION

I dedicate this book to everyone who has helped me during my life with sound advice and encouragement. Especially my dad, my aunt, chef Jim, my family and my friends.

I also want to dedicate this book to Gordon Ramsay for calling me a donkey so many times!

INTRODUCTION

Life wasn't easy when I was growing up. Ever since I can remember, my mother was sick. She had a disease called Huntington's Chorea. This is a chronic degenerative disease that attacks the brain stem in a similar manner to Parkinson's, Lou Gehrig's disease, and Alzheimer's. It is a two-part disease that attacks the nervous system, while causing psychological symptoms like depression. You gradually lose your motor skills, and muscle control. Typically you start to twitch, stagger, and in later stages fall down a lot. Eventually, you are confined to a bed and basically become a prisoner in your own body, because you can see things going on around you, but are powerless to do anything about them. A lot of the time people mistake someone with Huntington's for being drunk, because their movements are similar.

Over the course of several years, my mom got progressively worse, until we eventually had to check her into the hospital. My memories leading up to that day still haunt me. During that time, my brothers were away at university, and my dad was often away for the weekend on business. I was usually left alone with my mother for most of the day, until my dad got home from work.

INTRODUCTION

I was about 14 and my father was away on business for the weekend. My mom was having a really bad day. She had already fallen several times, and I had to help her up every time. I was scared, because she already had several bandages and scars from falling before. I couldn't relax, in case she might fall again. I asked her to go to bed several times. Finally, she agreed. I remember trying to help her up the stairs. My mom was trying to walk up the stairs, but she was not going up straight. She was walking at the same angle as the stairs. I had to push on her back to try to get her up to bed without falling down again. I remember saying 'hold on to the handrail', because it was the only thing I could think of saying so that she would help me. It is fairly difficult trying to push someone up the stairs who is more than twice your size. In retrospect, this seems almost like a herculean effort on my part, because I actually got her upstairs and into her bed without her falling all the way back down to the ground.

I was so traumatized by this that I had to call my aunt and talk to her about what had happened. Thank God that He has put the right people in my life at the right time to help me when I need it. It is extremely hard to take care of someone who is supposed to take care of you, especially when you are just a kid. I didn't have the physical strength that I have now. I didn't have the emotional strength I have now. I didn't have the understanding of the situation that I have now.

My father and I were visiting my mom in the hospital. She had been in the hospital for a while, and my dad was feeding her, as he often did on his visits. Huntington's patients suffer from a high risk of choking, because they can't control their muscles well while they are eating. My mom's food was pureed, but this time it must have gone through the wrong way. She was choking. I didn't realize what was happening until my dad said that she couldn't breathe. How does a person say that they are choking if they can't gesture or make some noise? My dad tried to clear food away from her mouth. It didn't work, so he went to get help. While he was gone I watched my mom die. Her eyes were glazed over and they were looking somewhere I couldn't see. Thank God that the nurses arrived to usher my father and I out of the room and revived my mom.

After a couple years of being in the hospital's chronic care unit, my mom died. I was 16. I was lost for a while, trying to understand what happened. On the outside I was fine, but inside I was going through a personal low. I was doing normal high school kid things, but a lot of them. Playing sports, being on the student council, playing music in several bands, working as a dishwasher, finding myself, losing myself, and finding myself again. And of course terrorizing my teachers, because that is what kids do!

One thing that comforted me was that I knew my mom was not in pain anymore, and that she was in a much better place than her hospital bed. Looking back, I think one of the biggest things I learned was responsibility. It is a trait that most people don't seem to have, or want, these days. As a result, I have always been the one who has been entrusted with the keys to the kitchen, or was the captain of the hockey team in Norway, or had the keys to the student council office. I also realized that sometimes you have to laugh, otherwise you'll cry. Life is too short and too serious to take seriously. This has really helped me cope through my many lows. Once you laugh about something that would normally be traumatizing, it loses its power over you, because you can put it in perspective. Sometimes you need to take a step back, look around you, and be thankful that you were not born in Uganda to parents who have died from AIDS. Then it doesn't seem to have a grip on your mind anymore. As I said before, I was blessed by having some incredible teachers and mentors, who were put in my life at the perfect times. Gordon Ramsay was one of these people, although I didn't know it until right now. After having lost many friends and family members, I realized something. *Life is short*. You never know when your time will come, so we might as well live it to the fullest and enjoy all of its wonders while we are here.

THE MIDDLE YEARS

I started cooking when I was thirteen years old. My aunt had a cottage up near Peterborough, and I would spend a lot of time up there, especially in the summer, because my aunt was a schoolteacher and she had time off to take care of me. My dad sent me up there to keep out of trouble. As if I, a typical teen, would ever get into trouble of any kind; I was a perfect little angel!

My dad came up with the idea of me getting my first official job other than a paper route. There was a resort that was about a five-minute walk from my cottage, called Viamede Resort. I was 13 years old, but my dad made me lie and say that I was 14, because that was the legal age to work at the time. I got a job in the marina fixing and renting out fishing boats, jet skis, and that sort of thing, because I had some experience doing this at my cottage.

Halfway through the summer I was asked to help in the kitchen because one of their dishwashers had quit. For some reason I said yes; and so started a great chapter of my life. What I didn't know was that for a 13 year old boy, I might as well have been going to Vietnam. I was totally unprepared for the culture shock of going from my beautiful marina to the gates of hell. At least my first kitchen wasn't one of Gordon's, or the first thing that I heard would have been, "Raj, come here you, it's raw. *SMASH* It's fucking RAAAWWW!!!" If I had known the impact this day would have on my life, and that I would still be in this hell after more than 20 years, I don't think I would have had the testicular fortitude to do it. I felt like the new kid, fresh out of the military academy going face-to-face with seasoned jungle warriors!! When I stepped into the kitchen, everything was very quiet. Little did I know that this was just the calm before the storm. I went to see Nima, my soon-to-be chef-mentor. He was a very short, Tibetan ex-pat, and I had a lot of trouble understanding him at first.

My new sous-chef, Shannon, showed me my new job. I was to tackle an ever-growing pile of pots and dishes. Usually there would be two people working there, one person looking after dishes and the other one on pot detail. Then dinner service started and with it, chaos. As I worked on my dishes, all I could make out were chefs and servers yelling at each other, pans searing food, timers going off, pots and dishes being thrown at me, knives chopping, hood fans screaming, and then in comes our Ojibway bartender to get ice, and to top it off, it was so frigging hot in there!! It was an intensely crazy little world that I never knew existed, and I was working in it from between 12 PM until at least 2 AM every day. Nima eventually loved me because he didn't have to worry about me when he was gone. He knew that I wouldn't leave until the kitchen was spotless.

My first nickname was accidentally given to me by chef Nima. He called me Chaddie Boy. Because of his accent this sounded to others like he was calling me Cherry-boy. My new nickname caught on faster than a fire in a tobacco factory on a hot day, because I was still very young and innocent-looking. The funny thing is that nicknames have never bothered me much, so I just went with it. That name has stuck with me right through my Viamede days and college until even now, with certain people.

This was the first of many curveballs that life has thrown at me, but it has never thrown anything at me that was too big for me, or that I couldn't get help to get out of. It is all part of building wisdom and character.

The next year I did not want to go back to work at Viamede, but my dad made me, again. Sometime in my second summer, I started to get to know and like people at the resort. I was also getting to know and like my job, because now I was getting handed more glamorous responsibilities. When I was a dishwasher in my second summer I was gradually moved up to take on peeling veggies, chopping salad, etc. But I was still responsible for supervising the other new dishwashers. This is usually the way things progress in the kitchen. You start at the bottom and have to work your way up. For summer number three I actually wanted to go back to the resort, but now the tables were turned, and my dad didn't want me to go back. I went anyway. This is where I started to take more control of my own life and stand up to my dad more.

I think I was at Viamede for six summers. That was the second-longest tenure for any seasonal staff ever. I was unofficially the sous-chef, because the owner did not want to announce that the person running the kitchen on his chef's days off was only 17. But regardless, I was running the kitchen on my chef's days off. Most teenagers would be angry that they were stuck in the kitchen all day, and didn't get paid a lot, or that they were missing their childhood. But this didn't bother me.

I only asked for a raise when I felt I needed it, and sometimes not even then. I never asked for a promotion, I just worked my butt off and did the best job I could. When in a new kitchen, I only talked once I was respected, and let my hands do the talking until then.

Part of the reason for this my longevity in kitchens is that I have always been an optimist. I have always looked at the benefits of being there, wherever it is that I am working. At Viamede it was that regardless of how bad your day had been, you could just walk outside and see how beautiful the lake is, and how blessed I was to be working and living in such an awesome place. It was also a great escape from the stresses of being home with my mom all of the time.

It's hard to remember exactly when, but God put someone in my life who has picked me up too many times for me to count: Jim. Jim was actually my very first real boss. He was in charge of the Marina when I started there. I had no idea, but Jim was actually a chef, and he had been helping to renovate the resort years before. He was responsible for setting up the kitchen re-design at Viamede, and was their first chef. Nima was my chef twice, because he left for a few years to work at Trent University. Jim came in to replace him, but then Jim left and Nima came back to replace him.

Jim was my Head Chef right after my mom died, when I was going through my personal 'dark ages'. Jim was a very important father-figure to me, and he ended up being one of my best friends. He was there to listen to me when I didn't know what to say. He was there for me with answers for my questions. He helped me turn my dark ages into a renaissance. What I mean is that he didn't just give me empty answers, like a pointless TV ad. Jim helped me answer my big questions about life by making me think. Sometimes about myself, sometimes about God, sometimes about the universe, sometimes about where I fit into everything, because I didn't feel like I fit in anywhere. This was his way of passing his wisdom on to me because at this time, like most perfect teenagers, I didn't really want my parents' opinions on the meaning of life, especially with everything that was going on at home.

When I decided to choose the culinary arts as my trade and career path, my father was not happy. He wanted me to go to university like the rest of my family. He reminded me that his father was a doctor and the local coroner. My mother's father was the president of IBM. All of his siblings had gone to university, and most of my mother's siblings had too. All of my cousins and brothers who were old enough had also gone to the Temple of Learning. Then he gave me reasons against being a chef. My dad is very supportive once he wraps his head around something he doesn't like initially. Once he gets past the initial shock he gets better, but until then he can get very headstrong. There was a lot of tension in the house for the next several months. I eventually saw that some of what my father was saying made sense, so I decided to compromise and go to College for a Chef / Culinary Management program. So obviously there was tons of self-imposed pressures for me to be a legendary chef, because I was going against family tradition. Because of my father's feeling that cooking was going to be a passing fad, and that it might be too hard for me, I had to dig my heels in to prove that it wasn't. I had to get tougher so that nothing fazed me. I had to get to the next level, because failure is not an option. When someone tells me that I can't do something, or doubts my abilities, then I have to dig in and prove them wrong. Even to this day, I am sure that I am still in this industry, at least partially, to prove everyone who ever said that it won't happen, or that I can't do it, wrong.

Sometime after my mom went to the hospital, my dad's girlfriend and her daughter moved in with us. Needless to say, there were a lot of growing pains. I could write another book just from the drama during this time in my life. I used to be the youngest of three boys. Now my role in the family was different, because my new sister was younger than me. I naturally thought that the sibling structure with my brothers should be the same with my sister. My brothers used to beat the crap out of me, very badly, every day in new, sinister, and creative ways, but the first time I even touched my sister in a not-so-affectionate way, my step-mom intercepted me like an F-16 intercepting a UFO, and told me, "You can't hit her like that! She is not a boy! She's not like your brothers!!" Needless to say, the rules of sibling roles that I had gotten thoroughly beaten into me for my tender years no longer applied. So I never hit her again.

THE LATER YEARS

I also learned a ton from my four years of toiling with Gordon Ramsay. It was an epic experience in my life, and even though it was sometimes a nightmare, I would never take back this experience. What I did by going over to London to work is what Gordon would call going to finishing school. This is what he said to me about it: "all of your experience has been leading up to this. This is your finishing school." I still don't really know what finishing school is, but apparently I have done it. I had been working for about seven years in resorts and restaurants, but this experience was going to bring everything together. It would make me more of a complete chef, and more of a complete man. I spent about four years with Gordon, and in that time I learned so many lessons from him and his staff. Now I have my own catering company, and when I do events, people are always asking me questions about what it was like to work with Gordon. The only thing I can compare it to is being a Navy Seal. If you want to be the best of the best, first you have to go through basic training. Once you are through basic training, you have more respect from your peers and superiors. Then if you want to become a SEAL, you have to decide that that is what you want to do. Then your superiors have to decide if you are good enough for the final test. During that training you go through hell, but once you make it through, you are a SEAL, and you are treated like one. This is the same as working for Gordon. You get abused every day until you pass the final test. Once you are one of his head chefs, you are treated like a fellow SEAL, because you have earned it. He doesn't need to yell at you anymore. Once I became his sous-chef, I got yelled at less, but he still had some great "bollockings" for me. They were especially good then, because as his sous-chef, I was supposed to know better. I can still hear him shouting at me, "Hey Mr. Inconsistent, WAKE UP!"

Surprisingly, Gordon is really funny. Sometimes he will yell at someone else and say something that is hilarious. It really makes you want to laugh, but if you do you know he'll turn his hellfire on you, so instead it is better to just hold your breath and turn away.

Gordon seems like Medusa sometimes. When he turns his angry gaze at people, they just freeze like they have turned to stone. It is interesting to watch if he's not gazing at you, because we have all been trapped by that gaze and become bumbling idiots.

Don't start wetting your pants.
--Gordon Ramsay form Hell's Kitchen

INTRODUCTION

CHAPTER 1

SKILLS CAN BE LEARNED, BUT A GOOD ATTITUDE CAN'T BE

I was working in Toronto at a restaurant called Herbs. The chef / owner's name was Tony and he had worked for several years in England at some Michelin starred restaurants. They were both one star when Tony worked there, but now one had three stars, the highest rating for a restaurant in Europe. He still knows people working in some of them, and was sending some of his better and more loyal chefs to work over there for short periods of time. This is what chefs call a stagier. You are basically going over to learn, without being paid much. After working with Tony for about three years, I asked to follow in his shoes. There was one difference with me, though. Everyone else had gone to work in a one Michelin star restaurant that wasn't in London, and they were also quite a bit older than I was. I wanted to work in the three-star restaurant. Tony took a couple of minutes to remind me how difficult the experience had been for all of them at the one star restaurant, and the three star was going to be extremely difficult to work in. After I said that I still wanted to go, he said that he would make the call, and reminded me to let my hands do the talking.

In preparation, I got a working holiday visa, a place to stay when I got there, and tried to do some research so that I would have some intel when I landed on the northern front. I got there two days early so that I could get settled in before I started work. I was staying in a house in the suburbs of London called Hounslow. It was about four tube stops from Heathrow airport. It was relatively easy to get to, and the family I was staying with took in boarders frequently. I found them on the internet, through a company who would often send them international students.

The first person I met was Rob, the man of the house. My first impression was that he was warm and welcoming. I think that we hung out for a couple of hours when I first got there, just chatting. He loved to chat! By the time I left Rob and his family, we were really good mates. The next day I went into the city to do my planned recon on where my new work place was going to be, and to see some of the sights. And, of course, to nearly get run over by cars going in the wrong direction. I didn't realize how huge London is. It is not spread out like a North American city, just sheer mass. Looking at a map really doesn't give an idea of the scale or the number of people crammed in there! It is also an epically expensive city to live in.

I remember at one time, I was standing on one of the bridges during rush hour. It was packed full of business people walking around in black and white suits. They all reminded me of penguins. On one side of the bridge *everyone* was walking in one direction, and on the other side they were all going in the opposite direction. It was kind of surreal, like watching a human version of March of the Penguins!

I was in London working for Chef Nico Ladenis at his three Michelin Star restaurant *Chez Nico at 90*. My three-month stage had been extended to a full year. When I booked my flat in Hounslow with Rob, I was in Toronto, and had no sense of scale from the tube maps. I didn't know that my daily tube ride would end up being an hour each way, which wouldn't have mattered so much, but I was doing a minimum of 12 hours of work each day. Because I was on the pastry section I had to be the first chef in and the last one out. But the tube only ran until

12:30 most nights. My shift usually ended around 12:15, so I would have to run my butt off to try to get there in time. After working 12 hours already, my butt was tired enough without having to run around London to catch a bus. If I didn't get to the tube on time my only option was to leave my tube station and walk to the bus stop, where buses ran all night, but only left every 30 minutes, and took 1 hour to get to Hounslow.

Before I left Chez Nico to go back home I was talking to my sous-chef, who used to be Gordon's sous-chef. I asked him where to go if I wanted to go work somewhere and get the best, and fastest, training. He said to go work for Gordon Ramsay.

When I got home, I finally realized how exhausted I was. Once again I felt like a shell-shocked Vietnam veteran coming home after his first tour. And while most people in their right mind would, and did, just stay home and recover, knowing that they have already made a huge sacrifice, I did not. Not because I wanted to, but because I had to. I knew that I was just scratching the surface of what I wanted to learn.

I felt that without that final tour, I wouldn't be complete as a chef. It wasn't like an addiction, some internal void that I could not control. It wasn't a burning desire that took over my mind. I have always been blessed with the ability to make sound decisions, at least when it comes to the bigger stuff. After about a month or two I just knew that I had to go. I had to go back to work for Gordon Ramsay. In the U.K. he was already well-known as a highly talented, slightly tyrannical, take no crap type of chef. But, so was my last employer Nico Ladenis, and I survived that, so it couldn't be that bad, right?

I started working for Gordon the same way all of his chefs do: I came in and worked for a day. The reason for this has a lot to do with how well you can cook, but it has more to do with whether or not you can get along with the other chefs. Mark Askew was my head chef when I was working at Restaurant Gordon Ramsay. When I asked him why they had people come in for a stage Mark told me that "skills can be learned, but a good attitude can't be". I never really thought about what Mark said before, but it is true. When I did my stage it never occurred to me that I might not have gotten in.
Not just anyone can come and work in this environment, and most people leave after just a few weeks. There were so many staff coming through the restaurant that couldn't hack it. It seemed like there was always one or two staff coming or going through the kitchen.

I noticed that there seemed to be three levels of chefs. Lifers is my word for people who were there for more than 5 years. That was people like Gordon, Mark Askew, and a few other managers of the front and back. Middlemen were people like me who had been there over a year, but less than 5. These often included sous-chefs, chef du parties and mid-level staff. Many of these would eventually become lifers, head chefs and higher as the company expanded, unless they left.

Then there were commis. They were lower-ranked staff. This is a strange little fact most of the commis would either stay almost a year, or for a month, or a couple of days. Some of the commis would stay on over a year, but they were rare. Another thing that I noticed is that when about 80% of the commis wanted to quit, they never said anything... they just didn't show up the next day. If someone didn't show up for work, Mark would ask if they left their knives. This was one way of telling if they would ever come back.

I remember one time when I had been working for Gordon for about 6 months and I was in charge of doing canapés and amuse bouche, and overseeing all of the people who would come in for the workday. Mark actually fired someone from his or her stage. How does that happen? He was working for free! It takes a lot to get fired when you are free labour. It's almost like getting fired for being a volunteer. I remember Mark saying, "Take your knives and get out". Then Mark asked me to go downstairs and make sure that he didn't get vindictive and start stealing or breaking stuff. Gordon said this on Hell's Kitchen, but he could have said the same thing about this Stagier who got fired, "Melinda was completely lost in space. So I sent her back to whatever planet she came from."

At around the same time as I was still in the back, a guest came to see the kitchen and Gordon, as they often did. Gordon was talking to him, but from where I was I couldn't see or hear him. Then Gordon called me into the main kitchen and said something about a fellow Canadian. I didn't know whether he was joking or not, because sometimes he would call us to the pass to talk to pretty ladies, and to give them a tour of the kitchen, just for laughs. He would play jokes on us sometimes. He gave me the nickname Canadian Moose for a while, but that didn't stick, because it is silly, and because a moose is a huge and potentially aggressive animal, which didn't bother me. As I said, people have had a hard time giving me a nickname, partially because my name doesn't really lend itself to that, and partially because when someone did give me one I didn't give them the reaction that they wanted, so eventually they got bored and forgot about it. Another thing I do when people are insulting me is say, yes I am a Moose, or something like that, and then people get confused because you just used their insult on yourself. It's the same as if you are being bullied. If someone calls you a bastard and you respond by saying, yes I am a bastard, yes I have no father, and then they lose their power over you and would rather pick on someone else who gets upset. So Gordon called me into the kitchen and introduced me to my former gardemanger instructor from the culinary program of the college I went to, Olaf. The three of us had a chat for a couple of minutes. When Olaf left Gordon had a look on his face that said that he was stunned that I actually knew him, especially to chat like we were buddies from back in 'Nam.

When I was first planning my trip to London, there were other places that I was considering going to work. Because I was a French-trained chef, going to Paris for a stage has always held a lot of allure for me. But I thought that I didn't know enough French to carry on a conversation in the kitchen. I thought that if I went to the UK, to London, that I should have an advantage over going to France because at least I know the language. So I went off to London hoping that things would be a bit easier in the area of communication, because going to work for Gordon was going to be hard enough. I was wrong. When I went to Gordon's I felt like I was on the USS Enterprise, without my universal translator. I was on a ship full of aliens, whom I didn't understand. I was lost in translation. All of the servers were from France, and had very thick accents. There were chefs from Scotland, Wales, Germany, and Italy. There were chefs from all over England, and they all had different accents. People who were just from London had different accents: cockney, east side, west side, posh royals, and MP's. On one of my first days during service, Gordon asked me to bring a salad to the pass. I had no idea what the pass was, so I was just looking dumbly at him, and then he said, "Don't just stand there like a donkey! Bring it to the pass!!" I quickly figured out that I should bring the food to him. Here in Canada we call the pass the line. They call eggplant aubergine, they call zucchini courgettes, and tons of other things that sabotaged me over time. Gordon used to call me gormless a lot, because sometimes he would ask me something that I didn't understand. He used to also call out the orders quickly, just to make sure that we were paying attention, which further sabotaged me.

During all of my time in the UK, I only worked with two Canadians, which was probably why I felt that I had to represent us a bit. One was when I was working at Chez Nico in London. The other one I met when I was the sous-chef at Amaryllis in Glasgow. His name was Paul and we are still friends. He actually lives close to me. But to meet in Glasgow as the only two Canadians working for Gordon anywhere was very cool. It is a great way to start a friendship. And when you are working in the trenches together 18 hours a day, you are with them more than you are with your family. You get to know people very quickly and very well. And at that level of cooking there is always a respect you have for your peers. Mark Askew also said that even though he might call someone a donkey, nobody working there is a donkey because of the hard work they put in each day.

Here is a hearty Canadian baked bean recipe that I used when I was in the UK to remind me of home and calm my homesick nerves. Eating these beans after a hard day's, or week's, work when I was feeling especially alienated and violated by Gordon really helped to warm me up and made me feel like I wasn't as alone as I thought I was. I think that the bacon and maple syrup specifically made me remember home and feel like I was still there. It energized the moose in me, and got me ready for the next round of work, and for being abused by my superiors. This is great on a cold, damp day, especially in winter, and especially in the U.K. when your spirits need to be invigorated. One of my roommates Rudy used to love it when I made them with extra garlic. He couldn't get enough of the "garlic beans" so feel free to add extra if you want to try a different variation. Or you can add extra bacon "for bacon beans" if you get tired of garlic beans.

RECIPE

French-Canadian style pork and beans with Maple syrup

Yields 4 servings

Ingredients

650g	uncooked beans
350g	Applewood-smoked bacon, cut in lardons, or 1 in. strips
1	large red onion, diced
8	cloves garlic, minced
50ml	molasses
7	sprigs thyme, chopped
4	sprigs rosemary, chopped
1/4	tsp hickory smoked liquor
1	tbsp chipotle puree
1/2	tsp mustard powder
150ml	maple syrup
200g	heirloom tomatoes, chopped

Olive oil as needed

5-6	drops of truffle oil per portion

Himalayan rock salt to taste

Peppercorns,
4 types mixed to taste

METHOD

1. Start by soaking the beans in water until they have softened. This can be done overnight, or until they have doubled in size.
2. Cook the beans in salted boiling water for about 20-30 min or until the beans are tender. Place a large pot on the stovetop, on high heat. Drain the beans through a strainer and let them keep draining until you need them.
3. Put enough olive oil in your pot to cover the bottom. When the oil is slightly smoking add the onions, let them slightly caramelize, then add the bacon and cook until it is lightly browned.
4. Add the garlic and stir for about a minute. Then add the rest of the dry ingredients and stir occasionally for another two or three minutes. Now add the rest of the ingredients, after about 5 minutes turn the heat down to low, stirring well about every 30 min.
5. A great way to make this little dish extraordinary is to add a couple drops of truffle oil to each portion of beans right before serving them.

CHAPTER 2

GET A PAIR OF BOLLOCKS

Gordon used to always tell me, and most of his other staff, to "get a pair of bollocks". This was one of his favourite things to say to the kitchen brigade. If you want to be a chef for Gordon, especially a head chef or sous-chef, then you need to be strong enough mentally and physically to deal with the thousands of problems that arise every day. You have to be strong enough to get burnt by a pan that you didn't know was hot, or to get cut for the hundredth time by a knife, and keep on going. You have to be strong enough to stand at the pass, yell out orders, and communicate with your staff on which ones are coming in and which ones are going out. You have to be strong enough to have Gordon scream "You donkey!" in your face, and to bounce back.

You also have to be strong enough to see which orders are okay and which ones are not. When there is food at the pass that is sub-par, it could be there intentionally or unintentionally. It is your responsibility to send it back to be re-cooked and figure out whether someone is trying to sabotage you or not. These things happen often, and you really have to be on your toes to catch them. If you have a day from hell where everything goes wrong, the head chef can't be at the pass crying, or hitting one of his chefs, because this would totally break down the morale of the staff in the dining room and in the kitchen. You have to be strong enough to leave your troubles at the pass. You are the leader and you have to be professional at all times. You are going to be the person that everyone is looking to, so you have to lead by example. Anything you do that is good or bad will potentially be recreated by the staff.

I have a great little story to illustrate this. One night after we finished cleaning up, some of the staff, including myself, were having fun at Gordon's expense by using some of his phrases. We were mocking him by saying "You're a donkey", something he says all the time. We were going downstairs to where the fridges and change-rooms were. Gordon also had a tiny little office down there with a phone on top of a filing cabinet, which was strategically placed behind a corner, so that I couldn't see him when I came down the stairs following behind all of my colleagues saying "You're a donkey!!" in his accent. I didn't see him but Gordon definitely saw me because he gave me an evil glare. As soon as I saw him my heart sank and immediately I felt like the biggest donkey myself. I was so embarrassed! The media and farmers are very vigilant when it comes to hoof and mouth disease, but I think I found a new strain of the virus that day called foot in mouth disease. I know it is still around because I get some recurring symptoms every now and then. Thankfully, he was on the phone, so all I got was the evil eye. I don't want to know what he might have said to me if he wasn't on the phone. When I left he was still on the phone and the next day he didn't say anything to me, so he had probably forgotten about it. This is an example of how a chef can cause his staff to re-create what he does, whether it is good or bad. In this case I personally did something stupid right in front of Gordon, but all of us used his kitchen language during service, whether he was there or not. We also tried to recreate his menu items in the kitchen every day and to be like him as a chef every day too. That's why it's so important for the person in charge to be strong.

Another thing Gordon used to say to me is "Slow down, take a step back, take a deep breath, lift your head up and look around you, and get back to work." This was his way of saying calm down, don't panic, and lift your head up so you can see what is going on round you in the kitchen. At the restaurant Gordon had a station that we called 'veg.', which was in charge of preparing all of the hot vegetables and pastas on the menu. This was the hardest station because every menu item has at least five different side dishes and when you have seventy people coming for dinner, the orders can add up extremely fast.

When I started working on the veg. station I was a chef du partie, which meant that I was in charge of the station. The services usually got very intense and crazy and it took me a long time to get into the groove of how the station worked. For the first several weeks I think the station actually ran me rather than me running it. There was always a ton of things going on. And this is when Gordon would say those words to me, because he saw that I was on the verge of panicking. He was good at always choosing the right time to calm me down; although if I was on Hell's Kitchen, I am sure he would have told me, "Don't start wetting your pants." After successfully conquering the veg. station I have never been nervous or panicky during service, because I have been through one of the most difficult and intense stations on the planet. Now I stand at the line during service as calm as the eye of a hurricane. I am able to be relaxed enough to do all of the things the head chef needs to do and to be the person that other chefs look up to. Knowing your weaknesses can immensely help you get a pair of bollocks, because if you do then it will help you know what your strengths are too. Once again, this is about knowing your weaknesses and how you can get over your own self-imposed obstacles, like not being the best audio learner, and adapt those weaknesses into strengths by taking a positive action to change them.

One thing that I have always been good at is knowing what my weaknesses are. This actually gives me an advantage in a lot of situations because the faster you can get set up in different places and situations the more time you have to get prepared, and in my world, time is money. I know that I have a tendency to forget things, so on the veg. station, I made a chart of all of the menu items and what vegetables accompanied them. I started writing a list at the end of the night for what I needed to prepare for the next day's service, so I could just come in and get started the next morning without wasting any time. I started to make shopping lists for Mark to order food for my station.

I even made lists for what I needed from the fridge, because every time I went down there I would forget what I went down for. If you do this ten times a day, it is not only a big waste of time but it is very annoying, because the only way I could remember what I had forgotten was by going all the way back to my station and looking around to see if I could find something that might spark my memory. In most kitchens, the fridges are far away from the main kitchen, usually in the basement, and the kitchens in most restaurants are also very small. This is because the less room you use upstairs on the main floor (for the kitchen) the more room you will have for money making tables on the main floor. The smallest kitchen I can remember seeing was here in Toronto and it couldn't have been more than twelve feet by twelve feet. In it was a dishwasher, chest freezer, stove with range, a small thin cutting

board running along the pass, and an upright fridge. How they got anything done in that tiny space, I don't know. They would have had to be very organized to get anything done and stay out of each other's way.
Another one of my weaknesses is that during service I have a tendency to forget about things that are in the oven or on the stove top. When you are the chef there are a million things that might potentially distract you from cooking your food long enough. In a millisecond it can change from a perfectly cooked masterpiece of flavour into a tough, and expensive, piece of leather. So timing is paramount and essential in all kitchens but more so in a Michelin starred kitchen, because *everything* has to be perfect. If you have more than one timer, then you can have several things in the oven and not worry about them. This allows you to focus on organizing the rest of the kitchen and lets you yell at someone else without sabotaging yourself. I know that without the trusty timer many chefs would be lost in kitchens. I am definitely one of those.

During my time as chef du partie on the veg. station, Mark Askew actually threw ravioli at me. That was a great way for him to get his point across. I had obviously either overcooked or undercooked the ravioli and he was not impressed with my efforts. I am sure he thought that if he threw the ravioli at me, that nobody in the kitchen would ever sabotage him with inferior ravioli again. One reason why Gordon yells in the kitchen when someone screws up is so that we all hear him and because nobody else wants to get a bollocking from him and we won't make the same mistake. We aren't going to make that mistake more than once, and everyone else can learn from the other person's mistakes. I didn't ever give a sub-standard ravioli to anyone again, so it must have worked.

At the three Michelin star level it is all about learning, but you must also learn very quickly, otherwise you can get in trouble. When you are working on a station like the veg. station, you can easily get overwhelmed by the number of things going on and forget things. For example, at that time Gordon had five different sizes of diced celeriac (celery root) on the menu, so you had to make sure that you had the right size and number for whatever dish had been ordered. Even one tiny mistake can cause the whole kitchen to stop and get a hate-on for you, because stopping the kitchen is like stopping a freight train. There are so many things going on you need a mile of track to stop. And all of the other stations are waiting for you, so that they can send the other trains on their way. I have my own saying about making the same mistake more than once that fits this story too. "The first time you make a mistake is okay, second time is okay, but the third time I kick your butt!"

One day Gordon explained to some of us how the Michelin rating system works. The judges working for the guide are very different from other food critics. They do not individually have the supreme power to make decisions regarding a restaurant's rating. That power can get into the head of most food critics, and has ended in the demise of some good restaurants, and the success of some bad ones. If they are simply having a bad day, the critics can take it out on the restaurant they are reviewing. However, Michelin judges are set up differently. They never send out some random person or writer with no real experience in the food industry. Somehow they are trained by the people at Michelin so that they all use the same system to judge different restaurants. They are sometimes sent in groups, sometimes individually, sometimes under an alias, and sometimes not. Then the information they get is given to the senior staff to give the overall rating. When Gordon got his third star, the president of Michelin was there along with two other judges to officially inform him of his success. Also, in order to get your third star, you have to have consistently flawless food for at least two years, and no individual judge can downgrade or upgrade you from your current status. For a restaurant or hotel to get a one star rating they had to have really great food, but not much else. For the second star the focus is mostly on consistency. You have to have incredible food and a great environment *every* day. The third star is less about the food and more about the overall dining experience, as it has to be perfect *every* day for two years minimum. This can mean that you might not get the third star if your bathrooms aren't on the main floor, or something else small that you might not even think about. Everything has to be perfect so that it is the perfect dining experience. That is why the Michelin guide is so highly revered.

I am a visual learner, and for most of my years cooking I worked with different and more advanced kitchen systems than what Gordon had. This is where, when a server punches in his or her order, it is printed out at each station that needs a copy. This is called a Point Of Sale (P.O.S.) system. For example, if the server ordered a three-course meal, first the chef would get the order so that he could coordinate when the food was going to go out, then the appetizer would get printed for the person who would do the appetizers. The chef in charge of cooking the main course would get a copy. Then the person in charge of desserts would get a copy too, so everyone knows what they have to do for that order. So when the chef calls for the order then all you have to do is look at the order and cook whatever you need.

This system really makes for a very organized kitchen, but not all kitchens are like that. Some kitchens are still using older systems, and usually that means using a pen and an order chit, but then there is a lot more human error involved. Sometimes the server will write the order so that you can't read it, or just make an error in what he/she is ordering, or else the kitchen might misread the order and cook the wrong thing. There are hundreds of mistakes that can be made using the old way, but when using the new one virtually all of them can be eliminated. The old way has always caused costly confusion in the kitchen. Gordon used the old system in his restaurants. I really don't know why, because he is all about being prepared, was in a Michelin starred kitchen, and dealt with very expensive ingredients, so it didn't really make sense for him *not* to have something better. The only reason that I can think of is that at that level of restaurant all of the staff are better trained. That means less written mistakes coming in, and when they did happen Gordon was much better at catching mistakes as soon as they came in so that the rest of the kitchen didn't get sabotaged. Another reason is that he wants everyone to pay attention *all the time*, especially while service is going on. So if waiters have to pay attention putting in orders all the way through the kitchen to the chefs, then that means they are all having to think about what is going on and not being brainless and relying on the computer to think for them.

Now, because he was not using this P.O.S. system, he was the only check for the whole kitchen, so you had to really listen to what he said, because he purposefully spoke very quickly so that we were always paying attention. If I did ask Gordon what was on order once or twice would be okay but if I did it three times or more in one service I was afraid that he might just dip my face in the stock pot to see if that helped me remember what he said. The veg. station was just far enough from the pass to be hard to see the checks that were on order, and sometimes I couldn't see the orders. If Gordon caught you checking the line to see what you had on order he would yell at you, so I developed a way of checking the orders without being quite so obvious. Sometimes one of the people working the other stations might help you, but not all the time. But I had a little cheat, because the dish pit was located just on the opposite side of the pass from where the veg. station was, and I would have to pass right behind where Gordon would stand to take dirty pots and pans to the pit. I would pretend to take some dirty pots to the dish pit but it was even better if I actually had dirty ones that I had to take anyway. Then he couldn't say anything if I looked suspicious because I was just taking dirty pots to the pit. Then, both times that I was walking by the pass I would discreetly look at the orders on the pass and see what I missed.

This is one of Gordon's signature menu items, and it might seem labour-intensive, but it is really not that time-consuming to prepare. Pasta is generally easier to make than most people think. Especially when it is fresh, because then the cooking time is greatly reduced. A pasta machine is also something handy to have because it reduces the time spent on rolling pasta by hand, but is not necessary once you get the hang of rolling the dough to the right size by hand, etc.

He had two very popular ravioli dishes, one of which always seemed to be on the menu. One of them was the wild mushroom, and the other was the crab. I have chosen the crab for this recipe, because I think that it was one of these that Mark threw at me, and emotionally scarred me with .

RECIPE

Crab and prawn ravioli with sauce vierge - Pasta Dough

Yields approximately 1kg

Ingredients

700g	Italian pasta flour
2 tsp	sea salt
5	large eggs
7	additional egg yolks
5 tbsp	olive oil

METHOD

1. Sift flour and salt into a large bowl. Pour into a food processor with all of the eggs, egg yolks, and oil. Blend until you have small crumbs. Continue mixing until the dough starts to form small lumps. It is ready when it forms a smooth firm paste.
2. Move the dough to a lightly floured table and gently knead the dough for 5-10 minutes, or until it forms smooth dough. Wrap in saran wrap and put in the fridge for 3 hours.
3. The easiest way to roll out the dough is with a pasta machine. Roll out the lightly floured dough with a rolling pin. Cut a piece about the size of a fist off of the dough, and then feed it through the thickest setting on the machine. Roll the dough through the machine several times, and then go down to the next setting. Repeat this process until you get to the finest setting. Wrap in a slightly damp towel until you are ready to make the ravioli.

RECIPE

Sauce vierge

Yields about 200ml.

Ingredients

10	large fresh basil leaves, chiffonade (fine slices)
10	large fresh coriander leaves, chiffonade
10	coriander seeds, cracked
5tbsp	lemon juice
100ml	extra virgin olive oil
1	large shallot, fine dice
1	large heirloom tomato
1	cup balsamic vinegar

Salt and pepper to taste

METHOD

1. Heat up a small pot on medium heat. Then add 2 tbsp of the oil, and then the shallot, and cook for 5 minutes.
2. Add the rest of the oil and lemon juice, and cook for about 2 more minutes. Then add the cracked coriander seeds along with the rest of the ingredients. Season and remove from heat and refrigerate until needed.

RECIPE

Ravioli

Yields 4 servings

Ingredients

400g	white crab meat
250g	prawn or shrimp meat, pureed
2 tsp	tarragon
Lemon juices, salt and pepper to taste	

METHOD

1. Bring a medium-sized pot of salted water to boil while you are finishing the raviolis.
2. For the filling, mix everything except the puree together well. Add seasoning to taste and then add enough puree to bind the rest of the ingredients together.
3. Form the filling into two balls, then place in the fridge while you work with the pasta.
4. Go back to your dough and take it out of the damp cloth. Put the pasta on your table and dust with flour. Cut into eight rounds with a 10cm cutter.

5. Brush the edges with some water. The put the filling in the middle of four of the rounds, and then place the remaining four rounds on top of the balls. Seal the raviolis well by pressing the edges together between your fingers, until they are sealed all around.
6. Place the raviolis in the boiling water for 4 minutes. Remove and place on to a towel to drain. Then transfer to a pasta bowl, nappe the sauce vierge over the top, add garnish, and serve.

CHAPTER 3

YOU'VE JUST CONFIRMED IN MY MIND, YOU'RE NOT TRUSTWORTHY. SO FUCK YOU!

Gordon hated people who would try to sabotage a co-worker. He felt that it showed the type of person that they really are, and that was someone he doesn't want on his team. If he can't trust you to not stitch up a colleague, then he definitely can't trust you not to stitch up his restaurant. You will never be put in charge of one of his kitchens. When I was working as a night baker at *Restaurant Gordon Ramsay*, Gordon would usually go over to the other restaurant *Petrus* after dinner service and often come into the restaurant before he went home for the night. One night, he caught one of the waiters, who was closing up for the night, putting a carton of milk into his bag. Gordon asked him why he did it, and he said it was because he needed it. Gordon said that if he really needed the milk then he could have just asked for it and he would have given it to him. But it sets a bad precedent because you don't know what he'll take next; it could be a bottle of wine or a block of cheese. So in these situations it comes down to what type of standard you are setting for yourself and your coworkers. Because once it starts, where does it end? Probably when you get caught, but until then you are just trying to see what you can take before someone catches you.

When I was about 10 my friend and I went to the local department store, and came home with a G.I. Joe figure that we didn't pay for. At the moment I don't even remember how or why the first G.I. Joe was stolen, but somehow it magically ended up in my backpack without either of us having to pay for it. Because we were successful the first time the next time we went we took two. Then we tried three. We were successful again. Then we went to four, then, five and the cool tank. There was no stopping us after that. I don't know how long our smuggling G.I. Joes went on, and I don't know how many of our brothers in bondage we liberated, but there were probably at least 50. We were at our usual stomping ground, liberating G.I. Joes again. We were on our way out with our biggest score yet, but just, as we got through the door to freedom, we were accosted by some guy. Then he grabbed me by my backpack and said "I am Tower's store security!", but he was in street clothes, how could this be? My friend was obviously smarter than I was, because he brought his dirt bike, and managed to get to his escape vehicle before the coppers could nab him. He made it to freedom, for now. The last thing I saw was him riding off into the sunset, the security officer could only grab one of us and he already had me. Now he took me up into the office, and called the police right in front of me. The cops were on their way! After what seemed like an eternity in purgatory, the officer who would judge my fate arrived. He sat down and asked for all of my personal information, including the name of my accomplice. But my honor code would never let me rat out my partner in crime, especially not to a copper! Then he proceeded to call my Father. Oh no! My Dad was going to KILL me!! Then, at the height of my emotion the copper did something that even I couldn't see coming. He *outsmarted* me. I was the almost 10 year old with the biggest liberated G.I. Joe collection on the planet and this copper *outsmarted me*?! It was actually very easy, and it shows just how green I was at the time. He told me that they had caught my accomplice and he had confessed everything, so I might as well do the same thing, because they already knew everything anyway. Needless to say, my bravado did not last long, especially since my dad arrived shortly after that. I spilled the beans on our entire operation, and told him where my partner's secret base was. Then he said that because I confessed that they wouldn't press charges against me. That highly intelligent police officer nipped our budding kleptomaniac G.I. Joe empire dreams in the bud by scaring the crap out of us, and it worked. Looking back, I don't think that they ever would have charged us. They just wanted to scare us before we started stealing other things. Our dreams of having the biggest collection of stolen G.I. Joes in the world were squashed like Cobra Commander's dreams of ruling Earth at the end of every cartoon episode. My dad made me return all of the stolen Joes. If I hadn't stolen them, they would have been a nice little investment.

YOU'VE JUST CONFIRMED IN MY MIND, YOU'RE NOT TRUSTWORTHY. SO FUCK YOU!

Obviously scaring us worked, so Gordon was right about firing the waiter, and most of the other chefs he has sacked too. Trust is everything in this industry. You cannot have someone working in the kitchen whom you can't trust, especially if they are in management. There are so many opportunities for someone to steal from you, or send unsafe food to the customer. You have to have chefs who won't serve you undercooked chicken, and head chefs who can tell if it is undercooked before it gets sent out to the dining room. You also have to be able to trust your managers to close up the restaurant if you aren't there. It is very hard to find staff like this. Most of the young people coming out of college seem to have a sense of entitlement, and it is happening more and more. They come out of college thinking that they are going to be the next Gordon Ramsay without wanting to work for it. They want to make the big money right away without starting at the bottom and working their way up like most of us have. Wanting to learn and not getting angry when someone tries to help you is of critical importance. What they don't understand is that Gordon worked his bollocks off for at least 10 years, and got his butt kicked hundreds of times by dozens of talented chefs before he became a head chef. Then it was several years after that until he finally got his shot at opening his own restaurant. Many great chefs never get that shot, or else they decide that they don't want the added stress in their lives that comes with it. I don't know why so many young chefs have an attitude that they were born to be the next Gordon Ramsay without having to work for it. Finding a hardworking, trustworthy, young chef with integrity and a pair of bullocks is becoming an impossible task. If you can be this type of person, then do it, and you will become as rare and valuable as a diamond.

I mentioned kitchen sabotage, something that actually happens in a lot of high-end kitchens. If someone decides that they don't like you, they might decide to walk by your station when you aren't there and throw salt in your soup. In England they call this getting "stitched up". This never happened to me personally, but I did see and hear about it happening to the people that the other chefs didn't like. Gordon would not tolerate someone who stitched someone else up. Like Gordon has said on Hell's Kitchen, "Hey, look at me now. You've just confirmed in my mind, you're not trustworthy. So fuck you!" There were several times when small things like this happened in the kitchen. Not necessarily someone getting stitched up, but it was usually small things that Gordon asked about, because he knew that small things can add up, and some people get in his radar because he knows what they have been doing wrong. We used to joke about this because every time something happened that was bad, Gordon would know about it the next day. Even if he and Mark weren't there, which made me say that he either had cameras in the kitchen, or he had ESP, because it was kind of creepy when he always seemed to know everything that we thought we had already gotten away with. There is a chef who actually got fired for this. There was a group of people at work who were troublemakers, but Gordon and Mark never really knew who the guilty parties were. They weren't stitching anybody up, but rather pulling pranks on other chefs, which on its own wouldn't have been enough to get fired, but after doing these small pranks too many times, he would start to lose his patience, because now you were wasting company time and money. They were also trying to hide this so that they didn't get caught. So one day one of our chefs who was already under scrutiny by Mark and Gordon decided that he was going to give gum that would turn your mouth blue to another chef, who was also under their gaze. Gordon showed up just after his mouth started to turn blue, and as you can guess he was less than happy to see this happening in his kitchen. So Gordon asked who had done that to the other chef, but of course no one confessed to doing it. I think that if the person who did it would have said right then and there that they were the guilty one, Gordon's wrath would have been averted. The whole point of this story is that Gordon doesn't like people who lie to him, especially right in front of his face while the whole kitchen is watching. If I was the prankster, then I would have told him I had done it, but I wasn't and therefore could only just watch. So now that nobody admitted to the prank, Gordon had to find out who did it because now it seemed to him as though the whole kitchen brigade might soon follow in the pranksters footsteps. They might all know something, or even just a couple of people might know something, so he started his interrogation, by calling up the first chef to ask him if he knew who did it. He asked him right in front of the whole kitchen, but he didn't know who had done it. Then he called up the next chef, who did not know anything either. He called the next chef, and so on until he got a clue as to who had done it. He eventually found out that the person in question was part of the group of pranksters. The people who had done this were too important to fire, each had been there as long or longer than I had and were also running stations at the time. So Gordon decided, right then and there, to fire the least important and talented chef amongst the group who was actually running my station at the time. When Gordon decided to fire him, he said, "John, you are the ring leader of this group, so take your knives and get out!" in front of everybody, as a warning to the rest of the group and indeed for all of us, not to do stupid things like this. That was the last I ever saw of my former chef du partie, but it was good for me because after that I took over the station, and eventually ran the veg. station and went on to be the sous-chef at Amaryllis.

I felt the same way as Gordon about stitching people up, because this kind of stupidity could only hurt Gordon and his restaurants' reputation. He is all about teamwork, and if he knew that you had done something like that, then it was a sackable offence.

I strive to have integrity, to be fair and trustworthy every day whether I am in the kitchen or not. People go through a lot in this short life as I have, so I want to be there to help people see past what is in front of them. Kitchens are a very hard environment to work in, so if I can make it easier for someone, then I will. I think that humour is a great way to get people to relax and lighten up a little. So I like to joke around at work a lot, when the time is right. I want to be the person that my staff can come to with their problems and concerns. I want to be the one that they can come and talk to, about everything, or about nothing. If they want to come to me to tell me something that happened at work, or something they need advice on, I will be there. But I also want to be the person that they can come to and talk about their divorce, or how they are coping with the death of their mother. My first chef, Jim, was like that. He was my boss but also took the time to listen to me and every other person that he worked with. He is still one of my best friends to this day. No matter how long it has been since I last saw him, or how far away I have been, every time we see each other it feels like I just saw him yesterday. He always knows what to say or not to say in any given situation. If I need cheering up, he will give me words of encouragement. If I am getting too big for my britches, he will knock me down, but only enough to get my head back on straight. I think a lot of people these days don't understand or might not recognize a wise man. These people might say he is a know-it-all, or that he always has an answer, but maybe he actually knows a lot of things about a lot of different subjects. I think it takes a wise person to realize that there is a difference between a person with wisdom and a person who just talks a lot. I hope that I can be like this, to have wisdom and integrity with my staff and friends.

Gordon definitely has integrity and wisdom. He is also a chef who is easily approachable. Maybe not to the extent of becoming one of my best friends but he is definitely trustworthy and honest, although he may not always come across that way on TV. It is a bit harder for Gordon, as he is at a much higher level of restaurant and he has lots of restaurants to take care of, and this keeps him busier than most chefs would be. He definitely has a compassionate side to him and he is very fair, and a very good chef and leader. He was a strong believer in teamwork and in team-building too. I remember that he took us all go-carting one Sunday, which was a lot of fun. But of course Gordon beat us all, so it wasn't that fun.

This is another item that Gordon used to use a lot and was also one of his signature menu items. I got this item with a lot of inspiration from him too, but I always try to tweak any recipes that I get from a book, or TV show, or from the internet, to make it my own.

YOU'VE JUST CONFIRMED IN MY MIND,
YOU'RE NOT TRUSTWORTHY. SO FUCK YOU!

RECIPE

Pan-seared scallops with black truffle and cauliflower puree on a bed of sauteéd - garlic spinach

Yields 4 servings

Ingredients

12 large	sea scallops
1/2 tsp	truffle oil
2 tbsp	curry powder
500ml	35% cream
2 tbsp	butter
1lb	baby arugula, washed
1	clove garlic, minced
5	drops chipotle tabasco sauce
1/4	cup olive oil

Smoke liquor to taste

Salt and pepper to taste

METHOD

1. In a medium sauce pot, place the chopped cauliflower, cream, 1 tbsp curry powder, smoke liquor, tobasco, and a pinch of salt and pepper. Make sure there is enough cream to cover the cauliflower. Bring the pot to the boil. Reduce the heat to low and simmer until the cauliflower has cooked, and the cream has reduced by about half. Keep warm until needed, and adjust seasoning.
2. Place a large frying pan on medium heat. Add the butter and garlic, until they start to brown, then put in the arugula with a pinch of salt and pepper. Once the arugula is wilted, drain it on some paper towels, and keep warm until needed.
3. In a small bowl mix the rest of the curry together with some salt to make a curry salt mixture which will go on the scallops. The ratio should be 25% curry to 75% salt. Mix well, and set aside.
4. Place a medium non-stick frying pan on high heat, and once the pan is hot, add enough olive oil to cover the bottom of the pan. Lightly and evenly dust curry salt on both sides of the

scallops. Wrap the scallops with the bacon. Put them in the pan until they are brown on the bottom then flip them over and cook for about 3-5 minutes or until they are slightly firm and cooked.

5. To serve, put the cauliflower puree on the bottom of a plate, then put the arugula on top of the cauliflower, and finally put the scallops in a triangle shape around the arugula. Very lightly drizzle a few drops of truffle oil on top of the scallops and arugula.

CHAPTER 4

DON'T BE BLASÉ

When I was working at Amaryllis, Gordon had sent another chef up to help us out from London who had also been one of my sous-chefs at Restaurant Gordon Ramsay. His name is Tony. At the time we had two sous-chefs at Amaryllis. The other sous-chef, whom I will call "Bob" from now on to protect his identity, was going to take over. I was going to be "Bob's" sous-chef and support him wholeheartedly. Mark must have realized, by talking to me every day, that I needed some help with Bob. I was running the restaurant with fewer staff each day, because of a lack of both morale and respect for chef Bob. Gordon would come up to Amaryllis for several days at a time, to make sure that things were going well, and to catch up on paperwork, and that sort of thing. When he was there he would usually oversee several services to ensure that everything is still up to his standard.

This is when Gordon called me into his office... One evening after a meeting with Tony, he called Bob and I upstairs to his office. First he called in Bob, and I heard Gordon screaming at him, because I was sitting outside of his office. Then he called me in and started bollocking me while Bob and Anthony were still there. He said that I needed to jump in and get involved! I wasn't in Scotland to be a tourist and visit Edinburgh Castle, so he told me, "Don't be blasé!!" I knew he we saying this to all of the other managers too, not just me. I think he wanted Bob to stay in the office while I was getting a bollocking because he wanted him to hear what I was getting a bollocking for. He couldn't rip Bob apart too much, because he is the head chef, and Gordon doesn't yell at his head chefs in front of the other staff. I used to have a tendency to not jump in and help unless I was asked to, so to him it looked like I was just standing back and letting everyone else do the work. But I know that my bollocking was for Bob too, and Gordon knew he could rip me apart and I would still show up to work the next day. He knew that I had broad shoulders, because he had yelled at me hundreds of times before, and I was still there. The reality is that I was blasé, but we were all too blasé, and we all contributed in some way or another to the downfall of Amaryllis. Even Gordon made his share of mistakes. I don't think I would have been as blasé if I had been the head chef, because I would have had more power to implement changes rather than being stifled by Bob, and the chain of command. I could have just told Gordon what was happening, and maybe the outcome would have been different.

These are some of the stories while I was working there. Gordon often says on *Kitchen Nightmares* that he has had to close down some of his own restaurants before. Amaryllis was one of them.

I had been working for Gordon in England for approximately 3 years, when I approached Mark Askew and told him that I was resigning. I explained that it had nothing to do with him, Gordon, or the hours. I was just getting sick of London. The insanely expensive living, sheer volume of people, traffic jams, ridiculous commute times, it was all driving me away. Then, in retrospect, Mark did something that was very smart. He offered me a sous–chef position in one of two newer restaurants in the Gordon Ramsay Holdings company. One was in Dubai and the other was in Glasgow, Scotland. With someone who was good at their job trying to resign, there are a couple of things that Mark could have done. He knew that he would rather have me working for him than for someone else. He also knew that if he could extend my life in the company it would also save having to train or hire someone else. Sometimes a change is as good as a break. Mark knew that at the time I had worked at just about every station in the restaurant, so I needed more of a challenge.

After some thought, I chose Glasgow, but it was not an easy decision. The hot, beautiful, beach and bikini laden, tax-free haven for billionaire oil barons had always held a fascination for me. On second thought, what was I thinking? But the reality was that I could only get a one year work visa for Dubai, and I was slightly intimidated about moving there when I didn't know anything about the culture. However, I had already done an exchange program through Humber College in Glasgow a few years before, and still knew several people there. I had a blast when I was there last time, so it was an easy decision.

A couple of weeks after that I was put on an all-expenses trip to sunny Glasgow! Note my sarcasm, because although Glasgow is beautiful, it is far from the sunniest place on earth. Before I left Mark explained to me what was happening in Glasgow. They were trying a new concept. At the moment they had the whole restaurant set up like the flagship in London, but wanted to take a step down making everything more casual. They had two separate dining areas, and were trying to do one room with a more casual food and ambiance, and keep the other room more formal. They wanted me to go and help David, one of my former sous-chefs at Restaurant Gordon Ramsay, with this transition. When I got to Glasgow, I literally went right to work. I got into the cab to Amaryllis, was dropped off there, waited in the front lobby for five minutes, met Chef David, dropped off my bags, put on chef whites, and went right in to help with dinner service. Not exactly how I pictured my triumphant return to Glasgow.

Gordon was born and raised in Glasgow, and his mother still lives there. He was actually on one of the two Premier League football teams in Glasgow, The Rangers. He played for several years until he injured his knee. That is when he got into cooking as an alternative to football. Little did he know at the time, but several years later he would open up Amaryllis. It is too bad that he didn't remember the people and culture of Glasgow when he opened it up. Maybe then he would have changed things to suit Glaswegians, and not have made that mistake. Maybe I would still be in Glasgow working at Amaryllis.

Right away I liked Glasgow much better than London. The people there were much friendlier, more laid back, and much more hospitable than those in London. The first couple of weeks I actually stayed with one of the chefs in Motherwell, which is a suburb of Glasgow, until I could find my own place to stay. I don't think this would have happened in London. Right away I got a good feeling from the staff there, because after dinner there was a lot of kidding around. Everyone worked hard but played harder, which is something I like to do too. Besides, it is better to go and blow off steam by joking around in the kitchen after work than taking drugs or going on a drinking binge. Drugs are not the place to get your strength. They will never be able to give you the strength that you need. They will just leave you empty. If you don't love cooking and being a cook then you shouldn't do it as a career. Find something else to do, because this industry can chew you up and spit you out. So once again you can't be blasé in your life or career, and you have to be tough and have a pair of bollocks. Drugs are everywhere in my industry, especially in high-end restaurants because it is a very hard lifestyle and people need something to help them cope. For some people it is drugs. For others it is alcohol, but to me this is cheating. If someone is using speed to make them faster and to perform better at work, and I am using nothing they are getting an unfair advantage. It is like an Olympic sprinter taking steroids. It is not something people should be proud of.

After about two months of me working at Amaryllis, David told me that he was going to go back to London to take over as head chef at Restaurant Gordon Ramsay. A couple weeks after that the plans were made, and David left, bound for London. I didn't really know Bob that well when he took over the kitchen, and for the first couple of months everything seemed to go really well. Every service seemed to go smoothly. We were all getting along, and getting to know each other more and more.

DON'T BE BLASÉ

When I first arrived it was pretty obvious to me that there were several major problems with the restaurant. First of all we had no staff. Secondly we had no customers. In order for us to try to help the first situation, and eventually the second, Gordon' s head office in London decided that we should hold a staff drive day. The idea is that people could come in for open interviews and talk to us about any concerns they might have, etc. It was also part of a huge public relations campaign to try to make Gordon look more positive and therefore get more staff. Gordon was opening more restaurants every day, and needed lots of good staff to fill his expanding empire. He was having trouble, partially because he was in a TV mini-series, called Boiling Point, and its sequel, Beyond Boiling Point. These shows make Gordon's Hell's Kitchen series look like he is jolly old St. Nick. There are some scenes in Boiling Point where Gordon is at the pass sending out food and he gets angry at someone and starts screaming at him. Picture this scene: Gordon Ramsay is angry, hot, sweaty, the veins in his neck are bulging, and the red heat lamps are reflecting off of the stainless steel pass back on to his face. He looked like he was just crawling out of the pit of despair, out of hell, and right into dinner service. Nobody wants to work for someone who just crawled out of hell, do they? The paper sent in a reporter and a photographer who interviewed and took some pictures of the senior staff for our staff day. They asked us questions like, what it was like to work at Amaryllis, and what Gordon was like. The newspaper put a huge, two page centerfold article in the newspaper to publicize our staff day. My ugly mug was the biggest part of the whole article, and took half a page. On the day of the staff drive, we interviewed quite a few people, and hired several who were going to start as soon as possible.

When you work for Gordon there were always reporters, TV crews, and photographers, or just people looking over the pass to see what's going on during service. After a while you get used to people watching you, despite always being in the background. I wasn't nervous about the interview, but I did experience for the first time how the press can pick and choose what they want you to say. During my interview, they asked me several questions. One of which is what is it like to work for Gordon and this is what they wrote: "I am working with one of the best chefs in the country, if not the world. When I started, I learned more here in a day than I would have in two weeks somewhere else." "The real bonus is working for Gordon. Watching him work is inspiring." The first part is pretty accurate, but that last sentence I never said and it makes me sound like I have a crush on Gordon.

Shortly after that, chef Bob started sliding in his performance. He was showing up late, distant from the rest of the staff, and showed a general lack of caring and drive for doing his duties. So of course when the head chef doesn't do his job the sous-chef has to step up to the plate and cover for him. Which normally is fine if the chef is sick or on holiday, but when the chef just decides that he doesn't feel like showing up to pitch in and help out the people who have been helping him out, then the morale of the entire kitchen brigade plummets. After a while we just came to expect it. One day Mark Askew called from London to talk to Bob at around nine in the morning. Bob wasn't there. So he tried again at 9:30. Still no Bob. Then he tried again at 10. Still no Bob? He tried again at 10:30, then 11, sorry Mark, he's still not here. Then he started asking more questions like 'does this happen often?' I was not going to lie to Mark for Bob's sake. Bob finally showed up right before lunch service at 11:30, and was trying to avoid calling Mark back. At first I was trying to protect Bob a bit, but this is when Mark first really started to notice Bob's shenanigans. After that Mark would call me every morning to ask how things were going, and to get the latest on Bob. He would ask me things and I would tell him the truth. At the same time we had our dining room manager who was also becoming blasé. It was me in the back and Lisa in the front running Amaryllis day to day. We had some awesome staff who were loyal to us, and who helped us out a ton. I didn't know it but I was the lifeline to Amaryllis because by then I am sure that they were already contemplating the future of the restaurant.

Three months after we hired staff on the staff drive we suffered from one of Bob's blunders. He told the staff he hired on our staff drive that after three months they would get an increase in pay. I don't know why he said this, because we didn't have enough money to give people more, so he was lying. Actually, I do know why he said this; it was so he could give potential staff, which we needed desperately, more incentive to join us. But what's wrong with telling people the truth? That's what I did, and I had more success in hiring staff than Bob did, because I told the staff straight up what to expect. I said that the hours here are long, it's stressful, and we can't afford to pay you much right now, but you will get to work with some great chefs, you will learn a ton, you will become a better chef, and Gordon will be around too. I told them that's why I did it. We couldn't stop Bob's hired staff from leaving. We ended up losing more crucial staff because of Bob's empty promises at a time when we desperately needed to hire more staff, not lose them. At one point there were only four of us to cook for an eighty seat plus restaurant. And of course Mark Askew knew all of this because by now the situation with Bob was getting frustrating and ridiculous.

One morning when we all arrived at work, we got a phone call to say that Gordon was on his way to Amaryllis, and would be there in a few minutes. No one had any idea why he was coming up to see us, as this was an unscheduled appointment and usually we knew when he was coming ahead of time. He told us that David Dempsey had died the night before. He was obviously shaken up because David was one of his first protégés and his friend. We were all shaken up and shocked too because it was the *last* thing we thought to hear from Gordon. He proceeded to tell about the bizarre details of David's demise. Gordon wanted to tell us in person, so we didn't have to find out by reading about it in the newspaper. He also wanted to let us know early because there would probably be reporters calling us over the next few weeks, and we would have to be careful what we said to them. That's why he had come down so early in the morning. As I said earlier in the chapter, drugs are not the place to get your strength. They will never be able to give you the strength that you need. They will just leave you empty. The story of David really emphasizes this. Details were still blurry because at the moment there wasn't a formal investigation. The newspapers said David had fallen off of some scaffolding and broken his neck while trying to break in to someone's flat. They also said he was on drugs, probably cocaine. Eyewitness reports were just as strange. This is not the way he would ever behave, so something strange was going on. His parents and wife said that he has never taken drugs before, nor would he ever. I agreed, because I used to watch him eat vitamins every day, and knew that he was a healthy person. Later investigations had more details, but we didn't know much until several months later when toxicology reports came in saying that they did find cocaine in his blood stream. There was a final article in the paper, but this is what happened with all of the information I had: apparently when David went to London he was not happy about being away from his family, and his wife and son were very upset too, so he was having some marital issues.

I think that he decided to try something to help him get over his stresses, while he was away from his friends and family. So he got some cocaine and took it, but he had a bad reaction to the drug, and went slightly mad. Then he somehow got onto a ledge and smashed in the window of a flat with a baseball bat and got inside. Then he took the baseball bat, went back out on the ledge, smashed another window, got into another flat, got back out on the ledge again, and eventually got onto some scaffolding where he plummeted to his death. It is so tragic when we lose someone this young, this talented, in this way.

Gordon was definitely not blasé about flying up to Glasgow to tell us about David. He must have gotten a phone call early in the morning to hear the bad news. And by the time he booked a last minute flight, got to the airport, got to Glasgow, and then got to Amaryllis it must have taken him forever, when he could have just made a phone call. I respect Gordon even more for having the integrity for making his priority for the day to fly out and tell us in person. It shows Gordon's love and respect for David and his family, and for all of us. The last thing he wanted was for us to find out by getting a phone call from someone in the media, so he flew out to tell us in person, and even comfort us. That is the antithesis to being blasé. He cared so much that he spent his whole day to help put the situation right.

I knew that they were going to close Amaryllis before any of the other staff. Mark Askew told me several weeks before the rest of the staff found out. He did this out of respect for me, and so that I wasn't left high and dry without a job. Gordon, Chris, and another lady came up to break the news to the staff. Chris was Gordon's office executive who was in charge of all other office staff. I don't think that anyone was really surprised when the final announcement was made. The writing had been on the wall for a long time. With no more than ten customers in the dining room at one time, there was no money coming in to pay the rent, and we could only ride the coattails of the other restaurants for so long. When we were handed envelopes containing our severance packages, only Lisa and I got job offers from London. I got asked to go back to London to be a sous-chef, but I didn't take it because I didn't want to go back to London. Lisa and I were the ones who were fighting for Amaryllis up until it closed. It is fitting that we got job offers and no one else did, because that means they recognized our efforts after all the drama, even though I could have done more to help keep Amaryllis afloat. Gordon said, sometime later, "The secret of a successful chef is to put yourself in the customer's position. By that I mean thinking about what they want.", which shows that he had learned a lot from his experience at Amaryllis.

If I wasn't so blasé while I was at Amaryllis and was more assertive in making comments or suggestions, or if I had been appointed head chef after David left, or maybe if I had Gordon screaming "You donkey!" at me more often, I would have been able to turn the restaurant around. In addition to the things I mentioned before, I recognized several things that, if changed, could have made a huge difference and wouldn't have cost much money. One of the best examples is that at Amaryllis they never played any music. This is okay if you have two full dining rooms making lots of noise, but even then I think that some sort of background music, ideally a jazz band, would have been awesome. It was extremely awkward at Amaryllis if you were sitting in there when there are no other people in the dining room or when all you can hear is the chef yelling at his staff. It feels like everyone can hear every word that you are saying. Ambiance is so vital to a restaurant's success, especially in Glasgow. Glasgow has historically been a working class town. If I wasn't so blasé I should have said that Glaswegians are very different than people from London. They are much more laid back, and aren't the type to dress in suits and ties every day, and they don't want to be served by people in tuxedos either. Gordon's staff were all wearing tuxedos every day, and this is part of what scared the customers away. Gordon was even quoted as saying this, probably about Amaryllis too "It was too fancy, and it was a big learning curve." Scottish people have the reputation of being very frugal, so getting value for their money is critical for them. And if they don't feel that they are getting their money's worth at one place, then they are going to find another place where they do. And I could have saved Amaryllis, if I hadn't been so blasé.

This recipe reminds me of the time that I spent in Amaryllis because I used to make monkfish wrapped in prosciutto for Gordon, and there are only two recipes that I have ever encountered that have the main item wrapped in prosciutto. Sparked by an idea from Gordon, it has become one of my signature menu items. I also got some inspiration when I used to work at Herbs restaurant because they used to serve pork tenderloin wrapped in prosciutto. In this case I took the inspiration and really made it my own as the sauce is based on the sour apple liquor for the base rather than any sort of stock. Gordon used to do a red wine reduction, but the red wine reduces better than the sour apple liquor. By better I mean that the liquor will reduce down to just about nothing, whereas the wine just gets thicker, and will eventually burn, as it reduces but will still have some body to it, so adding sugar is an important step to help it thicken up.

RECIPE

Fire-roasted organic pork tenderloin, wrapped in prosciutto, served with oven-roasted bosc pears, celeriac, and parsnips with a sage and sour granny smith glaze and olive oil drizzle

Yields 4 servings

Ingredients

4 8oz	pork tenderloins
8	pieces of prosciutto
4	bosc pears
4	large parsnips
4	carrots
2	stalks sage, chopped
2	cups Sour Apple Liquor
1 large	Granny Smith apple, large dice
4 tbsp	sugar, heaping
1 tsp	chives, chopped
1 tsp	basil, chopped

Olive oil, as needed

Chipotle tabasco, salt, and pepper, to taste

METHOD

1. In a hot, medium saucepot, place the sour apple liquor, all of the sage, chives, basil, apple, sugar, tabasco, olive oil, salt, and pepper. Let boil and reduce to a simmer. After about twenty minutes the sauce should have reduced by about half, and is ready to serve when it can evenly coat the back of a spoon.
2. Preheat oven to 450 F. Get out a small baking sheet and line it with parchment paper. Take the pears and cut the bottoms off just enough so that they stay standing. Flip the pears upside down in your hand and, using the melon baller, scoop out the seeds from the bottom and put them stem side up on the baking sheet. Then take the parsnips and cut them into thumb-sized pieces. Do the same thing with the carrots, making them a bit smaller as they will take longer to cook. Toss the veggies and pears in salt, pepper, and olive oil. Put them in the oven for ten minutes, then mix the veggies up and put them back in for another ten minutes, or until they are cooked.

3. Take out the prosciutto and lay it out on a cutting board so that they are just overlapping each other. It might be worth having extra prosciutto if your tenderloins are large. Put the pork on top on the prosciutto, closer to one end so that you can wrap it up like sushi. Roll it up and coat it with salt, pepper, and olive oil. Put some olive oil into a hot frying pan and caramelize all sides until they are browned. Place in the oven for 7–10 minutes, or until cooked.
4. To serve, slice the pork on an angle like sushi. Then place the pear on the plate with the stem side facing up. Place the vegetables beside the pear. Put the pork standing up on the ends, once again like sushi. Then pour sauce over top, and garnish with a sprig of fresh sage.

CHAPTER 5

IF YOU CAN'T COOK THAT, THEN FUCK OFF BACK TO CANADA AND COOK FRENCH FRIES FOR JAMIE FUCKING KENNEDY

Gordon behaves the way that he does in the kitchen because he needs to be hard enough to make us understand what we are doing wrong, or right. He will always strive to make you a better chef, but don't expect him to hold your hand if he hurts your feelings. Most chefs I know generally show this type of leadership, because while they do want you to grow into an excellent chef, they don't want you to grow into a sissy. If you do grow into a chef with no backbone, your staff might just run right over you, and you would be sitting at the pass quoting Rodney Dangerfield all day, "I don't get no respect!" The staff need to know that you know when something goes wrong and that you are strong enough to do something about it. Sometimes you need to show your staff some tough love too, just like Gordon does. As I mentioned in a previous chapter, male or female, old or young, I have seen lots of different types of people with all different kinds of backgrounds come through the kitchen, and not one of them would get an inch without being robbed blind if they didn't have a tough and gruff side. Because most kitchens are made up of the dysfunctional fringes of society, you have to be tough enough to keep them in line, but if you are too tough it's just as bad as not being tough enough, and you might push them right out of your kitchen. We are like pirates or sailors in this way because if you aren't respected you can face a mutiny from your subordinates, or getting sacked by your superiors.

I should get a t-shirt that says "I Survived Gordon Ramsay's Nightmare!!", because sometimes he was really, really tough with his love. Gordon was the master of tough love. He once explained why he uses tough love on his staff, "You stay on top of it by building momentum. I expose my staff by really dropping them in at the deep end. It's sink or swim. If they sink they are going to drop down and if they swim, they're going to go on and become successful." Sometimes he would push you just over the brink of what you could take. I remember Gordon yelling at one of the biggest and toughest chefs during service one time and actually making him cry, which I was very surprised to see happen. If Gordon could make him cry, then he could make any of us cry, and he often did. I think we would cry because of what Gordon said to us, and how he yelled at us. That is what always got to me when he would use personal things against me like "If you can't cook that, then fuck off back to Canada and cook French fries for Jamie fucking Kennedy!!" Gordon went on a business trip to Toronto to promote one of his books and to eat at the restaurant of Jamie Kennedy, a local chef who is renowned for his chips. When Gordon came back he told me the story of how he had been taken there under the pretence that this was one of Toronto's best restaurants, and that they were serving chips. Gordon and I talked about this for several minutes, while I tried to explain why this was not one of Toronto best restaurants, that they should have taken him somewhere else, while Gordon tried to explain to me how unimpressed he was by the restaurant and that he was shocked that this could be one of the best restaurants in Toronto. Later on he used his unpleasant experience in Toronto and our conversation against me, which made it personal and really got under my skin. I am also sure that this was one of the times that Gordon almost made me cry. It made me angry. It was also not the last time that he used this line on me. He did this so that the next time he would be able to push you a bit farther, and a bit farther, and a bit farther, to make you tougher. But, unlike most chefs, after Gordon pushed you he would say something positive to keep you showing up for work the next day. Even if it was just something small, like "Good service Chadd", or even more general "Good service guys", it worked for a bit of positive reinforcement to make you feel better on your bike ride home.

Sometimes you might get something like "Chadd! Good sauce." To which I would reply "Thank you Gordon." My head chef at Chez Nico, Paul, told me one time that my sauce was good, and so I replied "thank you." But then he said "I'm not giving you a compliment, I'm just telling you that the sauce is good." So after that I didn't say thank you when other chefs said something

I made tasted good, instead I said "Yes chef" or "Yes Gordon." But it is very hard when you work hard on something and you want to take it as a compliment, or you need to take it as a compliment, but you can't get too excited about it. That can be very frustrating. The funny part is that on Hell's Kitchen everyone calls Gordon chef, but he actually doesn't like being called chef, so we all would just say "Yes Gordon." There are actually lots of chefs who don't like being called chef anymore. I would much rather be called Chadd than chef, and Gordon would much rather be called Gordon than chef too. Everyone who came into his kitchen would start off by calling Gordon chef at first, until he corrected them by saying "just call me Gordon". It could be that he doesn't like titles, but I think it is because for Gordon and many other chefs, there is an association with the newer and younger chefs who don't like the old system, and a stigmatism with associating with some old-school chefs who wore the giant toques, and seem kind of useless, and even afraid of work, compared to what chefs do nowadays.

I think that Massimo Capra, who was the head chef at Prego Della Piazza in Toronto, and is now the chef/patron at Mistura, and on the TV show *Restaurant Makeover* was one of the few chefs that I know who actually thought that it is okay to give his staff compliments. Chefs are all excellent at telling you how bad the food is, but never really tell you how good your food is. It is hard to know why they do this, but I remember that Massimo once told me that my mashed potatoes were the best he ever tasted and he actually meant it as a compliment. I like Massimo's way much better, because I feel that he is being much more sincere. If I made something really good he would tell me, and if I made something really bad, he would also tell me. I can appreciate when people are passionate about food, or anything else, that I have made and they tell me about it, because that is the way that I communicate with my co-workers, friends, etc. Gordon is definitely passionate about his food, but he just expresses it to his staff differently, as every chef does. I think that one of the reasons Gordon does not do this is because he is concerned that we might get big heads if he was always praising us all the time. So, to keep us humble, he makes sure his compliments are more reserved and calculated than some other chefs, and this fits perfectly with his leadership style, which at times is more like an army drill sergeant than even Mark Askew's leadership style. At the three Michelin star level, there are many head chefs who are like drill sergeants, because every day the food put out by these chefs has to be perfect. About a hundred years ago, there was a chef named Escoffier who reconfigured the kitchens into the modern set up. Kitchen staff are now called the Brigade, and fittingly are now set up like an army brigade. This is the analogy that I use when I am trying to explain the kitchen system to people who aren't familiar with it. Now that you know that most kitchens are set up like this, it is easier to understand why many chefs, especially at the highest levels, use this leadership style, including Gordon. As I mentioned before, Gordon is fair, and doesn't yell at you if you don't make a mistake first. He won't pick on you for any reason. And when he does yell at you it will be for your benefit, so that you can grow to become a better chef.

One thing that Gordon did that was definitely tough love was that he would send some of his chefs to some tougher chefs to learn. One of the chefs that Gordon had worked for was a

French chef named Joel Robuchon. From what I understand, he is a phenomenal chef, and tough as nails in the kitchen. I believe that Gordon had sent Mark Askew (head chef at Restaurant Gordon Ramsay) to go and work with him for a year. This seems to be something that lots of chefs do. I went to work for Gordon so that I could go away and come back a better, and tougher chef.

Sometimes we need a way of giving ourselves some love when we go through tough times. Life gets tough for all of us, because it seems sometimes people are too tough and don't give enough love. During the tough times, I needed lots of love. I was very exhausted, and stressed out. I was struggling to get my confidence back. I was still in culture shock, trying to figure out what the heck 'the pass' was. So I thought that going on a holiday was a good idea and would be perfect timing for me to relax and catch my breath, before I started working for Gordon. As I mentioned before, I think it would be similar to coming back from my first tour of duty in Vietnam, although much less serious. Like the post-traumatic stress disorder we hear of our modern soldiers going through when they come home, I needed time to process, understand, and learn about what actually happened while I was there.

After I had been home for three months, I started to think about going back to work for Gordon. I started to plan things out with some great South African friends whom I met in London while I was working at Chez Nico. Our new flat was in Ealing, much closer to work than my last flat in Hownslow, and would save me at least an hour of commuting time. Ealing was also much cooler than Hownslow. What I didn't realize at the time was that the flat we were going to move into was tiny, and would be occupied by one couple and three guys, but we only had 4 rooms. Now London is crowded and expensive, but even when I look back on this, I didn't think that anyone else would be living like this. Every day was like an episode of Full House, because there was always some kind of craziness going on. What I decided to do in order for us to have a common room or den was to give up my own room and stay in Rudy's room. At first it seemed a bit tight, but it worked out fine in the end, because when I got my job with Gordon, I was the night baker/cook, which meant that I did pretty much anything that took too much time or space to do during the day, including all of the ice creams, crème *brûlées*, stocks, ham hocks, etc. Rudy was also on shift work, so it worked out really well most of the time. We became very good friends after living together for over a year.

I had sent my resume and talked to Mark Askew, who was taking care of staffing for Restaurant Gordon Ramsay at the time. I was booked to go into work for a trial day about a week after I returned from my trip. I flew to London with all of my belongings for my new flat and all of my travel gear. I stayed with my friend Gerhard overnight and left everything that I didn't need immediately at his flat, for him to bring when he moved into our new flat.

After I was finished working at Chez Nico at 90, I needed some time to unwind and detoxify before I started working for Gordon. I knew it was going to be harder than anything that I had done so far, so I went on a tour of France, Spain, and Portugal. This was an incredible and eye-opening experience. As much as I love France and Portugal, and other places that I would visit later, Spain is a place that I could see myself actually living in, rather than just visiting. The country is littered with stunning beaches, majestic mountains, ancient cities, and beautiful wine countries. The food is incredible too. Catalonia is the home of the controversial and trend-setting, three Michelin star restaurant El Bulli. Chef Ferran Adria was one of the first, if not the first, chef to use Molecular Gastronomy in his food. Now there are hundreds of restaurants that use this method for cuisine. Unfortunately, I never tried his food, because at the time I was just a poor young chef and couldn't afford it. But the other side of Spain's food scene is the more traditional dishes like tapas. I like Spanish food in general, but there is something special about the tapas that I love.

The thing that I really love about Spain is the culture. Everyone opens their stores at around ten to eleven in the morning, and shuts down for siesta at three in the afternoon. Then they open back up at five or six in the afternoon after the heat wave has passed so they don't overheat their brains. Then they stay open until about ten or eleven at night. Then, after that, pubs, clubs, and other types of night life really start to pick up. Then one of my favourite things to do while I was in Spain was to attend the flamenco bars. These are very unlike what the rest of the world knows as flamenco. They have a live band inside, and they are filled with people, old and young, all of whom can dance phenomenally well, and who will start to play a random instrument. Even people with you who you think are just watching will all start clapping along providing even more rhythm. It is an incredible experience. They are able to slow down, enjoy life, and take it at a much more relaxed pace than we do here in North America. They are all out together as a family, from young kids to grandparents, and they are all up late into the night. They are very family-oriented. This means that as a chef, I could have a more or less normal life and not have to be so counter-cultural. Because we are off on the times and days when everyone else isn't, we get no weekends off. This is one of the reasons why chefs suffer from such a high divorce rate, because if your wife or husband doesn't understand why you are always working on weekends and holidays, when they are home alone, you are headed for trouble. They have to understand that this is our trade and this is when we have to work. Spanish people enjoy a much better quality of life than we do; not too slow, but not too fast either.

This trip turned out to be an incredibly eye-opening and life-changing event in my life. I was able to show myself some love before I went back to get more tough love from Gordon, and it was very tough love that I got from him over the next four years. That is exactly what I needed, because I was able to get my passion for food back. Working at Chez Nico for a year had drained my emotions and passion for food. It sparked my interest in Spanish food, and set off a chain of events for me. I started to really get to love traveling and to enjoy the food and culture of the places that I was visiting. I have been blessed by having so many important, great friends accompany me in my travels, and to help me through some of life's journeys, to get through some of my tough times, and to help me get lost along the way when I needed it. Here are a few recipes that I have come up with some inspiration from my favorite tapas that I found while traveling in Spain

RECIPE

Red onion and orange salad

Yields 4 servings

Ingredients

4	ripe medium oranges, peeled
1	small red onion, sliced fine
2 tbsp	raspberry vinegar
6 tbsp	extra virgin olive oil
4 tbsp	golden raisins, covered in hot water for 20 minutes, then drained
20	black olives, pitted
2 tbsp	sunflower seeds
2 tbsp	almonds, blanched and chopped fine

Salt and pepper, to taste

Sprigs of fresh mint, to garnish

METHOD

1. Remove the white pith from the oranges, and cut crosswise into 1/4 inch slices. Arrange the oranges on a serving platter and scatter the sliced red onion over them.
2. In a small bowl, whisk together the vinegar, olive oil, salt, and pepper. Spoon this dressing over the onion and oranges. Sprinkle the raisins, olives, sunflower seeds and almonds over that. Garnish with mint sprigs and serve chilled.

RECIPE

Patatas bravas

Yields 4 servings

Ingredients

3 tbsp	olive oil
4 large	russet potatoes, peeled and cut to 1-inch cubes
2 tbsp	minced onion
2 cloves	garlic, minced
1 1/4 tbsp	Spanish paprika
1/4 tsp	tabasco sauce
1/4 tsp	ground thyme
1/2 cup	ketchup
1/2 cup	mayonnaise
1 cup	olive oil

Salt and pepper, to taste
Chopped parsley, to garnish

METHOD

1. In a saucepan, heat 3tbsp olive oil over medium heat. Add onion and garlic, sauté until the onion is soft. Turn off heat, add paprika, tabasco sauce, and thyme, and stir well. Transfer to a bowl, and add the ketchup and mayonnaise. Set aside.
2. Sprinkle the potatoes lightly with salt and pepper. In a large skillet, fry the potatoes in olive oil until cooked through and golden-brown, stirring occasionally. Be careful, as the oil will splatter when the potatoes are added, due to the salt.
3. Drain the potatoes on paper towels, check the seasonings and add more salt if necessary. Mix and serve.

RECIPE

Paella

Yields 6-8 servings

Ingredients

1	cup olive oil
10	mussels
10	clams
2 oz	boneless pork, diced
2 tsp	minced garlic
6 oz	onions, chopped fine
1	medium tomato, skinned, seeded, and chopped
1	each small red, green and yellow bell pepper, seeded and cut into thin strips
32 oz	skinless, boneless chicken breasts, cut into chunks
1 tsp	paprika
1/2 tsp	dried rosemary
1/2 tsp	dried thyme
	ground cumin
24 oz	lobster claws
24 oz	uncooked rice
3 cups	chicken broth
1/4 tsp	saffron
2	chorizo sausages, cooked and cut into chunks
10	uncooked shrimp, peeled and deveined
4 oz	peas
4 tbsp	capers

Salt and pepper, to taste

Lemon wedges, to garnish

METHOD

1. Scrub and debeard mussels and clams, discarding any that don't close when tapped sharply. Set aside.
2. Heat 1/4 cup of the olive oil in a skillet. Add the pork, and brown all sides. Mix in the garlic, onions, tomato, and bell peppers, stirring constantly until cooked. Set aside.
3. In another skillet, heat another 1/4 cup of the oil and cook the chicken until browned on all sides. Season with salt, pepper, paprika, rosemary, thyme, and cumin. Transfer the chicken to a plate and set aside.
4. In the same skillet as the chicken, cook the lobster claws over high heat for several minutes, until the shell turns pink. Set the skillet aside.
5. Preheat the oven to 200 F. Heat 4tbsp of olive oil in a skillet, and sauté the rice until it's translucent. Pour in the chicken broth, and combine well. Add the pork mixture, stirring constantly. Sprinkle in the saffron, and continue to stir until well-mixed.

6. Transfer the rice into a paella pan. Mix in the lobster claws, chicken, chorizo sausages, mussels, clams, shrimp, peas, and capers, combining well. Bake the paella, uncovered, and on the lowest oven shelf, for around 25 minutes, or until all of the liquid has been absorbed. Discard any mussels or clams that have failed to open.
7. Serve the paella straight from the pan, garnished with lemon wedges.

RECIPE

Chorizo la plancha

Yields 4 servings

Ingredients

2	long green peppers
1	tomato
1/4	cup red wine
1	yellow bell pepper
2-3	cloves garlic
2 fresh	chorizo sausages (1/2 lb or 1/4 kg)

Spanish olive oil for frying

Salt, to taste

Rustic bread

METHOD

1. Rinse peppers, and remove stems, seeds and membranes. Cut in slices lengthwise, about a third of an inch wide. Peel and finely chop garlic. Cut chorizo into 1-inch lengths. Dice tomato into large dice.
2. Pour 4-5tbsp of the olive oil into a heavy bottom frying pan, and heat. When oil is hot, fry chorizo pieces and pepper strips, stirring often. When peppers are browned and almost cooked, add minced garlic and tomatoes, and continue to fry for a minute. Add red wine. When chorizo and peppers are cooked, serve on platter with rustic bread.

CHAPTER 6

PUT YOURSELVES UNDER IMMENSE PRESSURE

Gordon said the chapter's quote during an interview. What Gordon is saying, basically, is "don't sweat the small stuff." In a kitchen, as in life, there are tons of things that can and will go wrong. If you can filter out the smaller, less important things, and focus on the bigger, more important events and just deal with those, then you will have better peace of mind. By letting the small things pass you by, you will save yourself time and stress. Don't worry about things that you can't change, or aren't important enough to worry about. Nobody knows what tomorrow will bring, and there is enough stress for us to deal with today, so there is no point in wasting your life thinking about what you cannot change. Many people worry too much about something like a business plan, or if they are going to get that job, or if they are going to win the tournament. There is a difference between worrying about something and being proactive about something. Make a plan or decision, and once you do that, don't keep thinking about it. Thinking about how tonight's service might go is fine, but stressing out about what Gordon might do to you if you overcook the ravioli is not going to change anything, because only Gordon knows what he will do. Even though Gordon was very creative with his punishments and might decide to throw a ravioli at your head, or call you a donkey, or tell you to fuck off back to Canada, there is no point in worrying about what he might do. Maybe he will surprise you, and not do anything extreme, and then you will have wasted all of that time stressing out, which, as Gordon says, "only becomes really unhealthy when you can't handle it."

The only way to prevent Gordon's wrath is to make sure that everything you send to him is cooked properly. And if you worry about too much in the work environment, it can lead to you micromanaging too much, and your staff might feel that you don't trust them, because you are always checking up on them. Gordon was a perfectionist but not a micromanager at all. He trusted his staff, and he had to, because now with more than twenty restaurants spread over the world, there is no way that he could possibly be checking up on all of his staff in detail. So instead, he makes it so that he doesn't have to, by making sure he can trust his head chefs to do their jobs. And the head chefs trust their staff too. Micromanagers usually come across as being perfectionists and paranoid. Obviously you have to check up on your staff and make sure that everything is going well, but you will push them away if you worry about every little detail. You have to choose what you need, or want, to emphasize without being a pushover or a micromanager. Gordon or Mark Askew were usually around and available if you needed to ask questions or needed help with something, like quality control, but other than that they trusted us in the day-to-day preparation of the food. Sometimes they didn't have much of a choice because they were too busy. But it also gave them time to grow their business and expand their empire into what it is now, because if they were watching over us like kindergarten kids all day and night, they would never have had more than one restaurant. They needed to trust all of us every day, and that is why having someone who is responsible, reliable, and trustworthy, has integrity, and is a good cook to work in your kitchen is essential if you ever want to grow your business or have a life. Trusting people is very important. If you surround yourself with trustworthy people, this will lower the stress in your workplace, and you won't have to be worried about going away for a few days, because your staff can run the kitchen for you, so you can grow the business, if that's what you want. I know many talented chefs who don't feel that they can trust anyone except a handful of people and themselves. I happen to usually be one of the people that they feel they can trust. The problem is that they think they have to be everywhere all the time, which is impossible for anyone with even one kitchen let alone if you want two or three or more. How can you run a business without driving yourself to an early grave if you can't delegate some jobs to other staff, because eventually you will be fifty or sixty and still be working the line at your restaurant with a blown out back, hooked on painkillers, speed, and wine. As Ramsay has said, "The choice of restaurants today is phenomenal so the competition's really intense. For me, pressure's healthy, and I say to my guys: 'Put yourselves under immense pressure.' It only becomes really unhealthy when you can't handle it, and then you shouldn't be there." Sadly, most chefs have the potential to end up like this, and many do. Substance abuse is rampant in my industry for personal reasons, but also because you have a blown out back from lifting or standing the wrong way, you have carpal tunnel from the daily grind of constantly chopping, you burned yourself so badly last time that you have a third degree burn, you cut yourself while chopping onions and you cut off your fingertip, and now can't find it, and are worried that Gordon might eat it while he is tasting the sauce, so now you are worried and missing your finger. What a perfect time to get stoned.

Another problem that I notice many chefs have is that their egos are disproportionately huge. Many chefs that I know think that they are better than they actually are. So they can get jacked up on their own reviews and the praise for the chefs who work under them, and get a false sense of bravado because of their apparently amazing cooking abilities. Besides that, there are some phenomenal chefs that I know who are much more realistic about their abilities, and do not have huge egos. Gordon is one of those, and

thankfully so are most chefs that I have worked for. Gordon is very humble for a three-starred chef. He is also cares about his staff much more than you would perceive on TV. He is also very down to earth, and talking to him is pretty easy, unless you decide to tell him your life story in the middle of service, then you might want to rethink the idea of talking to him, and come back later. I remember doing that to Gordon once. Now, I didn't tell him my life story at the pass, I wasn't that dumb, but I did go up and ask him something stupid, which I can't remember right now, but I do remember what he said to me. He was still pretty gracious to me, and all I got was the stare with the furrowed eyebrows and the now classic "piss off." I was actually surprised that he wasn't more upset than he was, and that I didn't get yelled at more, but maybe this shows a slightly more understanding side of him, and that he trusted me enough to know he didn't have to worry about me doing this again.

Most of my chef-mentors have been very down to earth about their abilities in the grand scheme of things. Gordon, Massimo, Jim, and Tony have been especially down to earth. The latter two in particular, because they were some of the most underrated chefs that I know. They didn't really seek out fame and fortune like many chefs do, and yet they were incredible chefs. They have been more or less overlooked by the media and sometimes even by their staff, but never by their clients. They are happy to have the recognition that they have and don't really need more. They taught me how to be humble and gracious when someone gives you a compliment and made sure that I didn't get a swollen head. When you have humble, good natured, down to earth people to work with, or for, and you get along with them, it really helps to promote teamwork and lower stress levels while at work. Then your co-workers might even decide to help you out when you are in the weeds, which will definitely lower your stress levels. In the worst case scenario, they can even help you talk about your stressors and try to help you with them.

Even for me, I am becoming like that, because at some point, I think, we all want to be a famous chef (or whatever your career path might be), but I am getting over that as I realize that everything that's caught up in being a famous chef and owning my own restaurant is not necessarily what I want anymore. Restaurants are very stressful places to work in and to own. I think I realized that I want to have a life, and not be stuck in this stressful environment for eighteen hours a day. My perception of happiness changed, as my perception of what I wanted changed, as my perception of what reality is also changed. By this I mean that I was always striving and working hard to accomplish my goal of being the chef / patron at my own restaurant. But the stone cold reality of this is that, even with a sous-chef, and lots of good staff, I would still have to be there just about every day to make sure things were running smoothly. Restaurants are also very expensive to run day to day, let alone buying the property, etc. When I hit thirty, I started to realize that I was not invincible anymore. I started to think about what might happen when my back started to hurt, or when my knees started throbbing when I come up the stairs, or a million other things that happen to chefs, because we have a very short shelf life before we start to get old and feel the aches and pains of thirty years of cuts, burns, lifting, pushing, bending, and getting caramel splashed in your eye finally catching up with you. Being a chef is a very physical career. You are constantly lifting boxes, cleaning stoves, cleaning your station, going up and down stairs to get your prep, chopping, sweating in the 100 degree heat, putting things in the drawer, and taking things down from the shelf. Back injuries and carpal tunnel syndrome happen all the time. It is so easy to lift something the wrong way and pull out your back, or stand the wrong way when you are chopping, and wind up with a bad back.

This story is about one of the most stressful times I have had in a kitchen. I was working on the night shift, and I was making the *crème brûlées*, when my cream mix boiled over the top of the pot and onto the stove top where it proceeded to smoke like crazy, filling the kitchen with a thick cloud of smoke. About thirty seconds later, the fire alarms went off, and now I was panicking. I had no idea of where the fire alarm was, but I did know that the fire department would be there very soon. All of these things just made me panic more. I did exactly what Gordon used to tell me to do when I was panicking on the veg. station, and that was slow down, take a deep breath, look around you and get back to work. So, I slowed down, and took a deep breath, then tried to call Gordon because he would know what to do. But he didn't answer, so I tried to call Mark and thankfully got him, and he told me how to turn the fire alarms off, and to turn the hood fans to a higher level, and what to do if the fire department did come. And then I got back to work, but I don't know what I would have done without Gordon's sage advice.

I have another story about how kitchens can be dangerous, and stressful. When David was my sous-chef at Restaurant Gordon Ramsay, he accidentally chopped off the tip of his finger while preparing his sauces, and couldn't find out where it had gone. He had looked for quite a while but still couldn't find the piece that he had sliced off of his finger. So he put a temporary bandage over it with a paper towel until he could get a proper bandage put on. Now this is when Gordon entered (from stage left), just on time for service. He and Mark Askew usually both did quality control throughout lunch and dinner service. So as they were both at the pass looking at, and tasting, the food before it was sent out to the dining room, Gordon tasted the food and his face turned surprised, then sour, and then he spit something out of his mouth into his hand. Then he looked at what he had in his hand, and realized it was someone's lost finger tip with part of the fingernail still attached. Gordon then proceeded to pick up David's fallen hero and walk around the kitchen telling everyone to show their hands to him. David was working at the meat station at the time, which is located closest to the pass, so Gordon asked him first. David showed his hands to Gordon with his palms up so that he could get a good look and Gordon never noticed David's damaged appendage. Later he told me that Gordon must not have seen his finger because he had the paper towel wrapped around it tightly and also had his finger tucked very tightly under his other not-so-damaged digits. Gordon doesn't know this story to this day, and it is a good thing that David is already dead otherwise I am sure that Gordon would have killed him, because this really was a sackable offence.

This is a great example of the hardships and stresses of working in the kitchen. I actually heard that someone who was working at Petrus splashed caramel in their eye one night. One of the people working in the pastry station was making caramel for Gordon's signature pannacotta, which has caramel under it almost like a crème caramel so when you flip it over there is a pretty little caramel syrup on top. The caramel has some liquor, which is added when the desired colour has been reached, to stop the caramel from colouring any further and to give it some flavour. I wasn't at Petrus when it happened, but Gordon told me the gory and shocking details as soon as he got off the phone with Markus Wearing, who was the head chef at Petrus. When she was adding the liquor, it bubbled violently and sent some of the burning hot, sticky caramel into her eye. Now when caramel hits your skin, it sticks to it and continues to burn until it either cools down or falls off. So I am sure that it stayed there until it was painful enough to send her into shock. I don't know what happened to her eye, I am sure I would have heard something if she had lost the vision in her eye, but regardless, even if she closed her eye in time and it just hit her eyelid, it would have been excruciating. This just emphasizes how dangerous kitchens can be. Also these things made me change the way I perceive what would make me happy, and what I wanted to do with my life. I realized that I don't want to be sixty years old and still working the line when I have a heart attack and drown in my spaghetti sauce. That is not the way I want to go out. Then my perception of reality is changed, because I didn't want to be stuck in a place that I would never get out of. Working in a restaurant no longer had the same draw as it did when I was younger. But I still love cooking and love my job, and this made me start thinking of different ways to be happy at work.

I also finally started to think about getting married, and eventually did. When this happens you start to change your priorities, or at least I did. I wanted to have a job that would allow me more time with my wife and, eventually, with my kids. I wanted to have a job where I could cook. I wanted a job where I could have more freedom. I wanted a job where I could have some weekends off. I wanted a real life, like a real person has and not some crazy, countercultural chef. Working for Gordon didn't become a waste of my life, but rather it gave me the ability to carve out a life anywhere I wanted to. So after a lot of searching online, I decided to start my own business as a personal chef /caterer. First, I had gone to work for several different big caterers for about a year. I decided to do something a bit different. I would go into my client's home and cook everything fresh from scratch. Most caterers like to prepare their food several days ahead, let it sit in the fridge for a couple of days then heat it up several hours before the dinner, put it in hot boxes and ship it to the client to be served several hours after arriving. I figured that I could do better. So I have found a job which allows me to be my own boss, to have my own business, which gives me more time at home because I mostly work from home, but I also get to travel around too, which I never got much of a chance to do before. I also get to interact with my clients on a much better level. I get to do pretty much everything that I wanted to do, so I really do get to have my cake and eat it too.

Worry and over-thinking something will turn into stress. Stress will chew you up and spit you out if you don't learn how to adapt to it and deal with it. I have always had several ways to relieve stress; one of the ways that I have always used is by exercising. Gordon has been running marathons for years, and he was still in the last London marathon that I saw a few years ago. He must be in good shape, because every time I watch Kitchen Nightmares, they show a scene of him taking his shirt off and putting on his chef jacket. When I was in the UK, I used to ride my bike everywhere, but I also used it to commute to and from work. So on average I was going up and down very big hills for at least 15 minutes each way. This became my most physically challenging part of the day, rather than my eighteen hours of working for Gordon each day. It even made work a little easier. I had several friends who got into marathons, but once again I didn't have the time or the patience for marathons. I just couldn't get into the idea of staring at nothing for four hours. During my days in high school, I was never into cross country running, but excelled at sprints, pole vaulting, high jump, etc. I never had to run for more than a few hundred meters. Along with not loving the idea of marathons, I actually don't like sitting in a gym staring at the walls. It is way too boring for me. In the last five years I've started to get back into playing sports again, just like I did when I was in high school. I decided to get back into hockey and volleyball, both of which I have played before, but hockey was something that I did for years. When I told Gordon that I played hockey one day, I was surprised at his reaction, especially considering that he played football for the Glasgow Rangers before. He said "Do you play Ice Hockey?" to which I replied yes I did. Then Gordon said, "Isn't that where they just stand there and beat the shit out of each other?" in a tone as if, all of a sudden, I just told him that I was part of the mafia or something. Then I said yes Gordon, and he once again looked at me as if I was crazy, but he also had a look of respect and some fear in his eyes. Now Gordon is a big boy, and can be very intimidating if he wants to be, and as I mentioned before he used to play professional football, and they are all pretty big anyway, so if he looks at me with respect and fear, then I just wanted to run with that and let him think that I was really a crazy, hockey-playing Canadian moose.

Playing any sport or even working out at the gym is a great way to relieve stress. One of my new athletic enterprises is that I have started to go to a gym that teaches Muay Thai-based MMA. This means that they teach Ju-Jitsu too. In the UFC these are two of the most recognized arts, because they are effective and deadly. I have always wanted to learn one of the arts because when I was younger I loved Steven Segal movies and wanted to take Aikido, but never got to actually take a class. Around the same time they came out with the first UFC, which is also inspiring, but once again I never actually took any classes because I was just too busy. Now I just got to the point of wanting to do something that I have never done before, and decided to go for it, looked online for the best Muay Thai based MMA gym, and up popped UMA. The rest is history. I have been going there for about two years now and I love it! Little did I know it, but Ultimate Martial Arts (UMA) is one of the best gyms for Muay Thai in Toronto, Canada, and even North America. And everyone that I have met there is very cool. I was a bit intimidated when I went there for the first time, but right away I got a good vibe from all of the staff, and other students.

Another thing that I enjoy and it is a great way to relieve stress is to play music. For years I have played guitar, bass guitar and most recently I am trying to learn the harmonica. Playing music, for me, is very therapeutic and is a great way to write down how you are feeling about pretty much anything. I have lots of songs that I wrote for my Mom or about an ex-girlfriend that nobody ever heard, but they helped me through some tough times. Music can really help you through many issues.

I think that continuing to learn new things is essential and keeping your brain active is part of the key to keeping young, both in your mind and heart. Another part of the key is to eat healthy. Together along with a positive mindset... these will defeat Huntington's Disease, Alzheimer's, cancer, and pretty much anything else that you think of, or at least give them a serious run for their money.

I am going to include my recipe for a more traditional type of vanilla crème brûlée, because it involves making caramel that goes on top. This is very similar method to the recipes that Gordon used to make his caramel pannacottas, except he just put the caramel in the bottom of the moulds and took them out, then flipped them over before serving them.

I am a bit of a purist when it comes to crème brûlées, because I like the simple and basic elements in them. There are millions of variations and almost all of them can be made from using this recipe as a base.

RECIPE

Vanilla crēme brûleés with fresh seasonal berries

Yields 6 servings

Ingredients

1 pint	fresh strawberries, blackberries, blueberries, and raspberries, mixed
6 large	egg yolks
6 tbsp	sugar
1	vanilla bean, split lengthwise
6 tbsp	pure vanilla extract
1 1/2 cups	whipping cream
12 tsp	brown sugar

METHOD

1. Preheat oven to 325°F.
2. Whisk yolks and sugar in a bowl to blend. Scrape in seeds from vanilla bean and extract. Gradually whisk in cream. Divide mixture among dishes. Arrange dishes in baking pan. Pour enough hot water into pan to come a quarter of the way up sides of dishes.
3. Bake brûlées until set in center, about 30 - 40 minutes. Remove from the oven and cool custards in water for 30 minutes. Remove from water; chill until set, about 2 hours.
4. Preheat broiler. Sieve 2 teaspoons brown sugar onto each custard. Place on baking sheet. Broil until sugar just starts to caramelize, rotating sheet for even browning. When caramel turns dark brown, remove from heat. Let cool for a couple of minutes, then garnish with berries and serve.

CHAPTER 7

EVERYONE THINKS YOU'RE AN ARSEHOLE TO WORK FOR...

Gordon gets along with his staff very well and generally has a great relationship with them, partially because he does say things very straight and honestly to his staff. He is, as I mentioned before, also a very hard worker, who might border on being a workaholic. He lives on five hours of sleep each night. When I was working on the night shift at Restaurant Gordon Ramsay he would come into the restaurant most nights after all of his other restaurants were closed, and after most of his staff have long gone to bed, and do paperwork in the restaurant for several hours. To me this demonstrates a very strong work ethic, even though I don't necessarily agree with working that hard.

EVERYONE THINKS YOU'RE AN ARSEHOLE TO WORK FOR...

A job that might be hard work for one person might be easy for someone else. Something that I might find difficult to do, like only getting five hours of sleep and then working for eighteen hours, obviously wasn't as hard for Gordon. It shows that Gordon is willing to work as hard as or harder than his staff. He holds himself to the same standards that he holds his staff. Gordon has been quoted as saying, "Everyone thinks you're an arsehole to work for because you get straight to the point. I've the most amazing relationship with my guys, and yeah, if things go wrong, they have to take it. But I expect just as much from myself as I do from them." Sometimes he might seem like he is being an arsehole, and sometimes he is, but he is like that for a reason. He feels that that is the best way for him to get his message across to not just one person but all of the staff in the kitchen. He is being raw and not pulling any punches, while also being honest and telling you what his problem is. That is what he wants from his staff. That is why he really detests liars, big or small, because as I have mentioned before, it's not the fact that you steal milk, or pull pranks, but that you lied. What you take is not the issue. If you are a liar, you are a liar and it really doesn't matter what you are lying about. In Gordon's view you might as well get fired then and there because you are of no use to him. If you are honest, then he can trust you, and if he can trust you then the sky is the limit, because this is the attitude that he is looking for. This is what Mark was talking about too, the attitude factor. If you have a good attitude, which includes being honest, then they can teach you just about anything.

Gordon and I got along famously, and we both got along very well with all of the staff too. This is very important in the restaurant environment, because if people really like you they will support you and you will be able to build a better team. And as I have already said Gordon is all about teamwork. If you can't work together, help, and support each other, "you might as well fuck off home." Gordon sets a great leadership example because, as I have mentioned earlier, he never would expect you to do anything that he wouldn't, or can't, or hasn't, done himself. And if we are all like that, then the whole kitchen will run smoother and better and the quality of food will be higher. But if there is someone whom nobody in the kitchen likes, then the teamwork goes down because someone is probably going to try to stitch him up. As I said before, stitching someone up is bad and Gordon hates it, because he knows that it will slow down the efficiency of the team, especially when it is most important, during service.

The story about the crème brûlée before is a good example of how Mark was able to help me out and save my bacon as a friend and teammate. Considering that I called him at 4 in the morning, in the middle of the night, and woke him up, he never asked me why or gave me a hard time when he answered the phone. He just told me what I needed to do to solve the problem and stayed on the phone until everything was all clear. He never even said anything about it the next day, which surprised me. I am sure that he would have had to tell Gordon though. He did give me a bit of ribbing the next day, because everything was okay in the end, but he knew just how much to say, because he is a good leader and knows what to say and when to say it, and that is partially why we all respect him and have a good relationship with him.

Gordon also expects just as much from his staff as he does from himself, and as part of his team we also wanted that for ourselves, to be able to have the work ethic and talent that Gordon did. When I was working at Restaurant Gordon Ramsay, Gordon was working eighteen hours a day, and we were all working eighteen hours a day on average, which worked out to about ninety hours a week. Everyone on the team looked skinny and emaciated, because, also like Gordon we didn't have time to eat, because we were all working too much, and eating too little. We would have crostini breads with cheese in the morning for brunch. Then we would get a full dinner at 5pm before dinner service, and that's all we got to eat all day. Add to that the fact that we all got tired, hot, sweaty, and lost a lot of weight because we didn't have time to eat much. Gordon was our leader, and we followed his example while working, and worked the way that he worked. Every time I came home (Toronto), my friend Marty used to tell me that I looked like a Holocaust victim, because I looked as if I had been slaving away at work, which I had been, and riding my bike, which was good exercise, but also made me lose lots of my butterball baby fat.

Another one of my chef friends, Lisa, who is now the head chef for Restaurant Gordon Ramsay, was working for Gordon when I was there and saw an older picture of Gordon and myself, which was taken just after I started working for him, and said that in the picture I looked like fat-Chadd. After that, she would call me that every once in a while. This just goes to show that when I was working for Gordon, I was part of his team and also wanted to please him, and let him see that I can show teamwork, so I literally worked my butt off for him. We all did.

When you are part of Gordon's team in this kitchen environment, and are working under these conditions, and under pressure, sometimes you become like an animal. Something that usually wouldn't bother you becomes very important, or as Gordon would say, it would become "a fucking nightmare!" Not everyone can work like that, and believe me when I say that I really didn't think that I could either. I really thought that I didn't need to work this hard. I really thought that I didn't want to work this hard, but I did. Sometimes you have to have faith that you can do things that you never thought you could do, like working for Gordon Ramsay for four years. Sometimes you have to have faith that even if you are going down to a new place, it might be the best place for you to be. Sometimes you have to take the leap of faith and get on the plane to London, even when everyone else says to stay right where you are. Sometimes you have to have faith and get out of your comfort zone in order to find your comfort zone. Sometimes you have to be a brave warrior and put on your armor and fight, so that you can get to where you want to be, and where you need to be. Once you are there, stand firm against your kitchen nightmare. Even though we might not want to work sometimes, we all have to work for most of our lives. Because after you find out how hard you can work when you need to, then the next job becomes easier, and you can work harder, get along with the staff, and be able to show that you are a team player.

This is a great story to show how every chef who went to work at Restaurant Gordon Ramsay was so committed to Gordon and his team, and willing to sacrifice themselves, and work just as hard as Gordon so that we could be recognised by him as good chefs and good people. I didn't realize that everyone I had been working with was already skinnified until I went to work up at Amaryllis in Glasgow. I had worked with David Dempsey for about a year before he went up to open the restaurant with Gordon. It was about a year after that before I went up too, but when I saw him, I had to actually think about who it was that I was talking to, because he looked very healthy. I definitely did not expect him to look that way, and it was extremely hard for me to understand because I had never seen him look so healthy. I didn't understand at the time that he had been away from Restaurant Gordon Ramsay long enough for him to start to look normal again, and that I really didn't know what normal looked like for David. I assumed that he had always looked like that, and it took me a long time until I realized why he looked different, and even longer to understand why I didn't look healthy. I was stressed out, exhausted, working too much, not eating enough, not laughing enough, and not sleeping enough, so I started to become a product of my environment and slowly started to look like a Holocaust victim. The important thing to remember is that I survived, and eventually I began to thrive, when I didn't think that I could.

Most of this is just the fact that I worked extremely hard, and if I failed, which happened a lot, I just kept working at it until I mastered the thing which once mastered me. I love the quote "If at first you don't succeed, try, try again." Most people who have achieved a level of success have had many, many failures before they finally broke through their own barrier. When you work for Gordon or any high level kitchen, everyone makes mistakes and everyone fails, but the ones who succeed aren't the ones who quit on the first day, but the ones who decide to stick it out, the ones who decide that it is worth going through hell so that you can get to heaven. That is why I think Hell's Kitchen is a perfect name for Gordon's TV show, because it really mirrors real life, except for the fact that the show is happening over a few weeks, rather than twenty years of cooking and making mistakes in order to hone your skills.

Getting along with your coworkers is a big part of being successful, but as I mentioned before, everyone is different, and I don't like to run my kitchen exactly the same way that Gordon does. We both do things that are similar; we both lead with hard work, energy, and enthusiasm. What is different is the way that I talk to people when they make a mistake, because I believe there are other effective ways of leading and correcting staff, besides telling them that their risotto tastes like crap (even if it does). For example, I would rather be more specific and say that it needs more salt or more pepper. I think that saying it is crap is vague and would leave that person not knowing what's actually wrong with it, or what to do about it. To me, the more you explain to someone about what they actually did wrong, the more it will help them. And if they understand how to fix the problem, they might actually be able to fix it themselves, rather than their risotto getting thrown in the garbage every time. The faster you can teach someone to do something properly, the easier it is for you anyway, because you are saving yourself money by only throwing one beef tenderloin in the garbage rather that ten. The more you explain to people, the more they will be able to lead and be more of a team player in the kitchen.

You are also saving yourself stress, because the person that you teach should grasp the concept faster, and this means that you will be spending less time in the kitchen waiting for them to screw up again, like a time-bomb. One rule that I have been taught about teaching is that there are no bad students, only bad teachers. So if the student doesn't know how long to cook a steak until it gets to medium, then it is my fault because I didn't teach him properly and I have to go back to figure out a better way to do so. I know that I am a visual learner, so if I see someone showing me how to julienne a pepper then it is easier for me to do the same thing rather than just telling me. Especially if it is something complicated such as writing a list for myself, because as I mentioned earlier, I find that making notes a better way for me to remember and learn things.

I want people to wake up and want to come to work because they learn a lot from me, and because they have fun. I want them to be happy about working with me, or for me, because when you are working eighteen hours a day with the same people in the same kitchen, it is very easy for people to get blasé or bored and not want to be there anymore. This is part of the reason why the turnover rate for chefs is so high, another reason being that in general chefs work way too hard, and often try to be too serious all the time. If you don't blow off steam before and after work you might just blow your lid during Saturday night's dinner service and then walk out; I have seen this happen many times. To me, someone who walks out in the middle of service is a coward. I have worked in kitchens that I have hated being in, but I have never just walked out on my coworkers during service, or even just not shown up the next day. I have always had the respect for my employers, even if I didn't like working with them, to give them two weeks' notice or whatever they require before I leave. It is not my style to leave hardworking people high and dry, because I would hate it if people just walked out on me.

I have always had the bollocks, testicular fortitude, and strength to man up and tell people if I am not happy, and that's just as important in work as doing your job. That's why when I was explaining to Mark Askew why I was leaving Restaurant Gordon Ramsay, he was able to address the issues and offer me something else that I would enjoy better than working at Amaryllis. If I had just run out of there, tail between my legs and without saying anything, they never would have offered me something else. I don't understand that mentality, how people can just walk out on jobs, and on their colleagues. I have worked through cuts and bruises, burns and aches, insults and threats, but at the end, regardless of what I might have wanted to do to people, I have always left with my integrity. This is something that nobody can take from me, because after I have left, even if they think I am a donkey, at least they can say I had integrity and didn't just run out on them.

Sometimes people get to a high ranking position, not necessarily because they have great skills, but because they have just been there forever. Rather than leaving after a year or two like most people, they have stayed where they are and eventually been promoted. Sometimes they even learned to get better at their position because they have had a long time to practice and hone their skills. This is not how I would want to grow, but sometimes it is the best option because everyone has to learn somehow and some people are faster learners than others, so this would probably be an ideal way for someone to learn if they need a longer time.
After my time at Amaryllis, I was offered a job at One Devonshire Gardens. This was the hotel where Amaryllis was located. They were trying to get a new restaurant to replace Amaryllis. I first found out about this through my friend Lisa, who had worked with me at Amaryllis as a receptionist and now had the same job at One Devonshire. She told me that they needed a chef and they knew that I had worked for Gordon before, and that I had a good reputation for being a hardworking

chef with lots of potential. So she arranged for us to meet and discuss the potential opportunities, and we were on the same page. We both knew that there could not be another stuffy Amaryllis type of restaurant. The food had to be very good, but casual. The same with the dining room; everything could, and should, be overhauled and made into something more relaxed, casual, fun, to fit in with the people of Glasgow. Glasgow is a working class town and the people here wanted something that was excellent but that you didn't feel like you needed to wear a suit for. They needed something that wasn't super expensive.

I felt that I could have brought something that the Great Gordon Ramsay didn't, because I had worked and lived there for over a year. I could have brought something that they really hadn't thought about yet. Gordon once told me that getting three Michelin stars is not everything, and given time to think about that, I have to agree. I could have brought something from my own personality. I could have brought some of the Canadian with me too, and that is by being more relaxed and having fun, without sacrificing quality of the food. This is the reason why Gordon has begun opening up gastro pubs and more casual, less expensive restaurants. He started to realize that three stars really wasn't everything, and that the food scene was right on the brink of a major shift. The shift is that people want excellent food, but they don't want to have to pay a fortune for that meal. They also don't like the fact that they have to wear the suit they have been wearing at work every day to get a good meal. People still like the idea of getting dressed up and going out for a special occasion, but that is a bit different. This is only exacerbated by the recent economic strife that we have been going through. These are all reasons as to why catering and personal chefs have taken off so much lately. And that is also why I decided to get into being a caterer and personal chef, because what could be more casual and relaxing than having three star level food made right in your own home kitchen by a chef who doesn't care what you wear, and who also cleans everything up before he leaves, and getting to sit on the couch and watch TV in your sweats?

The job at One Devonshire went to a local restaurateur in Glasgow. I think it was partially because they already had a very popular, fun, and trendy restaurant in Glasgow, and partially because they were a bit scared that I might go back home and leave them high and dry with no chef or restaurant. If I did get that job I can only imagine how different my life would have been. I probably would not have come back home because, as I look back, this is where I would have started to build my career in the UK and my life would have been built around my career. I am sure that I would have eventually met a wee Scottish lassie, and decided to stay and build my new life. I had several jobs in Scotland after my opportunity at One Devonsire, but nothing really showed as much promise to me, and so I started to look towards coming home. Coming home was always in the back of my mind. I guess that I always thought I would end up here at some point, even though I had no idea when or how. Once again, I can't really point to one specific reason for coming home, just like I can't really point to one specific reason why I left in the first place. I just knew. I decided to take that blind leap of faith and come back home knowing that somehow things would work out for me when I got here.

Somehow I would be pointed down the right path. Somehow I would see the decision when it is already made for me. When I actually got home, my immediate path led me back to lots of friends that I had not seen in years, to having time to relax and detox again, and to start rebuilding my life. For most of my life, even when I was at home, most of my friends and family complained that they never got to see me because I was working all of the time. Eventually I realized that even though my career was almost built, I needed to slow down and reconnect with my incredible friends who were waiting for my return like a shepherd waiting for his sheep to come home. I had become the prodigal son whom no one has heard much from in years and all of a sudden returns to everyone's surprise.

When I started to get back in touch with people, doors were opened for me. I did some consulting for restaurants for about a year. But then something happened that I never thought would happen to me. As I mentioned earlier at twenty-eight, I hit my mid-life crisis, at least in terms of my career. I had been working in restaurant kitchens for almost twenty years, and didn't really want to work like a dog any more. I wanted a life that would allow me to enjoy my neglected social life. Having weekends off would be ideal, but working in a hotel or for an industrial or corporate caterer would put me to sleep. Then my fiancée was browsing online, when she found something for me, the Canadian Personal Chef Alliance. I decided to check it out and eventually decided that I would become a member, and it turned into a great launching board for many young personal chefs and caterers. I decided to focus more on the catering side of the Alliance because the personal chef part and preparing meals for people for one week at a time seemed to be a bit boring for me but I had worked for several caterers before and knew that I would enjoy that better. Before I got into this fully, I decided to find some of the biggest and best caterers that I could and go to work for them. I worked full time for over a year in some of the production kitchens and what we call on-site catering, all the time taking notes to help me improve my own business. I like catering because it makes me think differently than when I was in the kitchen. I have to think about the best way to set up my moveable feast kitchen, the best way to cook the food to get restaurant quality, and the best way for clean up and get out of there too.

While I was working with the bigger caterers, they all had something in common, and that is the fact that, because they all had big kitchens with lots of staff, they would strategically start to cook all of the meat and things that would take a long time at least three days before the event. They would then be refrigerated until the day of the event, then they would warm it up, put it in a hot box and ship it out to the event where it would sit for at least another four to five hours, making the meat and everything else very dry, tasteless and rubbery. So my chef friends and I would call them the rubber chicken circuit. What I do differently is that I cook everything from scratch in the home kitchen as well as trying to get everything as fresh, healthy, organic, and local as possible. Because of this, coupled with my experience working with Gordon, my results are far superior to any other caterer that I know about.

So now I get to have my cake and eat it too. Because all of those years slaving away in kitchens has given me enough experience to make my own choices, instead of having them made for me. So my decision was to start my own catering business. Part of my issue working for other people is that usually the head chefs and owners hire me to help them, but don't want to listen when I tell them what is wrong. Another part of my problem is that I usually end up being a much harder worker than other chefs, and this has always been a frustration for me for a very long time. All of these factors pointed to one alternative, and that was that I needed to be my own boss, and now I know what I want to be my own boss of too.

I love Oban. It is a beautiful and sleepy little sea side village on the northwest side of Scotland, about two hours' drive from Glasgow, where I was living and working at the time. I had been there several times and have always loved it. My father had come to visit me, so we decided to travel around Scotland. We decided to take a day trip up to Oban. My friend and co-worker Jean-Luc came with us, so that we could drive up on our own without renting a car, and so he could get away for the day too. So when I thinking of going home we went out to the pier for a last view, but then we saw stalls selling fresh seafood. What really impressed me was that they had tonnes of beautiful, fresh shellfish, lobsters, and crabs. So Jean–Luc and I decide to take some of the lobster, and crab, that had just come out of the ocean, back to Jean-Luc's flat in Glasgow and cook up a seafood feast for all of us, and his girlfriend. We made crab cakes that were unbelievable, and here is the recipe.

RECIPE

Scottish crab cakes with honey Dijon mayonnaise

Yields 10 servings

Ingredients - Honey Dijon Mayonnaise

1/2 cup	mayonnaise	1 tbsp	honey mustard
4 tbsp	fresh lemon juice	1 tbsp	green onion, chopped
1 tbsp	fresh dill, chopped	4 tbsp	Dijon mustard
1 tbsp	pommery mustard	Salt and pepper, to taste	

Ingredients - Crab cakes

4 tbsp	mayonnaise	2 tbsp	Dijon mustard
2 tbsp	garlic puree	1 lb	Scottish crabmeat or Dungeness crabmeat
2 tbsp	hickory smoked liquor	3 cups	panko (Japanese breadcrumbs)
4 tbsp	chipotle tabasco	1/2lb	Yukon gold potatoes, peeled
4 tbsp	green onions, chopped	3lb coconut oil	
2 large	eggs	Salt and pepper to taste	
2 tbsp	fresh lemon juice		
2 tbsp	fresh dill		

METHOD

HONEY DIJON MAYO

1. In a medium-sized bowl, add all ingredients together and mix well. Season with salt and pepper.

CRAB CAKES

1. Bring a medium pot to boil with salted water. Add the potatoes and boil until cooked, or for about 10 -15 min. Remove from heat and let cool for about 5 minutes, then mash with a potato masher.
2. Gently mash everything else except 2 cups of panko together. Let stand for 10 minutes.
3. Line baking sheet with waxed paper. Place remaining panko on rimmed baking sheet, spreading slightly. Form crab mixture into 10 2-inch-diameter patties, using about a cup of mixture for each. Press both sides of patties into panko. Transfer patties to waxed-paper-lined baking sheet.

4. Heat up coconut oil in a deep fryer to 350 F. Add crab cakes to fryer and cook until golden on all sides, adding more butter and oil as needed, about 5 minutes total.
5. To serve, place the crab cakes on as plate. Add a tablespoon full of honey Dijon mayo on the side, and garnish with fresh dill or chives.

CHAPTER 8

THERE'S JUST AS MUCH TO BE LEARNED FROM A BAD EXPERIENCE AS THERE IS FROM A GOOD ONE...

I talked about this earlier, but I would say that Gordon having to close Amaryllis was probably one of his biggest and most public mistakes. He later said about what he learned from that mistake, "Employ somebody to do it for you. Play on your strengths, and improve your weaknesses." Gordon didn't just sit down and let the failure consume him and his business, but decided to stop and take stock of what was working and what wasn't. Gordon also admits his mistakes, and teaches us so that we might learn from them too. At least, this is what I picked up from my hundreds of conversations with him. And more recently, I read that he closed another restaurant, around the same time as Amaryllis, and there was a rumour of him closing more in the last few years. I would think that this really made Gordon, Mark, and Chris analyze what the whole corporate structure was going to be. They had to sit down and look at the negatives, and how it would have to change to reflect the demographic of where the new restaurant(s) were going to be. Was it going to be a gastro-pub, or was it going to be fine dining? What could the people afford? What did they want? What didn't they already have in the neighbourhood? As I also said previously he talks about this in Kitchen Nightmares. He does a lot of research before he goes on to the show, or else when he is there, just by walking around and seeing what the competition is like. He also finds out what is successful in the neighbourhood and what is not. I don't think that he did this before he opened Amaryllis and the other restaurants he ended up having to close. Afterwards, they had to think about why this happened, and how they could stop this from happening again. How could they still be successful in different areas with lower incomes? This is when I am sure that they thought of different types of restaurants, pubs, etc., because now they have several different gastro-pubs and less expensive fine dining restaurants in his company, rather than just three star restaurants. Also on Kitchen Nightmares, I have seen him telling people to learn from his mistakes, saying "We come back and talk about it, and we look at the negatives.", almost like a parent would to help their child, because he genuinely wants other people to learn from his successes and failures, and you can learn much more from failures because he can now say this is what not to do. He did it and he failed, so if you don't do these things too, then you have a much better chance of succeeding.

Gordon has made hundreds of mistakes throughout his life and career. Everyone has hundreds, if not thousands, of stories about failure, but fewer about success. We all have to go through Hell's Kitchen at some point in order to get to the level of success we see in Gordon and others. We all have to get raviolis thrown at us. We all have to burn some scallops. We all have to make lots of bad risottos. Eventually, after a lot of hard work, sweat, tears, and trying to get better, we can get to the next level where we don't make as many mistakes. This is probably why most older people have lots of wisdom, because of the amount of time they have had to make mistakes and having lived long enough that they have obviously learned a lot.

Life is full of failures and even Gordon has made many mistakes that I have seen with my own eyes. Most that I can remember are small, but some of the biggest ones I have already touched upon, like his closure of Amaryllis and several other restaurants. Gordon touches upon these in Kitchen Nightmares a lot and I think that this series was partially motivated by Gordon genuinely wanting to help other restaurateurs be successful through his own failures and successes. But then, life would be boring if we were born perfect. We wouldn't have to learn anything and our babies would come out without needing parents to keep them from danger. There would be no young couples breaking up or breaking hearts, because they would just get married right away. There would be no growing or learning. There would be no ravioli thrown in your face. If we were perfect, then we wouldn't know what learning or failure or mistakes are. But there are things that would be awesome if we didn't need to learn anything. There would also be no bad people, and therefore no criminals, no cults, no Charles Mansons, no terrorists, no murderers, nor cops needed to catch them. This way we get to figure things out for ourselves or by being guided by our parents, a teacher, a mentor, a friend, or sometimes by a pastor or priest. We get to learn and grow until we become old and wise, hopefully avoiding any urge to hurt others along the way.

I have made even more epic failures right in front of Gordon's face, some of which I tried to hide, others there was no hope of hiding because he was literally watching me be a donkey, or a moose depending on the mood he was in. Gordon hates being lied to and almost all of us learned that the hard way. Everyone, at some point, brought something to the pass that they knew was not up to par, just to see if we could get away with it. This usually happened when we were extremely busy, miles behind on the orders that we had to do, and in dire need of help. Every kitchen that I have ever worked in called this by the same name, so I guess it could be called jargon, but we would call it "being in the shit". The French term "dans la merde" sounds much better and more civilized than the English version. Because there are so many different nationalities and ethnicities in kitchens there are also many different ways of saying this, but it has the same meaning no matter where they were from. And we all knew what it meant, because we have all been there before.

You quickly find out that Gordon only accepts perfection, and you get more behind when he calls you out for bringing him anything that he doesn't think is good enough to go out on the plate. Then you have to go back and re-cook what you screwed up in the first place and that puts you even more behind, especially if it is a well done steak or something that takes a long time to cook. Eventually I learned that it is better not to serve something to him when you know that he won't accept it. Instead, it is better to man up and tell him the truth. Gordon respects honesty, so if you tell him that you made a mistake, he will yell at you, but not as much as if you lie to him and screw up the order, which becomes a nightmare for whoever does this. If you are dans la merde, Gordon would much rather send over another chef to help you out so that orders come out quickly and cooked properly than have you screw up lots of steaks, because every time something is thrown in the garbage, that means money is going in there too. Everyone had good days and bad days, but after a while if you are still screwing up he will kick you out of the kitchen because it is way too expensive to keep you in. Believe me when I say that this is beyond humiliating.

Before working for Gordon, I had never had anything like this happen to me. I don't remember exactly what I did wrong, but it was probably a ravioli that I screwed up again, because that was my nemesis at the time. Gordon told me to "Go cool off! Fuck off out of my kitchen!!" So, I went down to the fridge, because I didn't know where else I could go to cool off, literally. I was downstairs in the fridge, trying not to cry, and wondering if I had just been fired or not. Thankfully, when I went upstairs I was able to talk to other chefs who were prepping food and they were able to talk to me and calm my nerves. In fact I had not been fired, and they talked to me and told some stories of how Gordon had made some of the toughest chefs cry. Ade had been working for Gordon for several years, and I thought that he was one of the toughest chefs there, and he was, but Gordon actually made him cry, which I couldn't believe. Now over the time I was working for Gordon I think he made just about every chef cry. Most people were able to hide it from us, but he got to all of us eventually. Making mistakes is okay and crying is okay, but what is important is what you do after that, your ability to pick up where you were dropped and keep going, to persevere, that will really define you. Not worrying about what tomorrow will bring will help you get over the fear of "what will they think of me now" and help you go back to work after your not-so-successful day, week, month, or year.

We are all human, so no matter what, we cannot ever hope to be perfect, and thankfully Gordon never had unrealistic nor unfair expectations of us. He knows what his standards are and what he can and can't do in the kitchen and never asks someone to do something that he has not done himself. He has high expectations, but not unrealistic ones, and as I mentioned before he is fair and will not really expect you to do something that you are not capable of doing. There are so many things that I screwed up in my time working for Gordon, let alone in my life, that they are as numerous as the stars in the night sky, and failure is something that happens to all of us, no matter who, what, when, or why. Failures are a part of life; we can't avoid them, so we might as well embrace them, not be afraid of them, but instead grow from them.

In the UK they write the dates differently than we do. For example we write the date like this: 12 / 23 / 2011, while they write the same date as: 23 / 12 / 2011. But of course, I didn't know that. Gordon used to use a vacuum packing machine so that we could keep certain foods, usually sauces or vegetable purees, refrigerated longer without spoiling as quickly. One night, when we were cleaning up for the night, he found one of these purees in the fridge and brought it up to me, because he thought that it was over a month old. I was confused, but fortunately my co-worker Richard, who had previously worked in Wisconsin, came to my rescue. He told Mark that we write the date differently and we swap the month around for the day. Eventually I am sure that Mark told Gordon, and there are so many of these little mistakes that I made, and these all helped to give Gordon ammunition when he used to call me gormless, because when you do a lot of stupid little mistakes, after a while he starts to think that you are actually lacking brainpower rather than just being a confused Canadian trying to understand what all of these people from the UK are talking about.

After making so many mistakes, I started to realize that all of these things that I have mentioned earlier were also giving me ammunition for not making mistakes. After being called gormless hundreds of times, being called a donkey over a thousand, and being called a Canadian moose, well okay, once, I started to figure out what I needed to do to fix my situation. I had to get organized, and would usually write my *mise en place* (prep) list the night before so that I had a better idea of what I needed to do when I came in the next morning. I bought myself several timers so that when Gordon asked me how long for the risotto, I could just look at the timer that was designated just for risotto, and say exactly two minutes and twenty seven seconds rather than guessing some random number without confidence. Gordon and Mark have always liked me because they know I have always been a hard worker, and I repeated things I had gotten wrong and tried to get them perfect, and then once I figured out how to do it perfectly then it was smooth sailing from then on. Then I would try to improve on the way I had been told or taught or what the recipe said so that I could make it better than the original. Maybe this risotto needs some truffles? Maybe Champagne would be nice in this sorbet. Maybe this salad needs something crunchy like walnuts. Once I got to understand how flavours and textures work together, I tried to go above and beyond the call of duty and what people are expecting of me, to try to perfect my skills even further, and in the process help whomever I was working for become more successful.

If you fail enough times, eventually you will succeed. When you do succeed, you will be able to look back to your roots and see where you came from. It is very rewarding to be able to reflect back on something that has been the bane of your existence, or your Achilles heel, and be able to say that you finally figured this out, especially when you have struggled at it more than normal, and had to fight through the pain and struggle to finally come out the other side. I definitely feel like this in general about my time with Gordon and other chefs in the UK. Every time someone asks me what it was like or what he is like, I feel like I have accomplished a lot. I have jumped that hurdle in my life and am able to look back and tell people with confidence and even happiness what he is like and what it was like to work for him. After I tell them, people respect me for what I have gone through and usually say that they never could have done something like that. Believe me, every day when I was there, especially when I was on night shift and would watch everyone get yelled at when I came to work or when I was leaving, I said the exact same thing to myself. Can I do it? Are there no Canadians or Americans here for a reason? What will I do when Gordon or Mark get right in my face, will I cry, will I want to knock him out, or will I run away and not show up the next day? I surprised myself though. I was blessed with the strength and integrity and was able to stand firm in the face of troubles and trials.

Eventually the Canadian Moose became the Canadian Rock, because people knew that I was strong. At least I was strong mentally, if not always physically. And I was mentally strong partially because I have made so many mistakes. This is because strength is partially built upon experience and mistakes. The more mistakes you make, the more experience and strength you get, and because of these things I was able to be a harbour in the tempest. Eventually, no matter what Gordon, or Mark, or anyone said, at some point I stopped being gormless and started being strong and unflappable, at least in the kitchen. I had made so many mistakes myself that now it was easier to spot other peoples' mistakes, and know what to do to fix them, just because of the sheer number of mistakes I had made. Now I can tell you what to do if your risotto is too dry or too wet, because I have done that exact mistake myself at least fifty times, and have had to try to figure out what is wrong at least fifty times, so it is much easier for me to catch these mistakes when other people make them.

If at first you don't succeed, try, try again. This is a great quote and very relevant to this chapter, because chances are you won't succeed in your first try in most areas of life. The key is to stay strong, get back up, and to dust yourself off and keep working hard until you get to where you want to be. Don't take failure and defeat as an option. Now this doesn't mean to keep going and keep your eyes closed if you are actually wrong about something. Being bullheaded over something is never a good thing. If you try to keep an open mind and are able to realize if the project or restaurant is doomed, this is obviously a good thing. But if you know that you are heading down the right path, then it is a good thing if you don't take failure and defeat as an option.

Overcoming failure is essential in life as well as in the kitchen. Gordon has recovered and learned from his mistakes, and so have I. We have both had to work very hard to overcome the bigger challenges that we have had to face in our lives. We have also had our times of doubts and fears, but kept our eyes focused on the goal and found the strength to overcome adversity and strife, so that we could get to the other side. The other side is where you don't make as many mistakes anymore, and can start to rebuild, and eventually relax a bit and enjoy the benefit of your pain and labour.

Here is my recipe for the risotto that I make now. After learning the basics from Gordon, I have honed this recipe down over the years making this a favourite of many of my clients. Even the ones who don't like risotto are converted, and I think the secret is that there are lots of mushrooms and dried mushrooms making the rice less of the star of the dinner. And yes, I still use my timer. I usually put it on for 5 minute increments until the risotto is done.

THERE'S JUST AS MUCH TO BE LEARNED FROM A BAD EXPERIENCE AS THERE IS FROM A GOOD ONE...

RECIPE

Wild mushroom risotto

Yields 6 servings

Ingredients

2 tbsp	dried porcini, crushed to very coarse powder
3 cups	whipping cream
4-5 cups	chicken broth
4 tbsp	olive oil
1/4	stick unsalted butter
1	small onion, diced
3 tbsp	roasted garlic cloves, pureed
1lb	fresh porcini mushrooms, trimmed and chopped
1/4lb	fresh button mushrooms
1lb	Arborio rice
2 tbsp	smoke liquor
4 tbsp	chipotle tabasco
6 tbsp	Parmigiano-Reggiano, grated
1/4 cup	fresh basil, chopped

Salt and pepper, to taste

METHOD

1. Heat oil in a large pot over moderately high heat and sauté onions until caramelized.
2. Add garlic and fresh mushrooms and sauté until mushrooms are browned and any liquid they give off has evaporated. Then add dried mushrooms and rice and cook, stirring frequently, until the rice starts to turn golden brown.
3. Add enough chicken stock to cover the rice by about an inch. Then add smoke liquor, tabasco, and some salt and pepper. Stir frequently throughout cooking. Turn heat down to a simmer, until the stock is absorbed. Add enough stock to cover the rice again by an inch, and return to simmer. Add butter, cream, and 3tbsp of Parmigiano-Reggiano, and let the cream reduce until rice is tender and creamy looking, but still al dente. Thin with some of remaining broth if needed. Remove from heat. Stir in cheese, salt, pepper, to taste.
4. To serve, stir some of the basil into risotto and place in a bowl, drizzle in the olive oil and balsamic vinegar. Then place the remaining basil on top and serve. Also garnish with Parmigiano-Reggiano, if desired.

CHAPTER 9

FROM AN EARLY AGE I UNDERSTOOD THAT COOKING WAS NEVER GOING TO BE A JOB, IT'S A PASSION

Gordon knows that it is paramount for a chef to have passion when they are working in the kitchen. If you don't have passion then you might burn out, fade away, have to close your business, or even worse in Gordon's eyes, become a celebrity chef like Ainsley Harriott, Anthony Worrall Thompson, and others who he feels have no passion for cooking. "From an early age I understood that cooking was never going to be a job, it`s a passion. Poor old Antony Worrall Thompson, poor old Delia Smith, I don`t think the penny`s dropped yet!" In other words, Gordon is saying that these celebrity chefs are on TV pretending, or convincing themselves, that they have passion for cooking. They are mostly older than he is, and have been cooking for a long time without realizing that they don't have this passion, and he actually feels sorry for them, because they haven't figured that out yet after so long.

Gordon really doesn't like celebrity chefs. Delia Smith and Antony Worrall Thompson are just two of the handful in England that he doesn't like. He has been having public feuds with them for years. One time, Gordon told me to "piss off and go work on Ready Steady Cook." He used to say this to many of the kitchen brigade. When he said that to me, I had mixed feelings between being upset, and laughing because I automatically pictured Ainsley Harriott running around on the show being a donkey. I knew that this one of the times when Gordon was slightly joking, but if I laughed Gordon would unleash his wrath on me, so I did everything I could not to laugh, and turned away instead. Ready Steady cook was a game show hosted by Ainsley Harriott, who Gordon said was a funny guy, but not a real chef. Over the years it seems like Gordon had the biggest feud with

FROM AN EARLY AGE I UNDERSTOOD THAT COOKING WAS NEVER GOING TO BE A JOB, IT'S A PASSION

Ainsley Harriott, because he seems to be the only one firing back at him, whereas Antony Worrall Thompson and Delia Smith don't seem to be saying too much in response. Gordon refused to go on the show because he had a lot of issues with the BBC's food programs, and the "celebrity" chefs that are on them. He has no respect for them as real chefs. In the above quote it is obvious that he feels that they don't have any passion, they haven't taken that leap of faith to do something that they love, whereas Gordon and many others have, including myself.

Gordon is extremely passionate about cooking. I think that is why he expects perfection in himself and others. I think that is also the reason that he has three stars, and also the reason that he yells at his chefs with such intensity sometimes. Because he is passionate and has high standards and feels that these other chefs don't care, don't have passion, and are only on TV and in cooking for the money. Another reason he goes after them is that he doesn't think that they are very talented, and that they are on TV giving chefs a bad name. Here is an excerpt from an article, taken from The Independent (By Martin Hickman, Consumer

Affairs Correspondent) on Anthony Bordain's take on them:

The New York-born Anthony Bourdain's verdict on Britain's celebrity chefs in his latest literary outing almost matches the acidity of his best-selling exposé of New York's restaurants, Kitchen Confidential.

> In The Nasty Bits, a collection of his recent journalism, the heroin addict-turned-culinary adventurer tackles everything from an Innuit slashing of a seal corpse to a London pint of stout to "smug" Woody Harrelson's devotion to raw food. But his writing is most newsworthy to a British readership in his humorous sprint around the television cooks who have hypnotised viewers on this side of the Atlantic. Lawson, he states, is a celebrity but not a chef - which is "fine" because she is interested in the good "fun" stuff like pork fat. Lawson and Stein - the fish cook whom Bourdain describes as likeable and a "serial pyromaniac" - are likened to televisual parents to the millions of adults who live alone in flats. The big family meals seen in films look "strangely appetising", he says, and a nesting impulse takes over.

...

FROM AN EARLY AGE I UNDERSTOOD THAT COOKING WAS NEVER GOING TO BE A JOB, IT'S A PASSION

Gordon Ramsay vs Everyone

> On Ainsley Harriott: "Ainsley's not a chef, he's a fucking comedian." On Nick Nairn: "I ate in Nick's restaurant and the only fucking memorable thing were the carpets. . ." On Sir Terence Conran: "I would rather have food at my four-year-old daughter's prep school than at Quaglino's". Sir Terence replied: "I can eat food as good as his from the Heinz baby range."

From this article it is very obvious that Anthony Bourdain feels the same way as Gordon does, if maybe a bit less passionate about the issue.

Here is another article taken from Unreality Primetime (primetime.unrealitytv.co.uk - written by Lisa McGarry) with a retort from Ainsley:

> Celebrity chef Ainsley Harriott has blasted Gordon Ramsay for his bad language and fiery temperament. Harriot told The Sun: "You have to bring his temperament into question. "I don't bring up children like that. I have spoken in schools and I don't think we should teach children about that sort of angry side, that dismissive side of things. It sends out the wrong message to children." He also hit out at BBC's Apprentice for making

> people feel like failures. He added: "I don't like the way people get sacked." "You always need to lift kids up, lift up the adolescent instead of creating monsters. People just want to sack people all the time."

Now I have to agree with Ainsley on one small point, and that is that swearing at people is not my style. Believe me, thanks in part to Gordon I am still no push-over in the kitchen and I do yell if necessary, but that sort of language is Gordon's style, not mine. As I mentioned in a previous chapter, Gordon is tough but fair, and he got along with all of us really well. He made me want to cry many times, but he never would have wasted his time bollocking us if he didn't believe that we had potential. He never yelled without knowing that we deserved to get yelled at. We all knew that this was not personal, but business, and how can you really learn in a kitchen unless you go through Hell's kitchen? Even in Hell's Kitchen, there is a reason that he yells at people. That is because you need a trial by fire, you need to run the gauntlet, you need to have a kitchen nightmare, so that when Gordon is done teaching you can survive the trials and tribulations of running a kitchen, or being a restaurateur, or an entrepreneur.

FROM AN EARLY AGE I UNDERSTOOD THAT COOKING WAS NEVER GOING TO BE A JOB, IT'S A PASSION

This is a funny article about how Gordon really tried to get under Ainsley's skin. I got the article from Monsters and Critics (monstersandcritics.com – May 12 2007 – © BANG Media International):

> **Gordon Ramsay upset rival chef Ainsley Harriott with his search for a new Fanny.**
>
> Gordon launched his 'Find Me A Fanny' campaign - part of his 'Gordon Ramsay's F Word' show in which he searches for the next Fanny Cradock - at London's Ideal Homes Exhibition. He cheekily interrupted Ainsley's live 'Ready Steady Cook' demonstration by announcing his search to find a new female culinary genius. Gordon said: "I went to the Ideal Homes Exhibition recently. Ainsley got all upset because I walked past his stall and all of a sudden everyone came off the stand and started talking to me. "I was really naughty because I waited until 'Ready Steady Cook' started its demo. I said, 'Ladies, it's me Gordon Ramsay' as Ainsley was trying to do his demo. I said, 'Stop shopping for five minutes and watching that crap. I'm here today because I want to search the country high and low for a new Fanny.' "Gordon admits his announcement triggered some unsavoury

> responses from the crowd. He explained: "A lady shouts out, 'Oh my God, mine's far too old. You can't have mine.' I said, 'Let me finish. I'm looking for a new Fanny Cradock, a young or middle-aged female chef.'

Gordon definitely poured fuel on the fire in that instance, but I am sure that he really enjoyed stealing Ainsley's thunder.

Going to work for Gordon every day for me was never just about making money, although that is part of it. One of the reasons that I stuck it out and went to battle every day was that I knew if I worked my butt off here at this level, then when I went home, I would be more or less set as far as training goes. I was looking at the big picture. I wasn't going because I loved working eighteen hours a day. I wasn't going in because I loved Gordon and the staff. I was going in so that eventually, when I felt that I had finished, I could use all of my experiences to have my own business or restaurant someday. I was doing short term pain for long term gain. I felt that I could do this. I felt that I had to do this, because I was passionate about cooking, and I had this incredible opportunity to go and work for Gordon, which most people only dream about. It was my time to take the leap of faith. Gordon had to do that when he was first starting out too, he had to leave the Glasgow Rangers football team and pursue cooking, and eventually take another leap when he decided to go work for Joel Robouchon. Some people said that I had been gifted with great cooking talent, and I had to find out if they were right. I also had to find out if the naysayers were right too. I also wanted to make all of those chefs who had invested so much time in me proud. I wanted to show people that I could do it. I wanted to show people that I did it. Without knowing it, I was about to enter into a trial by fire and brimstone. And my trial was going to last longer than OJ Simpson's trial of six years. While I was going through my trial every day was different, and I didn't know what to expect. I needed to have faith that everything would be okay in the end. But at every turn it was nearly impossible to take time, lift my head and see if I was actually on the right path. Thankfully, I wasn't driving most of the time, because if I was, I would have been in the ditch on day one. Sometimes it takes blind faith to go somewhere new, otherwise you might get scared and decide not to go. People say that it must have taken a lot of courage to just pick up and go somewhere new and strange. For me it has always been more about faith than courage. Fear was taken away from me, not because I was particularly brave, but because I knew that things would be okay in the end, and even if I did get beaten up a bit, this, in the end, would build my character and make me stronger, calmer, and wiser. All of these qualities are not bad, so why not just close my eyes and wake up on the other end?

Looking back, I can see that going through this trial has worked, because now at the age of 35 I have over twenty years of culinary experience, and have had my own business for six years. I have been running on faith for all of this time, going forward, because it wasn't even a possibility for me until I had been cooking for over ten years. Not even when I was thinking about going to London for the first time. It wasn't until I was working for Gordon that the grand plan was revealed to me. I was working toward something but I didn't know what it was. There was and is a plan for my career and my future. All it took was a leap of faith. Even as I write this book, I can look back and see where I have been and that there really was a path for me that I was following in silence. I have no idea what the future holds, but I do know that I am going somewhere good, somewhere that I don't know about yet. I am also taking a leap of faith by writing this book. Who knows what will happen after this? Maybe nothing. Maybe everything.

Even if I never work in a restaurant again or change careers, I would never want to go back and change anything. Because I don't want to have any regrets. During my trial of fire and brimstone, I learned much more than how to be a good cook. I went to Gordon's finishing school to become a man. To become a better leader. To become a better chef. I became all of these things. Gordon said this about the kitchen, and learning: "It's a hard environment; I don't make any excuse for that. It's hot, it's high pressure, and you've got to be physically and mentally fit. But that's the kitchen for you: there's no room for fat chefs anymore, and if you don't put in the hours, you'll never learn."

Being determined goes right along with faith for

me. Believing in where you are going, when you don't know how you are going to get there, is faith. Once you are on the path, being determined and staying the course is also paramount to getting to the goal, or as most people say, success. Success is not a word that I use very often anymore, because I feel that what we call success is not all it is cracked up to be. Gordon is considered successful, but at what cost? He must miss his wife and kids when he is away, and he must be away a lot, because he is always filming or promoting. I know he is working most of the time when he is home, so where does he get the time and energy to run marathons or spend time at home, apart from when he's asleep, which is only for five hours a night anyway? My point is that I personally have way too many hobbies and other interests to take too much time working. This is a typical North American idea that really I don't understand. Everybody else in the world seems to get the fact that life is not all about working. I am happy that I have worked my butt off to build my career. Yes, we all have to work so that we can have a good quality of life and so that we are able to buy nice things sometimes, but at what point did we forget that it doesn't matter how hard we work if we are not happy with our lives or ourselves. Money won't make us happy.

You can't fill that emptiness in you with work, or sex, or money, or drugs, or alcohol because you are filling emptiness with things that are empty, and so you will never feel complete. Alcoholics, workaholics, and everythingaholics are an extreme example of this too. Is Gordon a workaholic? I think so. Is that a good thing? Not to me. When do you get to relax? When do you get to have a hobby? When do you get to have a life? I can see Gordon saying this to me as I am writing about him: "Right now, I'm not interested in your emotion. I'm not Dr. Phil."

Don't get me wrong, Gordon has created a giant company. I don't know too many details about his childhood, but I do know that he had a tough life when he was growing up in Glasgow. I am happy that he has broken through to minor stardom in his career, but I just can't see when he could possibly get any days off or quality downtime. There are lots of chefs and people in other careers that I know who are like this. They get buried in their career, or their jobs, or going to the gym, and can't seem to get out of this rut. I can see this from Gordon's view though. I am sure that part of his thought process is that he wants to make sure that his kids don't grow up like he did. There are worse things in life than being addicted to providing for yourself and your family.

I think that my mentality is more European, specifically Spanish, than Canadian or American. I really like to work hard and get a sense of accomplishment from work, but at the same time I don't think lunch should be relegated to half an hour, just enough time to stop in for fast food, because really, where can you go to get your mind off work and eat something, other than McDonalds, in that time frame? When did we stop taking tea breaks, hour (or even two hour) lunches, and leisurely dinners? When did we start taking the working lunch and business dinner? At least, thanks to people like Morgan Spurlock and his movie Super Size Me, we should all finally be getting that this is not the way to have a long and healthy life. I also hope that soon we realize that our government is not our best friend and protector, but rather in the pocket of lobbyists with kickback and bribe money, who aren't lobbying for the best interest of the people but on keeping big businesses' pockets lined with cash.

Americans are getting fatter every day, and a huge part of that is our fast food culture. We don't have time to cook lunch for ourselves, let alone for our families, and it is hard enough to make a packed lunch let alone something healthy. And if we are on the road, what are our options? I do a lot if travelling at night, and there are very few things open and the options are usually only fast food restaurants, so our only choices are to starve or to eat some fast food. In that case, you just have to try to find the lesser of the evils that you have to choose from. The hospitality industry is notorious for working too hard, and working too much, something I figured out when I started working at Viamede Resort in the kitchen. You have to either eat before your shift or after, so lunch is at 3pm, and dinner, depending on how late your restaurant is open, could be around 11pm. So right away, we all have abnormal eating patterns (not to mention abnormal sleeping patterns). This means a lot of fast food, bar food, or sometime late night Chinese food for us because we have very few choices that are open after our shifts are over. And the last thing you want to do is to go home and have to cook again, especially not to cook for yourself. The reality is that I don't have enough energy or motivation to cook again. That doesn't happen much at all. I am happy when my wife cooks dinner and makes some for me, so that when I come home I don't have to worry about making food for myself.

In the world, and particularly in my world, it seems that workaholics are looked up to. But if life stopped right now, would we really be happy with the fact that we abused ourselves, or worse, the bottle, or our families? Would we have any regrets? I believe that Gordon would be happy if it happened to him right now. He has what he dreamed of. A very successful business and happy home life, with kids who are healthy and happy right now. I don't want to live my life with any regrets, because I know life is too short to have any. Before I die, I don't want to look back and say I wish I told my wife I loved her, or that I wish that I had that conversation with my Dad, or that I had gone to London to work for Gordon, or that I wish I had stood up to that bully. I want to be able to say that I have fought the good fight and done everything that I wanted and needed to do, because it is way too late to write a bucket list when you are already about to die. I want to say that I helped people out. I want to say that I fought for the people who couldn't or wouldn't fight for themselves.

In a lot of ways, I think that Gordon and I are similar. We both have the drive and passion to try to be the best at something (or more than one thing). In both of our cases, it is cooking that we are pursuing. We also both have integrity, strength, compassion, honesty, and relatively small egos for chefs. We both have a pair of bollocks, and, over the years, I would say that we have gained some wisdom. We will both stand up to liars when they are exposed, and when necessary fire them from our kitchens. At some point, we both decided to take that step into the unknown. I don't mean to say that Gordon and I are completely alike.

Have the faith to rise up and step away from your comfort zone at work, so that you can do something different, something you have always wanted to do, something you never thought you could do, something that you are meant to do. It is not easy, but when I knew that it was time to go, I went. Blind faith is the best term for this, because I was literally walking like a blind person, hoping and knowing that even if I really could not see anything in front of me, that I would be okay. So why would I worry? Worry is just a big waste of energy to me, because we can't change the future or the past. There is no control, so why waste time worrying about things that are going to happen, regardless of whether you worry about them or not. Worry just contributes to stress; it does not cure it, and why add more stress when we are already so full of it. Every day brings new stress and worry of its own, so I would much rather deal with each day on its own.

At the end of my life, I know that I will feel the same as I do now. I know it is about having the wisdom to humbly follow, and humbly learn from someone who is wiser than you are. It is about making mistakes, enduring hardships, and eventually conquering them and making them into your own armour of truth, so that you cannot be deceived. It is about getting rejected so many times, and not getting discouraged, so that eventually you will get accepted. It is about being passionate enough about cooking to not get derailed when Gordon throws a ravioli at you, screaming "You donkey!" and not taking it personally, or crying. It is about working hard and not quitting. It is about standing out rather than falling in. It is about stepping out from your own comfort zone and into the unknown. It is about taking life seriously, but not too seriously, because it is too short and too serious to take that seriously. It is about enjoying the beauty in a sunset. It is about helping people when you can, and even when you can't. It is about giving until it hurts. It is about living until it hurts. It is about partying until it hurts. It is about laughing until you cry. It is about crying until you laugh. It is about trying and failing so many times to get that gold medal. It is about the elation you feel when you finally win the gold. It is about having faith. It is also about keeping your passion for food, or anything, alive regardless of what adversities you might face. It is, after all, paramount to any real cooks to have passion, or you might turn into a Donkey, as Gordon feels that many of the British celebrity chefs are. As Gordon said, "I understood that cooking was never going to be a job, but a passion."

Gordon has stuck to his guns when it comes to Foie Gras. Despite all of the protests he has kept serving it. I think that I have stuck to my guns too. I know enough about abattoirs because my aunt and uncle had one in Texas. Factory farming is also a terrible way to live. It is unnaturally overcrowded and because of that all of the animals are on antibiotics, which is not good for us or the animals. I have seen videos of this death process, and to me it is nowhere near as bad as being force-fed grains. The ducks or geese don't really seem to mind. "Here is the Foie Gras recipe from my tasting menu that I have developed over the last several years."

RECIPE

Pan-seared duck foie gras with caramelized Vidalia onions, smoked maple and mission fig marmalade, crumbled Stilton, and toasted brioche on a petit salad of frisee and Boston lettuce

Yields 4 servings

Ingredients

4 slices	Foie Gras, 1/2 inch think
1 medium	Vidalia onion, fine dice
2 tsp	garlic puree
2 tsp	hickory smoked liquor
1 tsp	chipotle tabasco
2 tbsp	mission fig marmalade, heaping
3 tbsp	maple syrup
3 cups	balsamic vinegar
4tbsp	crumbled Stilton, heaping
4 thin slices	Brioche
1 head	Frisee lettuce, without outside green
1 head	Boston lettuce

Olive oil, as needed

Salt and pepper, to taste

METHOD

1. Heat up a small sauce pan on high heat. Add some olive oil and let heat up for a minute. Add the onions and let them cook until they have a dark caramel colour. Add garlic puree, and cook for a minute. Add the balsamic vinegar, and turn heat down to medium. Add fig marmalade, maple syrup, smoke liquor, tabasco, and some salt and pepper.

2. Using a fork, stir the ingredients in the pan together, then turn the heat to low and let cook for about 10 minutes, or until the dressing has reduced by half. The dressing should be warm when served, but not hot. Adjust seasoning before serving as needed.

3. Toast the brioche in a toaster or toaster oven until dark brown. Set aside until ready to use.

4. Pick apart Boston lettuce into whole separate leaves, placing several leaves in the center of four plates. Then place some frisee on top of the Boston lettuce. Lightly drizzle with olive oil, and some salt and pepper as needed.

5. Then place the toasted brioche on top of the salad. Place the foie gras onto a separate plate and season with salt and pepper on both sides.
6. Pre-heat a medium frying pan on high heat with about 1tbsp of olive oil. When the oil in the frying pan is just about smoking, place the foie gras into the pan. Let brown, then flip over and cook until the foie gras is brown on both sides. The foie gras is cooked when it is softened all the way through, and you can almost push your finger through it.
7. To serve, spoon the balsamic reduction over the foie gras and the salad, then add some of the crumbled Stilton on top of the salad and serve immediately.

EPILOGUE

You donkey! - **Gordon Ramsay**

Where is Gordon Now?

Right now, Gordon Ramsay Holdings' empire has 12 restaurants in the UK alone. He also has four restaurants in the USA, one in Ireland, five in the rest of Europe, one in the Middle East, two in the Far East, plus the one that he just opened in Montreal. That comes to a very impressive grand total of 26 restaurants worldwide. Despite setbacks, this empire continues to grow at an astronomical pace. It seems like every time I turn around, they are opening another restaurant somewhere. That is impressive considering that for the last several years we have been in a global recession. As Gordon oversees his empire, he is also busy writing books, and starring in three hit TV series: The F Word, Hell's Kitchen, and Kitchen Nightmares.

Gordon is very busy, but I think that he has found his groove and what he has to do to be successful. There was a rumour going around about how he actually had to invest some of his own money back into his business, but I don't know whether that is true or not. Regardless, I believe that he has found the formula for what he needs to do for that success, and that is to change with the times, such as to change the location or theme of some of his restaurants. I think that his ability to adapt to new and different environments is what is making the difference right now, but as far as marketing goes, the fact that he is on Hell's Kitchen, not to mention the F Word and Kitchen Nightmares, is an astronomically huge positive PR campaign for his business, because even though many of his potential staff members and customers are pushed away by this show, about a hundred more are curious about him. They see that his standards are very high; they see that his food looks good; they find out that he has three Michelin stars, and they went to try his food. All of the foodies are willing to make that trip to taste his cooking, and even non-foodies are going to want to try it. Now every one of his restaurants that is opening up will become a destination restaurant, and people will be willing to travel from farther away to go there. And obviously that is a good thing, because if everyone wants to go to try your food then your restaurants are going to be full every day that they are open, and that can only mean more money for the business.

EPILOGUE

Where is the author now?

In 2005, I started my own catering company called Chef For All Seasons. My company has generally been doing well over the last several years, although the global recession has made my business a bit slower than it was in the first two years, but I am still here, unlike many businesses that I have seen come and go. But as I get older I start to think about maybe taking a different line in this industry. Teaching has always been interesting for me, and I actually taught in a small chef's school before, and I know that it would be less physically challenging for me. Not as much lifting giant crates up into peoples condominiums in downtown Toronto. I think that eventually I wouldn't mind teaching.

I have catered for just about every type of client, from young students to the extremely wealthy, and I must say that my track record for having good clients over the last five years has been surprisingly high. I can count on one hand the number of clients who have not been happy with my food or service. As an entrepreneur when this happens you become a customer service rep all of a sudden, and first have to decide if they have had a legitimate complaint. Once

I have verified their complaint, I have to try to come to some sort of agreement with them that I can do to make them happy. The more that I can do to surprise them, and even impress them, the better in the long term for my business. In a restaurant in particular, if the manager or chef recognises a mistake and takes steps to make it better, even if it is something small like a free dessert, then the client will be more likely to come back or at least talk about it. We know that the strongest form of advertising is word of mouth, so the more people talk about your business in a positive manner the better, and screwing clients over is not the best way to do that. Here in North American businesses, especially restaurants and catering, we understand customer service marketing very differently than in the rest of the world. In Europe they have different standards than we do. You might get told to take a hike when you tell them that you didn't like the food. But I do think that they are learning more about the whole customer service and marketing idea, especially in higher end restaurants like Restaurant Gordon Ramsay and others like it, because they know that PR and word of mouth can help or hurt any business. I don't see the guy who makes your fish n' chips being receptive to your complaints. Then again, I am sure that the same thing could be said about many people and businesses here.

EPILOGUE

One of the worst things that has happened to me was when one of my clients actually yelled at me. I was catering a party a few years ago for a very wealthy client, whom we will call "Bob" for now. A server and I went to cater a function in a very wealthy neighbourhood in Toronto, for an event for potentially one of my most wealthy clients. Now, one of Bob's Personal Assistants from his workplace, who was one of my principal contacts, called my home number for some reason, rather than calling my cell phone, and spoke to my wife and asked her to call me to tell me that there was a nanny, who nobody told me about, who was waiting for me to get to Bob's house so that she could leave, because her kids were waiting for her to pick them up at school downtown. My wife then called to try to see how far away we were, and told me about the phone call from his PA. This should have been my first indication that there was a big lack in communication among the three of us, but it didn't dawn on me until much later. Now I am very rarely late to an event, and when I am I usually make sure that I try to call ahead and let my clients know. Well, we were stuck in traffic for what seemed like ages, and I forgot to call him to tell him that we were running late. So when we got there, the nanny answered the door for us. She seemed friendly and was glad to see us and gave us no real indication that she was upset. I apologized to her and said how sorry I was for being late, and that we didn't know that she had to go at a certain time. She left, and I thought everything was going to be okay because she was the only one who was being put off her schedule and she didn't seem upset. Then my server and I started to get set up, and were unpacking our gear as usual, when Bob came in and said hello. I said hello to him back and shook his hand. I don't remember if I actually apologized to him for being late or not but I think that I did. Bob left the room for a couple of minutes. He came back into the kitchen while I was still running way behind and trying to make up lost time, and asked me if I had a cell phone, and I replied that yes I did. Then he asked me if my phone ran out of batteries. I replied that no my batteries were okay. That's when Bob yelled at me, and for a minute I felt like I was getting yelled at by Gordon again, "That's crap on top of crap on top of crap on top of crap!!!!"

I don't remember exactly what Bob said, but it went something like this... First he yelled about the fact that we were late. Then he was also yelling about me not calling him when I knew that I was late.

Then he yelled about his nanny. All of which he had a point to get mad about, but he was yelling at me like one of his staff at work, and pushed me pretty far. My server said afterward that being upset was one thing, but to yell at us was just way over the top. Then I told my server to get packed up because we were going to leave. Then that's when Bob changed his tune. He stopped yelling at me and started to try to get me to stay and that if I did it was going to be worth my while. Since working for Gordon I have never been so close to walking out from a restaurant, let alone a client who was irate, but I had to suck it up and try to be a man about it because I needed the money for the gig. So over the course of the night Bob and I never saw eye to eye, but my server and I were professional enough to continue on through the hardships and get the job done. Bob was also doing this for charity, and so we did make his event work out in the end, even though we were running late by about an hour.

Bob's PA was not at his event but the next day I got an email from her asking about how the event went. Apparently she had heard that the dinner was a bit late and was asking how we could improve the timing, etc. for the charity dinner next year. Really??

How about it if your boss doesn't yell at me next time around? I never responded to her. Where would I even start to reply to this email? I didn't want to get upset and send her a nasty email but I was pretty sure that would happen if I sent her an email right away. I am getting better at not taking things personally, so I don't think I would have sent an angry reply if this happened to me now. I am better at objectively looking at a situation and deciding what to do about it without getting upset or taking things personally, like when I was working for Gordon.

One of the big lessons I learned from this story is, reinforcing something that I usually do, but forgot to do this time, calling people when I am running late. I am usually very good at arriving on time, but living in a big city like Toronto means that sometimes construction, traffic jams, and accidents can screw things up. Usually people are fine when I call them and let them know what is happening, especially in Toronto, where we have all been there at some point. The other thing I learned is clear and open communication, which is something that I normally prided myself on doing well. I am one of the few caterers who doesn't jack up the prices by 25% just because a client says that they need me for a wedding. I have integrity and transparency, and I think my clients know this and respect me more as a businessman and caterer. But in this event I didn't know everything, and it is hard not be able to see what is going on all of the time. What I have done is provide lots of information for my clients, and also have a very thorough information sheet they fill out, which really helps to get as much info as possible on what the event is for, so nobody gets any surprises.

I am also always trying to learn from my successes and from my failures. As I talked about before, we can learn from everything we do if we really want to, good or bad. But learning is what is important, whether it is from business or life in general.

And life is always ready to challenge us with something that we didn't expect, or sometimes need, but when you look back it is all for a reason, to prepare us for the next day, so that we can make sense of what happens, now and in retrospective.

A lot of the time I hear Gordon's voice in my ear, saying "Don't be a Donkey!" and reminding me of the lessons that he taught me over my five years in the UK, and making me excited about what my future might hold. The future is wide open to me, and whatever direction I go, I know that Gordon's words will always follow me, even if I decide to do something else within the hospitality industry. I am sure that Gordon's words will always haunt me until the day I die.